DU MÊME AUTEUR

CE QU'IL ADVINT DU SAUVAGE BLANC, roman, Éditions Gallimard, 2012 (Folio nº 5623).

POUR TROIS COURONNES, roman, Éditions Gallimard, 2013 (Folio nº 5853).

LA BALEINE DANS TOUS SES ÉTATS, Éditions Gallimard, 2015.

L'EFFROI

FRANÇOIS GARDE

L'EFFROI

roman

GALLIMARD

Pour Laurence, Marie et Manon

I

J'aurais aimé ne vous parler que de musique : mes doigts sur les cordes ; cette forme particulière de bruit qu'on appelle le son ; les respirations qui se rejoignent et se fondent ; le corps tout entier frissonnant dans l'attente ; le silence qui change de nature ; le regard qui s'enfuit ; le vide intérieur si beau, tout en déséquilibre, tout entier tendu, juste avant la première note.

J'aurais aimé vous parler de musique parce que depuis l'âge de dix ans elle m'accompagne, me fait grandir et me fait vivre. Non pas au centre de ma vie, mais au-dessus, comme une étoile indifférente à mes ambitions, insensible à mes désarrois, toujours présente.

Dois-je commencer à imaginer une vie où la musique puisse être mise en échec ?

Mardi 20 avril

Je suis arrivé une heure avant le lever de rideau. J'ai toujours aimé être en avance, et me laisser peu à peu envahir par l'imminence du spectacle.

Une note de service rappelait aux distraits que cette première serait diffusée en direct à la télévision. Aucun de nous je crois ne s'inquiétait particulièrement de la présence indiscrète des caméras. Elles s'intéresseraient bien davantage aux vedettes sur la scène. Nous savions que la salle serait comble.

Dix jours plus tôt, sur l'insistance de Julie, j'avais acheté une nouvelle paire de chaussures noires, étincelantes. Par une sorte de superstition, je n'avais pas encore voulu les mettre. Pour cette soirée de gala, je n'avais plus d'excuse ni d'échappatoire : si je ne les portais pas ce soir, je ne le ferais jamais, et dès lors à quoi bon les avoir achetées ? Je n'allais tout de même pas faire encore toute une saison avec les anciennes !

J'ai mis mon habit, noué ma cravate. J'ai commencé à ressentir une certaine tension, et une très légère faim. Cet état d'avant concert m'était familier, et m'aidait à me concentrer. Par précaution, je suis passé aux toilettes. J'ai sorti mon alto de son étui. Les bavardages entre collègues se sont éteints d'eux-mêmes. Des traits de flûte ou de cor les ont remplacés. Nous nous sommes accordés puis mis en ligne, par rangées et par pupitres. Les caméras ont commencé à tourner, et nous ont suivis.

Nous sommes entrés dans la fosse d'orchestre par les discrètes portes latérales. D'habitude, ce cheminement s'effectue sous les seuls éclairages des veilleuses, et celui plus diffus venant de la salle. Des soupirs d'aise se sont fait entendre, le public s'est tu peu à peu. Pour cette retransmission, des lampes supplémentaires avaient été installées, et des écrans dressés de part et d'autre de la scène permettaient au public de voir l'orchestre progresser jusque dans la fosse.

Nous nous sommes appliqués à conserver une apparence impassible et digne. Comme nous étions filmés en gros plan, nous avons évité le léger chahut, le bruit des chaises déplacées, voire les blagues de potache auxquelles nous nous livrons parfois.

Nous nous sommes assis, le premier hautbois a donné un *la*. Nous nous sommes accordés à nouveau, puis le silence est retombé, feutré, tout frémissant d'attentes.

Après un temps bien mesuré – trop court, il eût montré de la précipitation ; trop long, de la désinvolture –, Louis Craon fit son entrée. L'orchestre se leva, et, au même instant, des applaudissements soutenus se firent entendre. Craon, l'un des rares chefs français réclamés dans le monde entier, n'avait pas dirigé à Paris depuis près de trois ans. Sa haute stature, ses cheveux châtains coupés ras, sa courte barbe poivre et sel, son teint blême et son impassibilité en imposaient aux plus turbulents. Les amateurs se battaient pour assister à ses magistrales interprétations de Mozart.

Les répétitions nous avaient convaincus de ses qualités exceptionnelles de clarté et d'intelligence du texte.

D'une démarche lente, Louis Craon progressa parmi les musiciens. Il s'arrêta le temps d'un baisemain au premier violon, geste de courtoisie adressé à l'ensemble de l'orchestre, et qui répondait au fait que nous nous étions levés pour l'accueillir, selon le rituel établi.

Le chef monta sur la petite estrade qui lui permettait de voir la scène et la fosse en même temps. Il nous salua à nouveau d'un bref signe de tête, puis se retourna et s'inclina longuement vers le public. Lorsqu'il se redressa, les applaudissements cessèrent. Le public aussi lui obéissait.

Chaque chef d'orchestre a une posture qui lui est propre. Certains restent parfaitement immobiles et dirigent des yeux et du bout des doigts. D'autres sautent, trépignent, dansent sur place, et terminent le concert en nage. D'autres encore battent la mesure distraitement de la main droite, et avec le bras gauche donnent les départs, les accents, les tenues, les changements de rythme.

Le maestro Craon dirigeait sans baguette, dans une position singulière : un peu penché, les jambes écartées et légèrement fléchies, les bras en arc de cercle, se rejoignant presque. On eût dit qu'il étreignait le tronc d'un grand chêne pour tenter de le déraciner.

D'un léger mouvement du poignet droit, il s'apprêtait à donner une impulsion, à créer un déséquilibre, une tension, à laquelle répondrait le premier accord de l'orchestre, exactement scandé, et tous les autres après lui. Il retarda cet instant.

L'archet levé, j'attendais le signal.

Soudain, le chef se redressa. Il prit une longue inspiration, se figea dans un impeccable garde-à-vous. Le public ne se rendit compte de rien, et pour nous ce changement de posture ne produisit qu'un vague sentiment d'alerte.

Lentement, il leva le bras droit, main tendue vers le rideau de scène, et, de sa belle voix de baryton, s'exclama avec force et solennité :

« *Heil Hitler !* »

Les trois syllabes retentirent distinctement, et résonnèrent dans un silence qui avait changé de nature. Ce salut de malédiction, que je croyais enfoui pour toujours dans les livres d'histoire, venait nous gifler avec une brutalité indicible.

Je ne pouvais pas avoir mal entendu. Mes yeux confirmaient ce que mes oreilles refusaient de croire. J'étais paralysé : je venais de découvrir l'effroi.

Ce que j'ai fait ensuite, j'en suis certain, n'était pas réfléchi. Je n'ai pas pensé à mes collègues, au public, à la télévision qui diffusait en direct. Je ne me suis pas soucié des termes de mon contrat de travail. Jouer comme si de rien n'était ma partie d'alto dans l'ouverture de *Così fan tutte* m'était devenu impossible. Je manquais d'air. Tout avait disparu autour de moi. L'effroi m'assujettissait.

Les caméras continuaient à tourner, et j'ai souvent revu ce moment. Il ne s'est écoulé que quatre secondes entre son outrage et ma réaction. Mais quelles horloges pourraient mesurer un temps aussi dense, aussi lourd, un temps que rien ne fissure et qui ne coulait plus ?

Comme je suis assis au premier rang, on aperçoit mon visage, qui semble tout aussi impassible que ceux de mes collègues. Le réalisateur de télévision et son équipe, tétanisés, n'ont pas eu le réflexe de couper. Ce choix, ou plutôt cette paralysie, ne leur fut pas reproché, grâce à moi.

Rien d'autre ne m'importait que d'échapper au sentiment

d'effroi qui m'avait saisi. Mon immobilité était celle des victimes d'un accident, du souffle d'une explosion. Pour la première fois, la musique ne me servait plus à rien, n'expliquait plus rien, ne me consolait plus. Elle glissait à mes pieds comme un manteau inutile et me laissait nu. J'étouffais. Il me fallait fuir à tout prix.

Alors je me suis levé. Je l'ai fait lentement, non pour rendre mon geste plus théâtral, mais pour m'éviter le ridicule de renverser mon pupitre ou ma chaise. Sous les yeux étonnés de mes voisins immédiats, j'ai osé cette transgression : me redresser, me mettre debout devant le chef. Il n'a pas tourné la tête, mais j'ai cru deviner que du coin de l'œil son regard se posait sur moi une fraction de seconde, comme un chasseur alerté par un mouvement lointain dans un sous-bois. Je ne lui obéissais plus.

La salle n'avait pas réagi. Croyait-elle assister à un incident préparé, à une provocation laborieusement imaginée par un metteur en scène en mal de scandale ?

Debout, je repris conscience de l'insignifiante morsure de mes chaussures neuves. Que faire de mon alto ? En un mouvement réflexe, je le mis sous mon bras, le corps dans le creux de l'aisselle et le manche tourné vers le bas. Il ne me protégeait plus, et je le protégeais quand même.

Cette attitude fut ensuite beaucoup commentée, comme le symbole de mon insoumission, la mise en scène du refus de jouer, l'équivalent de la crosse en l'air pour un soldat qui participe à une mutinerie. Je ne m'étais pas posé tant de questions. Profondément malheureux et blessé, je me raccrochai à mon alto comme un naufragé à une planche qui flotte près de lui.

Tous mes collègues me regardaient maintenant, comme dans une classe les bons élèves observent leur camarade qui a commis une faute irréparable. Je n'avais plus le choix. Rester, me rasseoir piteusement était impensable. Il ne me restait plus qu'à quitter la fosse, et affronter les suites de ma sédition. J'avais brûlé mes vaisseaux. L'effroi qui me serrait le cœur avait un peu relâché son emprise depuis que, seul, j'avais réagi.

Partir, donc, au plus vite. Lentement, je me retournai, pour voir le chemin qui me permettrait de ressortir par la porte latérale. Et je constatai qu'aucun passage ne s'offrait à moi, entre les musiciens. Tous me fixaient, mais aucun ne pensa à se déplacer un peu pour faciliter ma fuite. Je demeurai là, les yeux rivés sur le mur du fond, bloqué, mon alto sous le bras, prisonnier des meubles et des collègues.

Deux secondes plus tard, un grand trompettiste maigre qui arborait un catogan, au troisième rang, se leva, glissa son instrument sous son bras, tourna lui aussi le dos au chef, et se figea dans cette attitude de défi. Un violoniste l'imita, puis le premier hautbois solo. Le timbalier posa ses baguettes, croisa les bras, et pivota d'un demi-tour. Les flûtistes se levèrent tous ensemble, un violoncelliste posa son instrument au sol. Un autre altiste, un basson, les cors... bientôt ce fut tout l'orchestre qui se leva, et tourna le dos au chef.

Je ne ressentis pas leur réaction comme l'expression d'une solidarité, mais comme un réflexe partagé. J'avais seulement été un peu plus rapide. Aucun autre choix ne s'avérait possible. Debout, nous restâmes immobiles, afin de ne plus subir le geste que Louis Craon voulait nous imposer.

Pendant ce temps, dans la salle, les spectateurs stupéfaits avaient repris leurs esprits. Grâce aux écrans installés pour la télévision, ils avaient pu constater notre réaction. Les protestations, les huées, les cris de colère commencèrent à retentir. Au milieu du parterre, un homme âgé, convaincu par la réponse des musiciens, choisit de se lever lui aussi, et de tourner le dos à la scène. Sa femme fit de même, et la simplicité, l'évidence de leur geste s'imposèrent d'elles-mêmes. Tous les spectateurs, incrédules, hésitants, les regardaient. Un autre homme se mit debout, puis un couple, et ils firent demi-tour avec lenteur. Puis trois jeunes gens du deuxième rang. Puis un autre couple tout au fond du parterre. Cette réaction silencieuse, en miroir de celle des musiciens, parut d'un coup plus digne et plus forte que les vociférations. De rang en rang, comme pour une ovation, les spectateurs du parterre se levèrent, et se tournèrent vers les portes de sortie. Ceux des balcons les imitèrent. Toute la salle s'immobilisa peu à peu dans un silence hostile.

La télévision alternait les plans sur le chef, sur l'orchestre, sur la salle. Les commentateurs, eux-mêmes sidérés, bredouillaient devant ce spectacle inouï. La force des images suffisait. Toutes les personnes présentes ce soir rejetaient le chef, comme un organe rejette un corps étranger, un virus, une menace. La représentation ne pouvait pas commencer. Si Craon s'était avisé de donner le signal du départ, aucun musicien ne lui aurait obéi, puisque nous ne le regardions plus. Il pouvait battre la mesure à sa guise, nous apostropher, il avait perdu toute autorité.

De longues minutes s'écoulèrent ainsi, dans un silence total, glacé, accablant. Craon ne voyait pas la salle, mais avait entendu les huées s'éteindre. Tous unis dans notre réprobation muette, nous nous sentions plus forts, et nous ne céderions pas.

Alors il céda. Après cet instant d'une tension indicible, plus violent que n'importe quel hurlement, il abaissa son bras droit, se retourna vers la salle. Voulut-il prendre la parole, expliquer ? À bien regarder les images, je me demande s'il n'a pas esquissé un infime et inexplicable sourire, non pas amer ni provocateur, mais de profonde satisfaction. Il constata qu'aucun discours ne pourrait renverser la situation, qu'il avait perdu son aura, perdu le contrôle de la soirée, perdu la partie.

Il en tira les conséquences, descendit de l'estrade, emprunta sans se hâter le chemin par lequel il était venu, et, se faufilant parmi les musiciens dont nul ne se départit d'une immobilité marmoréenne, disparut.

Le public, qui tournait désormais le dos à la scène, ne s'en aperçut pas immédiatement. Son départ, ou sa fuite, ne fut d'abord perçu que par l'orchestre.

Le remplaçant immédiat du chef d'orchestre est statutairement le premier violon. La responsabilité de la soirée lui incombait désormais. Elle prit aussitôt la seule décision possible. Ne pas jouer, faire grève, rentrer chez nous, eût été punir les spectateurs présents et ceux devant leur téléviseur, c'eût été concéder une forme de victoire au chef : après avoir signifié que nous ne voulions plus jouer avec lui, constater piteusement que nous ne pouvions rien sans lui. Sa volonté eût d'une autre façon triomphé. Cela ne devait pas se produire.

Elle s'est dirigée lentement vers l'estrade, a murmuré un « Allons-y » que seuls les musiciens ont entendu. Nous nous sommes assis, avons repris nos instruments, comme on brandit un talisman. Elle s'est assurée de l'attention de chacun des pupitres, a concédé un sourire triste, battu une mesure à vide, comme un exorcisme, et donné le départ.

Les deux accords résonnèrent comme un coup de tonnerre au fond d'une tombe. La réponse des hautbois prit un caractère bizarrement plaintif.

Les spectateurs découvrirent qu'une grande femme mince, aux cheveux blancs coiffés en chignon, dans une stricte robe noire, avait remplacé le chef enfui. Tous ne comprirent pas qu'elle assumait ainsi son rôle de premier violon, mais chacun fut satisfait de voir que la soirée reprenait son cours. Ils se rassirent, dans un discret brouhaha, tandis que nous interprétions l'ouverture vaille que vaille.

La force de l'habitude, la conscience professionnelle nous permirent de jouer tant bien que mal. Je n'en garde aucun souvenir particulier. J'ai écouté la retransmission télévisée, et n'ai pu que constater la médiocrité de notre interprétation. Plusieurs départs furent ratés, certains unissons étranges, les tempos approximatifs, les cuivres désaccordés. L'ensemble sonnait comme un orchestre d'amateurs.

Le lever de rideau aurait pu marquer un retour à la normale. Les chanteurs solistes firent de leur mieux, mais sans conviction, évidemment préoccupés, absents. Nous les avons accompagnés grâce à nos automatismes, sans rien penser ni sentir.

Un quart d'heure après le début de *Così fan tutte*, le chœur célèbre les joies de la vie militaire, en une marche joyeuse et assez peu martiale. La costumière avait habillé les choristes en soldats de plomb : grandes bottes montantes, uniforme couleur de terre à gros boutons et galons dorés, gants et ceinturon noirs, shako orné d'une plume pour les garçons, casquette plate pour les filles. Ils sortirent les uns après les autres d'une porte très haute ressemblant à la couverture d'un vieux livre pour enfants, et se mirent à marcher en tous sens, comme des pantins.

L'entrée de cette armée d'opérette entonnant « *Bella vita militar* » inquiéta le public. Les choristes, qui avaient vu depuis les coulisses ce qui s'était passé, se sentaient mal à l'aise dans leurs costumes. Ils devaient patrouiller, séparer les solistes dans un jeu de scène subtil, entourer les deux héros et les pousser vers la sortie. Cette chorégraphie complexe risquait ce soir de prendre un tout autre sens : imiter un détachement de policiers venant arrêter des opposants, glorifier la discipline et l'obéissance aveugles. Au bout de quelques pas, spontanément, ils ne supportèrent plus de singer des soldats ou des miliciens. Ils s'arrêtèrent, se prirent par la main, au hasard de leur placement, et chantèrent en ligne, épaule contre épaule, comme des manifestants.

Sur le plateau, les choristes terminèrent leur air, et restèrent groupés, oublieux de ressortir. Les solistes se placèrent devant eux, excluant tout mouvement de scène, toute fantaisie. Il n'y eut plus aucun jeu d'acteur jusqu'à la fin de l'acte : le metteur en scène, Pier Luigi Bassani, loin d'être furieux de voir son travail ainsi anéanti, vint sur scène, en pantalon et pull noirs, et se tint debout à côté de la soprano, marquant ainsi son approbation. Le régisseur ne fit plus varier les éclairages, ni monter ou descendre les toiles peintes de fond de décor. Cette configuration minimaliste transformait l'opéra de Mozart en un jeu abstrait et infiniment cruel, un divertissement sans morale et sans idéal.

Ensuite vient un trio d'une extrême tendresse, pour souhaiter bon vent et heureux voyage : « *Soave sia il vento...* » Craon nous avait fait jouer ce passage bien plus lentement que dans la plupart des interprétations, afin de mettre en valeur les subtilités de l'harmonie. Le premier violon choisit un tempo encore plus lent, presque celui d'une agonie. De quels voyages était-il question ? À la fin, je crois bien que je pleurais et que je n'étais pas le seul dans l'orchestre. Craon n'était plus là, mais son ombre ne nous quittait pas.

L'élégant marivaudage créé au Burgtheater de Vienne le 26 janvier 1790 avait pour un soir fait naufrage.

Le premier acte me parut interminable. L'épreuve consistant à servir Mozart en ayant le cerveau tout entier occupé par l'effroi m'épuisait. Certains musiciens cessaient d'ailleurs de jouer pendant quelques mesures, et cet orchestre à géométrie variable peinait à faire illusion. La direction du premier violon ne pouvait masquer nos faiblesses. Mais peu importait. Même pour les plus émotifs, s'arrêter complètement, laisser le reste de l'orchestre continuer en restant dans le silence de son instrument inutile leur aurait coûté davantage.

Que devaient penser les spectateurs de cette exécution tronquée ? Le public était venu voir une interprétation de *Così fan tutte* avec un chef, des solistes et un metteur en scène réputés. Ils avaient assisté au geste inouï de Craon, puis à une production sabotée, progressivement privée de jeux d'acteurs, une pâle version de concert. À vrai dire, la satisfaction du public était le cadet de nos soucis. Arriver à peu près ensemble à la dernière mesure et à l'entracte : voilà notre unique horizon.

Après la chute du rideau, les applaudissements se firent hésitants. À qui s'adressaient-ils ? Au chef pour son geste, à l'orchestre pour sa médiocre interprétation, ou pour son courage ? Quelques tentatives s'interrompirent d'elles-mêmes, le silence parut plus digne. Les spectateurs se levèrent peu à peu et sans mot dire se dispersèrent vers le foyer.

L'orchestre regagna les coulisses. Les sentiments contenus pendant tout le premier acte, cris de colère et d'indignation, explosèrent sitôt la porte franchie. Bien plus que les considérations politiques ou morales, les musiciens exprimaient un profond sentiment d'amertume, la certitude d'avoir été utilisés et trahis. La force des mots employés ne suffisait pas à dire le choc et la honte de n'avoir été que des figurants au moment de l'outrage. Les choristes nous rejoignirent, ainsi que les six solistes, pourtant de grandes vedettes internationales qui d'habitude ne se mêlaient pas à la piétaille des musiciens. Une sorte d'assemblée générale s'improvisa.

Le premier violon réclama le silence. L'entracte durait une vingtaine de minutes, il n'y avait pas de temps à perdre. Il fallait se décider rapidement. Elle posa clairement la question que chacun retournait dans sa tête depuis le début :

« Et maintenant, que faisons-nous ? »

Personne ne répondit. Aucun musicien ne voulait prendre la responsabilité de choisir pour tout l'orchestre. Elle reprit :

« C'est simple : soit nous arrêtons là, soit nous jouons le second acte.

— Soit nous jouons autre chose, ajouta le premier basson.

— En effet, soit nous jouons autre chose. Je vous propose de voter à main levée. Quelle que soit votre décision, je l'annoncerai au public. Qui veut interrompre la soirée ? »

Cette option ne recueillit aucun suffrage.

« Qui veut continuer *Così* ? »

Une dizaine de mains se levèrent, puis se rabaissèrent.

« Vous voulez jouer autre chose ? Quelqu'un a une idée ?

— Ce qu'a fait Craon..., reprit le premier basson, je ne trouve pas les mots pour le qualifier. Nous devons affirmer nos convictions. *Alle Menschen werden Brüder*. Tous les hommes seront frères. Rejetons la haine. Jouons le dernier mouvement de la Neuvième de Beethoven. »

L'approbation fut immédiate et générale, incluant les chœurs. Au nom des solistes, le baryton précisa :

« Nous resterons tous les six. Personnellement, je ne l'ai jamais chanté, mais je tiens à doubler la partie de ténor, pas question de ne pas être là après ce qui s'est passé.

— Nous sommes en formation mozartienne, un peu léger pour Beethoven. Les pupitres ne sont pas assez étoffés, objecta le premier violon.

— Peu importe ! » s'exclamèrent les musiciens.

Une violoniste ajouta alors :

« On ne peut pas simplement proclamer que tous les hommes sont frères. Ce qui s'est passé est une insulte à la mémoire des morts de la Seconde Guerre mondiale. Parmi le public, et même parmi nous, certains en ont été directement atteints dans leur histoire familiale. Nous devons exprimer aussi notre respect aux victimes. Je propose de jouer d'abord la Marche funèbre de Beethoven, ou l'adagietto de la Cinquième de Mahler, ou le Quatrième de la *Pathétique* de Tchaïkovski. Il faut un temps de deuil avant de proclamer que tous les hommes sont frères. »

Elle avait raison, bien sûr. Tout l'orchestre en convint. Le premier violon se tourna vers le régisseur, qui confirma pouvoir trouver les partitions de Beethoven et de Mahler avant la fin de l'entracte.

Interpréter deux œuvres aussi complexes avec un effectif inadéquat et sans les avoir répétées relevait d'une gageure. Personne n'évoqua le risque que nous prenions de massacrer les morceaux, d'échouer lamentablement. Mahler et Beethoven, tout aussi innocents que Mozart, risquaient de payer à leur tour le prix du scandale déclenché par Craon.

La télévision meublait le temps de l'entracte comme elle pouvait. Les deux commentateurs, devinant que plus personne n'avait envie d'entendre leurs savants développements sur *Così fan tutte*, préparés de longue date, improvisèrent.

Ils expliquèrent le rôle du premier violon, commentèrent de leur mieux le refus progressif des choristes et des solistes. Une formule improvisée à chaud fut reprise les jours suivants par d'innombrables chroniqueurs :

« Ce soir, pour la première fois depuis 1944, le salut nazi a retenti à l'Opéra de Paris ! »

En coulisses, nous tentions de retrouver notre sérénité. Les fumeurs se serraient sur un étroit balcon. Le petit buffet n'attira personne, pas même les gourmands. Je me forçai à boire un peu de jus d'orange, comme pour faire passer un médicament amer. Quelques collègues vinrent à moi pour brièvement me féliciter. J'appréciai ces poignées de main, ces étreintes chaleureuses.

Beaucoup d'entre nous téléphonaient à des proches et racontaient à voix basse ce qui s'était passé. Ils trouvaient dans ce récit, et dans les réponses prévisibles qu'ils entendaient, un peu de réconfort. J'aurais aimé moi aussi pouvoir appeler Julie et lui raconter la soirée, partager la confusion de tous ces sentiments qui m'avaient traversé. Mais elle se reposait ou somnolait dans le TGV du retour de sa réunion mensuelle à Marseille, le téléphone ne passerait pas. Je me sentais seul.

De retour dans la fosse, nous nous sommes installés avec gravité, et avons ouvert les partitions reçues au tout dernier moment. Le premier violon est monté sur l'estrade, a salué le public. Quelques applaudissements timides ont débuté, elle les fit taire d'un geste sans appel de la main gauche. Elle avait eu à peine quelques instants pour réfléchir, et pourtant son discours, énoncé d'une voix frêle, trouva les mots justes. Les commentateurs évoquèrent la mémoire de son grand-père, héros de la Résistance et ministre du général de Gaulle, et de son père, grand serviteur de l'État. Peut-être les conversations qu'elle avait entendues à la table familiale lui fournirent-elles quelques outils rhétoriques. Mais chacun de nous ressentait exactement ce qu'elle disait :

« Au nom de l'orchestre, des chœurs et des solistes, je tiens à dire à quel point l'attitude du chef Louis Craon nous répugne et nous révulse. Tous, d'instinct, nous avons refusé de jouer sous sa direction. Le choc subi a été tel que le premier acte en a été profondément perturbé. Nous ne nous estimons plus capables de jouer le second acte dans ces conditions. »

Le public laissa échapper un soupir de frustration, mais personne ne protesta : chacun sentait combien cette soirée défiait tous les codes et tous les usages. Elle reprit :

« Nous avons décidé, en seconde partie, d'interpréter l'adagietto de la Cinquième symphonie de Mahler, que nous dédions à toutes les victimes de la barbarie nazie. Et, pour marquer notre foi en l'humanité, nous jouerons ensuite l'*Hymne à la joie* de Beethoven. »

Personne n'eut l'idée d'applaudir.

« Un compositeur juif, puis un des héros malgré lui du IIIe Reich ! » osa commenter l'un des chroniqueurs de la télévision. Nous n'avions pas eu le temps de nous livrer à de telles exégèses.

Incongrûment, je repensai brièvement à un point de droit canon que j'avais découvert récemment dans une émission de radio : lorsqu'une église catholique est profanée par un meurtre, elle ne peut plus être utilisée. Il faut une seconde consécration pour pouvoir à nouveau y célébrer la messe. Notre art avait été souillé, il fallait cette cérémonie de lustration pour le rendre à nouveau possible.

Le rideau se releva. Les chanteurs avaient enlevé une partie de leur uniforme et se présentèrent en chemise blanche, ou en veston, ou avec une robe noire sans apprêt. L'entracte nous avait permis de nous ressaisir, pour relever le défi que nous nous étions lancé. Jamais je n'ai éprouvé aussi physiquement la concentration de chacun des musiciens. Nous avons attaqué le célèbre adagietto. L'effectif réduit lui donna une couleur particulière, comme si la guerre ou l'exil avaient emporté la moitié de l'orchestre. Leur absence s'entendit dans notre interprétation. La transparence des cordes, en particulier, en fut portée à l'incandescence. Mahler n'en souffrit pas.

Il m'a semblé ressentir d'invisibles présences parmi nous, et qu'à notre orchestre réduit répondait une assemblée innombrable et muette, une infinité d'âmes en peine qui écoutaient la transcription de leurs plaintes. À la dernière note qui s'évanouit jusqu'aux limites de l'audible répondit un silence absolu. Le premier violon resta les mains en l'air, figée, tétanisée, comme si rien ne pouvait succéder à cet instant. Aucun bruit d'aucune sorte ne monta de la salle. Puis, elle se détendit, inclina la tête pour nous remercier, et referma sa partition.

Après avoir laissé un instant au public pour tousser et se détendre, elle donna le signal. Dans l'élégant salon bleu et or où les deux sœurs de *Così fan tutte* auraient dû s'adonner à leurs jeux amoureux, parmi les sofas, les ottomanes et les bergères, devant la balustrade où s'esquissait un jardin, une toile peinte où la mer fuyait jusqu'à une île vaporeuse, les chanteurs se regroupèrent et s'alignèrent par pupitre, dans leurs tenues sciemment disparates. La présence de six solistes au lieu de quatre, à moitié habillés eux aussi comme dans un tableau de Watteau, ajoutait à la bizarrerie de l'ensemble.

Dès les premiers accords, je constatai que l'orchestre manquait de coffre, que l'appel impérieux qu'il lançait sonnait frénétique et maigrelet, que la réponse de la basse, mal à l'aise dans cette déclamation prophétique, dans un allemand incompréhensible, ne convaincrait personne. Le dialogue avec le chœur et l'arrivée du célébrissime thème en notes égales permit à chacun, dans le public comme parmi les musiciens, de reprendre à peu près ses marques. Malgré les difficultés, nous avions retrouvé nos appuis, et la dynamique de l'œuvre fit le reste. Les chanteurs mirent plus de volume que de nuances pour célébrer leurs convictions humanistes, jusqu'au crescendo final.

À la fin de l'*Hymne à la joie* – mais je n'avais entendu aucune joie dans ce concert, toutes les impressions heureuses semblaient avoir disparu dès le salut du chef, comme s'égayent les oiseaux après un coup de fusil –, les applaudissements éclatèrent avec force, d'avoir été retenus trop longtemps. Nous les reçûmes sans déplaisir, mais sans plaisir. Le public rendait hommage à l'orchestre en tant que corps, mais ce corps venait d'être gravement blessé. Le premier violon nous fit signe de nous lever, et nous attendîmes debout que s'achèvent les bravos.

Au terme de cinq minutes, la vague décrut. Nous n'eûmes pas le courage de donner un bis. Qu'aurions-nous pu jouer, d'ailleurs, après cela ? Il fallait bien s'arrêter.

Alors, ultime surprise de la soirée, recouvrant les derniers battements de mains et le discret remue-ménage de ceux qui déjà partaient, une belle voix de ténor tomba du premier balcon :

« Allons enfants de la patrie... »

Entendant *La Marseillaise*, chacun dans la salle et dans la fosse se figea, puis les deux mille personnes présentes reprirent ensemble :

« Le jour de gloire est arrivé... »

Aucun musicien n'eut l'idée de se saisir de son instrument, et nous avons entonné le refrain avec les spectateurs. L'essentiel était de communier tous ensemble.

« ... Abreuve nos sillons. »

Les applaudissements reprirent pour un bref instant. Nul ne savait à qui ils s'adressaient. Les spectateurs, eux aussi désormais sans forces, voulaient maintenant s'en aller.

Nous sommes ressortis de la fosse, dans un silence encore accablé. Nous nous sommes changés sans mot dire, et chacun est reparti chez soi. En marchant vers le métro, j'ai à nouveau ressenti la légère et réconfortante morsure de mes chaussures neuves.

Julie dormait. Je m'installai un moment dans la cuisine, j'avais un peu faim mais ne pouvais rien avaler. J'essayais de me ressouvenir de l'adagietto, en vain. L'effroi s'était dissimulé non loin. La fatigue qui s'était emparée de moi m'était inconnue.

Mercredi 21 avril

La sonnerie du téléphone, longuement. Quelle heure pouvait-il être ? Julie protesta d'un gémissement dans son sommeil. En maugréant, je me levai à tâtons et allai répondre.

« Sébastien ? Désolé de te réveiller. »

Pourquoi mon père, certes toujours tôt levé, m'appelait-il à... je regardai la pendule... à 6 h 10 ? Je grommelai une réponse indistincte, mais peu accueillante.

« Il s'est passé quelque chose à l'Opéra hier soir.

— Je sais, j'y étais. C'est pour ça que... ?

— Allume ton ordinateur et regarde les sites des grands quotidiens. Il n'y a rien dans les éditions papier, elles étaient déjà imprimées. »

Le ton de sa voix trahissait son inquiétude. Tout à fait réveillé maintenant, je me demandai ce qui avait bien pu se produire. Je le remerciai, et allai préparer le petit-déjeuner. À Julie, qui m'interrogeait du fond des limbes, je murmurai un « Rendors-toi. » Elle ne se fit pas prier.

Une tasse de thé à la main, je consultai les unes des journaux. Elles se ressemblaient toutes : « La honte », « Le choc », « Nuit de scandale à l'Opéra »... Elles montraient le chef Craon, de profil, faisant le salut nazi. Pour les rédactions, ces quelques minutes constituaient l'information la plus importante de la nuit. Les journalistes, qui y avaient assisté depuis leur fauteuil, en direct à la télévision, chroniquaient la soirée de manière détaillée, et concluaient par de grandes envolées, faisant appel aux valeurs de l'humanisme, de l'art et de la République.

Seul *L'Aube* se singularisait en relevant que « face à cette insoutenable provocation, un violoniste s'est levé et lui a tourné le dos, entraînant à sa suite tout l'orchestre, puis toute la salle ». J'enrageai : ce folliculaire ne faisait pas la différence entre un violon et un alto ! Mais là n'était pas l'essentiel.

La photographie qui illustrait cet article a été reprise si souvent et est devenue si célèbre que j'hésite à la commenter. On me voit, debout au milieu de mes collègues assis, mon instrument sous le bras, tournant le dos au chef qui fait le salut nazi, menton en avant, et ne me regarde pas. Par hasard, le manche de mon alto, tourné vers le sol, se trouve dans l'exact prolongement de son bras tendu. Cette diagonale en deux moitiés aux significations opposées coupe l'image en deux, et la tension entre les deux gestes antagonistes lui donne une énergie remarquable. Deux hommes s'affrontent, deux volontés, juste avant que l'orchestre, la salle, le peuple, tranchent et affirment leur choix.

Je me trouvai un peu ridicule, le nœud papillon de travers, les yeux mi-clos, les lèvres serrées d'un enfant boudeur, presque celles de Grégoire, mon fils aîné. Mais puisque c'est sous ce visage que je suis maintenant connu, je ne peux m'en défaire. Ce masque déformant est apparu ce matin-là.

Inlassablement, je parcourus toutes les informations liées à cette soirée. Entre 11 heures et minuit, dans une sorte de course sans enjeu, tous les partis avaient publié des communiqués exprimant leur « horreur... dégoût... réprobation sans limites... » devant un geste « ignoble... inqualifiable... révoltant... ».

L'onde de choc ne se limitait pas à la France. Grâce au décalage horaire, les Amériques avaient pu prendre position. La première réponse, et la plus remarquée, fut celle du directeur général du Teatro Colón de Buenos Aires. Dans un long texte argumenté, évoquant les souffrances de l'Argentine et son adhésion viscérale à la démocratie et aux droits de l'homme, il dénonçait immédiatement l'engagement de Louis Craon pour une *Flûte enchantée* programmée l'année suivante.

Le Metropolitan Opera de New York publia deux heures plus tard un bref communiqué annonçant lui aussi qu'il mettait un terme à toute relation avec Louis Craon. Ces deux grandes maisons ne faisaient plus précéder son nom du titre de chef ou de maestro, qu'elles n'auraient jamais omis la veille. Une dégradation avait eu lieu.

Julie m'avait rejoint et lisait par-dessus mon épaule. J'osai lui demander :

« Alors, ta journée à Marseille s'est bien passée ? »

Elle referma l'ordinateur, et me dit seulement :

« Raconte-moi. »

Elle me suivit dans la cuisine. Au bout de quelques phrases je mesurai la difficulté d'un tel récit. Je pouvais décrire des actes, mais pas l'essentiel, le ressac des sentiments, la force irrépressible qui m'avait mis debout. L'effroi ne s'était guère éloigné.

Elle ne me répondit pas tout de suite, évaluant l'importance de ce qu'elle apprenait. Au terme d'une longue réflexion silencieuse, dont je me sentis douloureusement exclu, elle poussa un soupir :

« Mon pauvre Sébastien... »

La routine des matins nous occupa ensuite. Je trouvai un prétexte pour accompagner Grégoire sur la moitié du chemin du collège. Je ne fus pas très bavard, lui non plus. À mon retour, Arthur, son cadet, dormait toujours.

Mon portable retentit.

« Monsieur Armant ? Le président souhaite vous voir. Dans combien de temps pouvez-vous être dans son bureau à Garnier ?

— Une demi-heure.

— Faites vite. »

Cet appel de la secrétaire de Jean-Pierre Chomérac, le président du conseil d'administration de l'Opéra, me surprit. Chomérac avait pris ses fonctions six mois plus tôt. Il devait ce poste à une ancienne et indéfectible amitié avec le président de la République. Sa carrière s'était faite au fil de l'ascension et des postes ministériels de celui-ci. Sous sa protection, il avait été nommé successivement inspecteur général de l'agriculture, préfet de l'Yonne, ambassadeur au Portugal. Il ne dissimulait pas la minceur de ses compétences, et y suppléait par un sens politique avisé et sa propension à se saisir des sujets à la mode et à faire parler de lui. L'amitié du président, qui riait à ses mots d'esprit féroces et souriait aux épisodes d'une vie amoureuse agitée, valait tous les diplômes. Il avait espéré le poste d'ambassadeur à Moscou, ou d'administrateur du domaine de Versailles. L'Opéra valait lot de consolation, en attendant le fauteuil promis au Conseil constitutionnel.

Dépité, Chomérac avait souligné en prenant ses fonctions qu'il ne connaissait rien à l'art lyrique et n'écoutait que du rock et du chant grégorien. Toutefois, il avait rapidement réussi à débloquer une négociation complexe avec les personnels techniques, charmé un aréopage de riches veuves américaines pour les convertir au mécénat culturel, et lancé une initiative en direction des jeunes des banlieues. Son bilan était considéré jusque-là comme prometteur. La ministre de la Culture, à qui sa nomination avait été imposée, lui battait froid. Il n'en avait cure.

Il travaillait peu et tenait la promesse qu'il nous avait faite de ne jamais intervenir sur les questions artistiques. Hormis les contacts protocolaires et les grand-messes, il ne voyait jamais les musiciens, les danseurs ni les choristes, alors qu'il semblait passionné par le travail des décorateurs, des électriciens, des tapissiers, des peintres, des éclairagistes, des ouvreuses... Nos délégués syndicaux murmuraient qu'il n'avait pas encore découvert que dans un opéra on faisait de la musique.

Je ne l'avais jamais rencontré. Une telle convocation me semblait sans précédent. Désireux de ne pas inquiéter Julie, je la lui annonçai sans paraître y accorder de l'importance.

« Il veut te féliciter ? »

Je n'avais pas envisagé cette hypothèse, mais pourquoi pas.

« On verra bien. Je te raconterai. Bon, je file. À ce soir. »

Je l'embrassai, évitai de mettre les chaussures neuves, et partis sans prendre mon instrument. Avant même l'entrée du métro, nouvel appel :

« Monsieur Armant ? Le président vous attend. »

Le ton, encore plus cassant, n'annonçait pas de louanges. Je ne parvenais pas à imaginer ce qu'il me voulait, ni pourquoi aussi tôt, alors que notoirement il n'arrivait à son bureau qu'à 10 heures passées.

Je me présentai à l'entresol. La secrétaire particulière me demanda d'attendre. Assis sur un inconfortable canapé jaune bouton d'or, sans doute rescapé d'une ancienne *Traviata*, je vis entrer et sortir une bonne partie de l'équipe rapprochée du président, le directeur délégué pour les affaires musicales, le directeur du personnel, le directeur des affaires juridiques. Tous me regardèrent sans aménité, à la dérobée, comme si j'étais porteur d'une maladie contagieuse. Le téléphone de la secrétaire n'arrêtait pas de sonner, elle prenait ou renvoyait les appels à un rythme qui m'eût, en d'autres circonstances, semblé comique. Au bout d'une demi-heure, je lui rappelai ma présence : à quoi bon me convoquer en urgence si c'était pour me faire faire antichambre aussi longtemps ? Tout en se confondant en excuses auprès d'un interlocuteur invisible, elle m'adressa une mimique d'impuissance.

Près d'une heure après mon arrivée, elle me fit enfin signe d'entrer dans un imposant bureau tendu de rouge et meublé en style Napoléon III. Chomérac m'ignora et continua sa discussion à voix basse au téléphone. De part et d'autre d'une table de réunion, Jean-Eudes Marenzio, son directeur de cabinet, un homme sans âge, frêle, au teint grisâtre, et Anne-Sophie Boulanger, la chargée de communication, une énergique jeune femme blonde, compulsaient des papiers et ne m'adressèrent pas la parole. Personne ne me proposa de m'asseoir.

Chomérac gloussa d'un rire forcé, raccrocha, et, sans me saluer, dit d'une voix feutrée et lasse :

« Alors, c'est vous, Armant. »

Ce constat n'appelait pas de réponse.

« Armant, vous me posez un problème. »

Je ne voyais pas où il voulait en venir. Il ne souriait pas, n'élevait pas la voix.

« Évidemment, Craon est cinglé. Son geste... Son geste est condamnable, et je l'ai condamné. Anne-Sophie, le communiqué est parti ?

— Oui, président. Parti avant 9 heures et déjà repris par les agences et les télévisions.

— Et le communiqué de la ministre ?

— Toujours rien », susurra le directeur de cabinet, qui visiblement se délectait de cette réponse. Le président sembla partager son contentement.

« Craon... Craon est foutu. Fini. N'en parlons plus. Parlons de vous. »

Il se tut, me jaugea. Je me gardai bien de prendre la moindre initiative.

« Son geste ne vous a pas plu. Vous vous êtes levé et lui avez tourné le dos.

— C'est un résumé un peu..., osai-je, mais il poursuivit sans se laisser interrompre.

— Et tout l'orchestre vous a emboîté le pas. Je dînais chez le président de l'Assemblée, lorsque Jean-Eudes m'a alerté. J'ai dû faire allumer une télévision, pour y découvrir... quoi ? Le premier violon qui bat la mesure... Au fait, il faudra que je la reçoive aujourd'hui et que je la félicite, j'imagine. »

Il semblait revivre la soirée, son dîner gâché, les piques sans doute des autres convives, le spectacle qui se défaisait sous ses yeux. Il en égrena les épisodes d'un ton dubitatif et distant, comme s'il ne parvenait toujours pas à y croire.

« Tout cela parce que vous vous êtes levé et avez refusé de jouer.

— Je n'ai été que le premier...

— Bien sûr. Le premier. Mais s'il n'y avait pas eu un premier, y aurait-il eu un deuxième, un troisième ?... Nous ne le saurons jamais.

— Chacun de mes camarades a décidé en conscience, et je n'y suis pour rien.

— Croyez-vous ? Vous avez créé une dynamique, qui a emporté l'orchestre, les chœurs, la salle. Vous avez imaginé, cristallisé la réponse. Dès lors que vous vous êtes levé, vos collègues pouvaient-ils rester assis ? Ils auraient paru approuver cet imbécile de Craon. Ils n'avaient pas le choix. Vous avez pris le pouvoir. Vous leur avez imposé votre décision. Sans l'avoir voulu, sans doute. De bonne foi, sans doute. Mais là n'est pas la question. Vous avez fait basculer la soirée.

— Je n'ai contraint personne ! »

Il ne daigna pas répondre, se leva, et vint près d'un guéridon où était exposé un lourd jeu d'échecs, en une sorte de malachite gris-vert.

« Vous jouez aux échecs, Armant ?

— Rarement.

— Cet échiquier de mauvais goût m'a été offert par mon ami le patron du Bolchoï. »

Il prit une pièce dans sa main, l'observa, et poursuivit :

« Vous n'êtes pas délégué syndical, ni chef de pupitre. Vous ne détenez aucun mandat, aucune fonction particulière dans l'orchestre. Altiste de rang... Pour moi, vous êtes un pion. Ne le prenez pas mal. Aucune pièce aux échecs n'est inutile ou secondaire. Un pion peut être sacrifié. Il peut défendre une position stratégique. Il peut concourir à un échec et mat. Ou au terme de son parcours, à la huitième case, être promu. Je ne sais pas encore quoi faire avec le pion Armant.

— Je ne suis pas sûr de bien comprendre, ni d'apprécier cette comparaison. Quoi qu'il en soit, aucun musicien de l'orchestre non plus n'est inutile ni secondaire. »

À nouveau, il laissa ma réponse sans écho. Il ne reposa pas tout de suite le cavalier noir, joua un instant avec l'objet dans sa paume, puis le coucha non à sa place sur l'échiquier, mais sur le guéridon. Ses deux collaborateurs nous regardaient, immobiles, attendant un signe pour savoir quelle attitude adopter.

« Je ne m'occupe pas des affaires musicales, mais je suis comptable de la réputation de cette maison. L'orchestre qui refuse de jouer... Les chœurs qui boycottent la mise en scène... Le second acte escamoté... Il a dû bien rigoler hier soir, mon ami du Bolchoï, en voyant la déconfiture de l'Opéra de Paris. En Russie, les musiciens ne font pas de tels caprices. Dans mon dîner d'hier soir, une très jolie femme m'a demandé ce que ressentait le commandant du cuirassé Potemkine... Je constate que vous deviez jouer de l'alto hier soir, et que vous avez refusé. Cela pourrait entraîner des suites...

— ... Des suites disciplinaires », précisa le directeur de cabinet.

Je compris qu'il lui évitait ainsi de prononcer un mot trop explicite, de s'engager trop dans cette direction. Chomérac préférait, pour l'instant, en laisser flotter la menace, que son sbire soulignait au cas où je n'aurais pas compris. L'effroi de la veille serait-il sommé de comparaître devant je ne sais quelle commission ? Mes collègues, alors solidaires, le seraient-ils toujours ?

« Chaque musicien peut-il décider selon son humeur de jouer ou non avec le chef ? À sa guise ? Un alto de moins, et l'orchestre se retrouve bancal, comme un échiquier où manquerait un pion. Chaque musicien, en fait, est l'orchestre à lui tout seul. Peut-il décider de s'en aller ?

— Les circonstances...

— Les circonstances sont toujours particulières, c'est même leur définition, me coupa-t-il sèchement. Et parmi les circonstances, il y en a une que je souligne. Hier soir, la représentation était retransmise en direct à la télévision.

Deux années de travail pour que Mozart, enfin, illumine le service public. Deux années de travail que vous avez réduites à néant. »

Ces deux années de travail avaient eu lieu sous le mandat de son prédécesseur, un grand professionnel unanimement apprécié, qui avait été remercié en trois jours pour lui laisser la place.

« Je devais leur livrer un *Così fan tutte*, et ils n'en ont eu, au mieux, que la moitié. Vous croyez qu'ils vont me payer la totalité ? Le président de la chaîne m'a appelé hier soir, et pas pour me féliciter. Et vous pensez que je vais pouvoir leur proposer autre chose désormais ? qu'ils vont me prendre au sérieux ? »

Le calme glacial auquel Chomérac se contraignait se fissurait peu à peu et laissait apparaître la colère d'un homme de pouvoir face à une crise imprévue, et à celui qui l'avait déclenchée.

« Je ne sais pas si vous saisissez bien les enjeux. De votre fait, l'Opéra est pris dans un scandale national, voire international. Comme président, je suis garant de la renommée de l'institution, et vous y avez porté gravement atteinte. Craon d'abord mais vous aussi. Vous ensuite. Vous tout autant. Vous avez doublé la mise. »

À cet instant, la secrétaire ouvrit la porte et se précipita vers Chomérac, trois feuillets à la main. Il en donna un à Marenzio et à Anne-Sophie Boulanger, et, oublieux de ma présence, entreprit de lire, et eux comme lui. Quand il eut terminé, il les interrogea du regard :

« Plus d'une heure après le nôtre, une heure trop tard ! triompha le directeur de cabinet.

— Rien de nouveau. La ministre me recopie. Aucun impact, trancha Chomérac.

— On maintient la conférence de presse à 10 heures et demie ? demanda la jeune femme.

— Bien sûr. Plus que jamais. »

Son téléphone sonna, et il répondit avec une chaleur exagérée en russe, langue qu'il était très fier de pratiquer. Il fit un signe de la main à Marenzio, et celui-ci me raccompagna dans l'antichambre :

« Restez dans les parages, on ne sait jamais. Peut-être la conversation reprendra-t-elle.

— Vous appelez ça une conversation ?

— N'en parlez à personne. Ne compliquez pas davantage la situation. Vous l'avez entendu, aucune décision n'est prise pour l'instant. La journée va être... passionnante. Tout va aller très vite. Ne vous éloignez pas. »

Il se délectait de son commentaire, dont je n'avais que faire.

Je me rendis à la salle de répétition. Une bonne partie de l'orchestre s'y était rassemblée et échangeait les dernières nouvelles. Les délégués des syndicats s'étaient réunis pour discuter du principe et du contenu d'une réaction commune. Philippe et Bertrand, deux collègues avec qui j'avais formé cinq ans plus tôt un trio à cordes, vinrent aussitôt me rejoindre. J'appréciai leur soutien discret.

Il n'y avait rien de particulier à faire, pas de répétition programmée. Mais, comme la veille au soir, spontanément, nous avions eu besoin de nous retrouver. Hormis ceux qui donnaient des cours dans un conservatoire, tout l'orchestre était là, quasiment silencieux. Tous avaient suivi l'actualité et attendaient la conférence de presse du président, bien sûr ; mais aussi le moindre indice d'un retour à la normale. Impossible d'oublier que la prochaine représentation de *Così* avait lieu dans trois jours.

Je ne pouvais me confier à aucun de mes collègues. Et la dernière phrase du président résonnait dans ma tête : « Vous avez doublé la mise. »

La conférence de presse de Chomérac, reculée de demi-heure en demi-heure, débuta à midi et demi. Les journalistes s'y pressèrent en si grand nombre que le salon habituel n'y aurait pas suffi. Elle se tint dans la grande salle de l'Opéra. La presse occupa les sièges du parterre, et le président s'installa seul sur scène, à un bureau moderne rapidement installé parmi le décor rococo bleu et or, devant la toile peinte d'un paysage maritime idéal.

Il commença par lire une déclaration solennelle où il condamnait sans appel le geste inadmissible du chef Louis Craon. Cette version longue de son communiqué n'apportait rien de neuf, malgré quelques belles formules. L'animal avait du métier. Quand il eut terminé cet exercice obligé, les questions fusèrent :

« Aviez-vous été prévenu ?

— Non ! Bien sûr que non ! Craon n'avait informé personne de ses intentions.

— Qu'est-il devenu ?

— Je n'en sais rien et ne veux pas le savoir. Qu'il se fasse oublier ! Qu'il aille au diable, il y sera en bonne compagnie ! Il ne remettra plus jamais les pieds à l'Opéra de Paris. Et j'espère qu'il ne trouvera plus jamais aucun engagement, ni en France ni ailleurs. Le Teatro Colón de Buenos Aires et le Metropolitan Opera de New York l'ont annoncé. Le Bolchoï, à Moscou, va le faire. La Scala de Milan également. Toutes les grandes maisons vont suivre, j'en prends le pari.

— Comment expliquez-vous son geste ?

— Je n'ai pas à l'expliquer, à le commenter, à essayer de le comprendre ou de lui donner un sens. Je le réprouve de toutes les fibres de mon être. Comme président de l'Opéra, comme Européen, et comme simple citoyen.

— Qui va diriger les prochaines représentations ?

— Je viens de m'entretenir avec mon ami le directeur général du Bolchoï. Grâce à son appui, et je l'en remercie vivement, j'ai obtenu le concours du maestro Dimitri Vladimirovitch Razoumovski. La programmation de l'Opéra n'en sera pas affectée.

— Le chef Craon sera-t-il payé ?

— Drôle de question ! Il ne sera pas payé pour les représentations qu'il ne fera pas... ni pour celle qu'il n'a pas assurée hier soir... Et je prends l'engagement qu'il ne sera pas payé non plus pour les répétitions et les représentations qui ont déjà eu lieu. J'ai là une note du directeur des affaires juridiques qui me le déconseille, mais peu importe. Si Louis Craon ose attaquer l'Opéra en justice, je ferai valoir l'immense préjudice d'image qu'il lui a causé, et je réclamerai des indemnités substantielles. Quel qu'en soit le montant, elles n'effaceront pas la blessure infligée à cette maison. Ce qui s'est passé est au-delà de toute réparation. »

Cette réponse, où il avait paru retrouver de l'assurance au fil de sa démonstration, suscita des murmures d'approbation des journalistes.

« L'attitude de Louis Craon aura-t-elle des suites judiciaires ? Y a-t-il eu apologie de crime contre l'humanité ?

— Je ne suis ni le Garde des Sceaux ni le procureur de la République. Mais si la justice décidait de sanctionner pénalement son comportement, je n'y verrais que des avantages. J'apporterais mon entier concours à ses investigations. L'Opéra n'est pas une machine hors du temps, mais une institution vivant dans la cité. »

Un jeune journaliste du *Soir* posa alors une question qui

fit l'effet d'un coup de tonnerre et lui valut le respect de ses pairs :

« N'était-ce pas imprudent de programmer un concert en direct à la télévision le 20 avril, le jour de la naissance d'Hitler ? »

Un frisson parcourut l'auditoire. Le président, à son bureau sur le devant de la scène, parut assommé. Personne jusqu'alors n'avait fait ce rapprochement, personne ne l'avait alerté, il se trouvait pris complètement au dépourvu. Il resta de longues secondes muet, cherchant une issue, dans un visible état de sidération.

Dans la salle où l'orchestre s'était réuni, nous partagions sa stupeur. Ainsi éclairé, le geste de Louis Craon acquerrait enfin une forme de rationalité – une rationalité perverse, haineuse, insensée. La provocation pure et irresponsable s'effaçait, et apparaissait nettement ce que nous ne voulions pas voir depuis le début : un message politique assumé ; un discours ayant du sens ; un hommage proféré avec force, charriant avec lui toute une histoire tragique, où se mêlaient aigles, discours furieux, croix gammées, *Horst Wessel Lied*, grands rassemblements de Nuremberg...

La scène d'hier soir était encore plus violente que nous ne l'avions pensé. Un arbre monstrueux était apparu dans notre jardin, et nous découvrions tout à coup qu'il portait une fleur plus monstrueuse encore. Nos émotions de la veille ressortirent aussitôt du tréfonds où nous croyions les avoir contenues et nous submergèrent à nouveau, comme si une malédiction proférée à notre encontre venait d'être réitérée. Des larmes apparurent sur le visage de certaines collègues. Nous étions littéralement sonnés, comme un boxeur qui reçoit un deuxième uppercut au visage.

L'effroi, qui loin de s'être enfui s'était tapi grimaçant quelque part au fond de moi, ressurgit et me glaça le cœur avec une violence renouvelée. C'était lui, et lui seul, qui doublait la mise.

Sur la scène, le président de l'Opéra réfléchissait toujours, les yeux mi-clos. Son humour et ses relations haut placées ne pouvaient rien pour lui. Son très long silence trahissait une forme de panique, il fallait qu'il réponde quelque chose. Il se rapprocha des micros, et murmura à voix basse, sur le ton de la confidence :

« Pour notre génération, née après la Seconde Guerre mondiale, qu'importe la date de naissance d'Hitler. Ce jour n'a de valeur particulière que pour des groupuscules extrémistes, pour les nostalgiques d'un régime honni. Nous ne devons le célébrer ni positivement ni négativement, ni en faisant quelque chose ni en nous abstenant de quoi que ce soit. Toute autre attitude serait une forme de révérence envers le pire criminel du XXe siècle. Donc, pour répondre à votre question, il n'y a pas d'imprudence à réaliser une émission en direct ce jour-là, sauf si vous disposez d'indices sur le risque d'une manipulation. Qui pouvait deviner que Craon était un nostalgique masqué du nazisme, et allait trahir la confiance du service public ? »

Sa réponse fut appréciée. Mais les journalistes se souvinrent d'abord de la question de leur confrère. De nouvelles mains se levèrent.

« Que pensez-vous de l'attitude de l'orchestre ?

— Je l'ai trouvée... comment dire les choses avec exactitude... appropriée. »

La fatigue commençait-elle à se faire sentir ? Cette réaction prudente, en demi-teinte, parut très en dessous des attentes de la presse. Dans la salle de répétition où nous le regardions, un murmure de déception se fit entendre. Une journaliste au fort accent américain le relança :

« Appropriée ? Que voulez-vous dire ? »

D'instinct, il sentit qu'il devait se rattraper, qu'il jouait gros sur cette réponse. Il ne pouvait pas se permettre de laisser supposer la moindre distance avec les musiciens, puisque tous les commentateurs les avaient approuvés.

« L'orchestre a été... digne... courageux... professionnel. Il a fait ce qu'il fallait faire. Je salue son esprit de résistance. Je le félicite. Leur réaction a contraint Craon à une piteuse retraite. Mozart a triomphé. »

Sa référence à Mozart, au demeurant inexacte puisque la représentation n'était pas allée à son terme, tomba complètement à plat. Mais l'esprit de résistance fit mouche et fut abondamment repris.

Un journaliste aux cheveux blancs, assis au premier rang, qui levait la main depuis dix minutes, réussit à poser sa question :

« Comment s'appelle le violoniste... »

Quelques murmures chez ses confrères lui signalèrent son erreur, et il eut l'oreille assez fine pour se reprendre :

« Euh... l'altiste qui s'est levé ?

— Sébastien Armant.

— Pouvons-nous le voir ? Lui poser quelques questions ? »

Chomérac parut surpris, il se tourna vers les coulisses où ses collaborateurs devaient se tenir aux aguets.

« Je ne sais pas s'il est encore dans la maison... »

Mon portable sonna aussitôt. Anne-Sophie Boulanger me dit seulement :

« Venez ! Venez aussi vite que vous pouvez ! »

Le président meublait de son mieux :

« Je l'ai reçu ce matin. Nous avons longuement discuté. Il ne souhaite pas du tout se mettre en avant. Un orchestre, vous le savez, c'est un collectif.

— Sébastien ! » s'exclama un insolent. D'autres voix firent chorus.

« Je vais voir s'il accepte de me rejoindre. Pour en avoir parlé avec lui, je peux vous dire que rien ne le gênerait plus que d'être pris pour un héros. Comme tous les vrais artistes, il est authentiquement modeste. Pour lui, ce qui importe, c'est l'alto, non l'altiste. »

Malgré la médiocrité de sa formule, plus il improvisait ce portrait imaginaire, plus il renforçait la curiosité des journalistes.

J'arrivai en courant dans les coulisses, Marenzio me fit signe d'entrer en scène, et n'hésita pas à m'y pousser d'une tape dans le dos. J'avançai, un peu ébloui par les projecteurs, zigzaguai entre la balustrade en carton et un large sofa destiné aux vocalises de la soprano. Le président se leva, m'accueillit solennellement en me serrant la main sous les applaudissements spontanés de la presse. Il me regarda droit dans les yeux, et je compris son message : si je n'évoquais pas notre premier entretien, il me laissait le bénéfice de la gloire. Nous avons conclu, en cet instant, un cessez-le-feu. Le pion blanc et le roi blanc s'épaulaient l'un l'autre.

Un second fauteuil était apparu par miracle, et nous nous assîmes. Le jeune journaliste du *Soir* attaqua aussitôt :

« Monsieur Armant, qu'avez-vous pensé en voyant Louis Craon faire le salut nazi ? »

Chomérac ne m'avait pas posé la question, et je ne me l'étais guère posée à moi-même. Pour pouvoir répondre, il aurait fallu que j'évoque l'effroi. Mais que dire de ce sentiment qui avait paralysé toute réflexion, toute logique, toute prudence ? La presse espérait des formules efficaces ou des révélations, je ne pouvais lui opposer qu'un tremblement intérieur, un temps arrêté. Je ne tenais pas à revivre ce moment sans couleurs, cette vibration où j'avais été comme en dehors de moi-même, tout entier projeté dans une protestation au-delà des mots. Il m'aurait fallu un temps non décompté pour rendre compte de cet instant, de sa force dévastatrice. Il m'aurait fallu accumuler les métaphores contradictoires : la vague monstrueuse qui m'avait submergé, faisant disparaître tout ce qui m'est cher, et m'avait laissé abasourdi, pétri de haine et de colère ; la chute terrifiante dans un abîme obscur où je devenais l'obscurité même, le puits, les créatures emprisonnées au fond ; la brûlure immédiate, créant une douleur précise au creux des poumons, non pas sur la peau, mais à l'intérieur, hors de portée de toute pommade ou de tout médicament ; le souvenir précis et confus à la fois de tragédies auxquelles j'avais assisté avant ma naissance, d'images vues mille fois et jamais vues vraiment...

Je souffrais de devoir mentir, mais j'aurais souffert davantage de tout dire. Et ce mensonge, aussi, est devenu moi. D'une voix qui ne tremblait pas et masquait l'essentiel, je me suis contenté de paroles convenues :

« Comme chacun, j'ai ressenti un choc terrible. Après la surprise est venue la révolte. Il fallait qu'il arrête ce salut, qu'il parte. Je n'ai pas eu l'idée de crier, de hurler. Je me suis levé. C'est tout. Un geste simple.

— Avez-vous espéré que vos collègues vous imiteraient ?

— Je ne me suis pas posé la question. Je n'en ai pas eu le temps.

— Avez-vous pensé à la télévision, au direct ?

— Non. »

Mon laconisme semblait confirmer ce qu'avait annoncé Chomérac. Il sentit qu'il pouvait reprendre la parole et ramener à lui l'attention de la presse.

« La force de la réaction de Sébastien Armant naît précisément de son caractère spontané : un homme seul face à l'inacceptable. Rien d'autre ne compte. »

Les journalistes semblaient déçus de la brièveté de mes réponses. Ils ne pouvaient pas en tirer grand-chose. Ils avaient sans doute espéré une mise en perspective politique, de belles formules, une analyse fouillée de la situation et du moment. À m'en supposer capable, je n'en avais pas envie. C'eût été mentir davantage.

Quoi que je dise, je ne pouvais pas expliquer ce qui s'était passé. Je ne pouvais offrir qu'une reconstruction maladroite. Restait l'effroi. L'effroi inentamé. L'effroi infiniment tu.

« Monsieur Armant, pouvez-vous vous présenter ? Nous parler de vous ? »

Sur ce terrain sans piège apparent, je déroulai mon parcours : études au conservatoire de Marseille puis au Conservatoire national supérieur ; diplôme en 1998 ; cinq années comme altiste à l'Opéra du Rhin ; depuis 2004, altiste à l'Opéra de Paris ; membre fondateur d'un trio à cordes, le trio du Grand Foyer ; membre de jurys ou d'académies dans différents festivals.

Rien d'inexact dans cette présentation ; rien non plus qui expliquait pourquoi j'avais réagi, pourquoi le premier, pourquoi ainsi.

« Qu'est-ce que vous voudriez dire aujourd'hui à Louis Craon ? »

Cette question me mit à nouveau mal à l'aise, et sur la défensive. Quel sens aurait pu avoir un tel dialogue ? Et quelle réponse attendait la presse ?

« Non... Je ne sais pas... Je n'ai rien à lui dire. »

Prenant avantage de mon embarras, Chomérac ne résista pas à la tentation de ciseler une formule :

« On ne discute pas avec le nazisme, on le combat. Sébastien Armant et tout l'orchestre de l'Opéra ont parfaitement illustré ce principe. »

Je ne me souviens pas très bien du couplet qui suivit, sur les valeurs de la République. Les journalistes l'écoutèrent d'une oreille distraite.

Interrogé sur ses relations avec la ministre de la Culture, le président de l'Opéra affirma leur parfaite harmonie, dont témoignaient leurs deux communiqués sur l'incident de la veille.

« Vous appelez cela un incident ? le relança un impertinent.

— Incident ne convient pas. J'aurais dû dire... »

Il chercha une expression plus forte. Je ne sais pourquoi, peut-être pour compléter mes réponses précédentes qui ne me satisfaisaient pas, je le devançai :

« Un crime ! »

Chomérac me jeta un coup d'œil surpris, et rebondit :

« Exactement, un crime. Un attentat. Une forfaiture. C'est bien un crime qu'a commis Louis Craon. Et à ce geste criminel nous avons répondu dans la dignité et la fermeté. »

Avec ce « nous », il faisait sienne la réaction de l'orchestre, comme si elle avait été le fruit d'une réunion préalable tenue sous sa présidence. Me souvenant de notre entretien trois heures plus tôt, je toussotai. Il m'ignora.

« C'est un crime en effet que de prendre la musique en otage. C'est un crime que d'agresser par surprise le public dans la salle et à la télévision. C'est un crime que de saluer la mémoire d'un génie du Mal. C'est un crime que de paraître ignorer les millions de morts de la guerre... »

Pris par son envolée lyrique, il répéta une dizaine de fois « C'est un crime » en faisant varier ses fins de phrases, toujours sonores, toujours bien senties. Cette improvisation contenta la presse, qui put sélectionner tel ou tel extrait.

Tout était dit. Chomérac mit un terme à la conférence de presse, se leva et descendit au parterre pour se mêler aux journalistes. Anne-Sophie vint me chercher pour faire de même, et me glissa à l'oreille de veiller à faire de vraies phrases. Pendant une bonne heure, je me répétai dans des micros successifs. Chomérac resta près de moi tout au long des entretiens. Marenzio lui apporta quelques papiers qu'il consulta debout pendant ce temps.

Les syndicalistes distribuèrent leur communiqué commun aux journalistes qui partaient. Je pensais que nous en avions terminé. Mais il fallut ensuite satisfaire les photographes avides de portraits : en gros plan, en pied, dans la fosse, sur la scène déserte, au milieu des sièges de velours rouge, sur le grand escalier, sur la place et devant la façade... Leurs contraintes techniques et les sourires d'Anne-Sophie ont fait de moi pendant près de deux heures un objet, un pantin transporté dans divers décors selon des caprices incompréhensibles. Tout étonné de leur curiosité et de leur hâte, je me laissai faire et ne protestai pas.

Anne-Sophie téléphonait sans cesse. Lorsque je soulignai que je n'avais toujours rien mangé depuis le matin, elle me fit apporter un sandwich et une bouteille d'eau, comme à un coureur cycliste habitué à se sustenter pendant la course. Et les séances reprirent.

Après le départ du dernier photographe, je poussai un soupir de soulagement et m'apprêtai à rentrer chez moi. Je regardai ma montre.

« Et maintenant, on va faire les sujets pour les télés. »

Pendant que nous attendions le taxi, Marenzio la rejoignit et ils tinrent un bref conciliabule. Ils parlaient à l'évidence de moi, à deux pas, à voix basse. Je résistai à l'envie de leur faire remarquer leur discourtoisie.

Elle et moi partîmes ensuite vers les sièges de différentes chaînes, pour des séquences identiques : embrassades insincères, camaraderie de façade, tutoiement de rigueur, arrivée de l'animateur entouré de sa cour, brève discussion filmée – debout, assis, en marchant devant un décor peint ou sur le trottoir, en studio devant un public applaudissant sur ordre –, remerciements, nouvelles embrassades. De tout cela ne resterait pour chaque émission au mieux que deux minutes d'antenne, où les mêmes questions provoquaient les mêmes réponses.

« Mais, Sébastien, deux minutes, c'est énorme ! Un ministre n'a pas toujours droit à autant ! »

Anne-Sophie, pendant les trajets, commentait ma prestation et me présentait l'émission suivante, les nuances que je devais apporter à mon récit. Je me laissai porter par la vague. Seul un appel de Julie vint interrompre un instant le tourbillon. J'eus à peine le temps de lui dire de s'occuper des garçons.

Vers 7 heures, alors que nous venions de quitter un studio de télévision en banlieue sud, Anne-Sophie, lâchant son téléphone où elle négociait je ne sais quoi, sursauta en me regardant :

« Sébastien... Vous avez une chemise blanche ! »

Je ne comprenais pas ce qui l'émouvait tout d'un coup.

« Pas de chemise blanche sur le plateau du journal ! Vous voulez que les téléspectateurs aient mal aux yeux ?

— Ah bon ? On peut passer chez moi...

— Pas le temps. »

Elle scruta les devantures, puis cria au chauffeur de taxi de s'arrêter. Elle m'entraîna dans une boutique élégante, et expliqua le problème au vendeur. Celui-ci revint avec trois propositions, elle rejeta le rose, j'optai pour un bleu clair passe-partout.

« Essayez-la, mais vite. »

J'ôtai ma chemise blanche, et, torse nu devant elle, voulus la taquiner :

« On est passés près de la catastrophe. »

Elle ne me jeta pas un coup d'œil, je mis la chemise bleue. Le vendeur assura à Madame que Monsieur était très élégant, elle paya et nous sortîmes. Pendant que le taxi redémarrait, j'eus à peine le temps de rappeler Julie et de lui dire de regarder les informations.

À l'arrivée au siège, sous une large verrière, trois longues jeunes filles nous attendaient. L'une, qui paraissait être le chef, entama un conciliabule complice avec Anne-Sophie. Les deux autres me conduisirent vers les ascenseurs. Il n'était pas désagréable de se laisser ainsi guider, de s'abandonner à leur volonté. Au huitième étage, après un dédale de couloirs silencieux parcourus par des jeunes gens pressés, minces et pâles, je fus conduit dans une cabine de maquillage. Je m'installai sur un fauteuil, face à un miroir entouré d'ampoules où mon visage semblait grandi, et où les imperfections de la peau – un point noir, une microcoupure de rasage, une tache, des cernes, une ride récente – et la fatigue accumulée depuis l'aube se faisaient cruellement visibles. La maquilleuse, une femme sans âge, un peu forte, avec un accent du Midi, bavarda pendant toute la séance. Je répondis à ses plaisanteries et me laissai faire, entre les serviettes chaudes, les houppettes, les crayons, les fards. Un coiffeur lui succéda, pour de légers coups de peigne. Quand ils eurent terminé, je contemplai dans la glace un visage mensonger : cette tête parfaite et rajeunie me ressemblait, et je ne la reconnaissais plus. Je souris, tirai la langue, grimaçai : elle fit de même, et malgré tous mes efforts restait dépourvue d'expressions et d'émotions.

L'une des jeunes filles me conduisit à une loge, puis cinq minutes après à un vaste salon d'attente. Dans cette pièce sans fenêtres, ornée d'un somptueux bouquet, meublée de grands fauteuils vides, un buffet nous attendait. Anne-Sophie se contenta d'un verre d'eau. Je choisis quelques petits-fours.

À peine avais-je commencé ce léger en-cas qu'apparut, venant également du maquillage, Pierre-André Davenast, le ministre des Affaires étrangères, avec un collaborateur. Il me parut encore plus gros et débonnaire que sur les photographies. Son visage trahissait l'amateur de bonne chère, et l'élu de la Bourgogne. Il me dévisagea. Son conseiller lui murmura quelque chose à l'oreille. Il portait lui aussi une chemise bleu clair sous son costume sombre, et me tendit la main avec un grand sourire :

« Heureux de vous rencontrer. C'est très bien, très très bien, ce que vous avez fait.

— Merci, monsieur le ministre. »

Il se servit une coupe de champagne et y goûta.

« Toujours boire un peu d'alcool, avant de causer dans le poste. C'est votre première télé ?

— Comme invité sur le plateau du journal de 20 heures, oui.

— Ne vous inquiétez pas. Louise-Charlotte n'est pas si méchante qu'on le dit. Faites des réponses courtes. Soyez naturel, soyez vous-même. »

Être naturel, avec trois millimètres de fard sur les joues ?

Un peu surpris qu'il me prodigue ses conseils, comme un oncle bienveillant à son neveu juste débarqué de province, je ne répondis pas.

« Vous avez quand même bien arrangé les affaires de ce vieux renard de Chomérac. Tenez, appelez-moi à l'occasion, il faudra qu'on dîne ensemble un de ces soirs. »

Je le remerciai en prenant la carte qu'il me tendait. Des assistants vinrent à nouveau papillonner autour de nous. Le conseiller du ministre en profita pour se glisser à côté de moi et murmurer :

« Il distribue ses cartes de visite comme s'il était encore député-maire. Bien évidemment, c'est nous qui vous contacterons le moment venu. Pour un déjeuner thématique, je pense. Le ministre adore : un romancier togolais, un danseur haïtien, une poétesse bulgare... vous voyez le genre. »

Je ne voyais pas vraiment, mais il fallait y aller. Un régisseur nous fit franchir plusieurs portes. Anne-Sophie s'arrêta à la dernière, celle du saint des saints. La présentatrice vedette, moins jolie qu'à l'écran, élégante dans un tailleur-pantalon sur un chemisier gris, vint accueillir le ministre et l'embrassa chaleureusement. Un bijou abstrait couleur corail descendait sur sa gorge. Ses cheveux blonds vaporeux semblaient presque blancs sous les couches de laque. Son maquillage strict dessinait des lèvres agressives et des yeux sans douceur. Elle me serra la main avec indifférence. On nous installa sur des tabourets inconfortables, qui nous contraignaient à nous tenir bien droits. Les techniciens firent d'ultimes essais de son pendant que défilaient les publicités.

Louise-Charlotte enleva ses escarpins, et se mit à sourire deux secondes avant d'apparaître à l'antenne. Elle annonça les principaux titres de l'actualité, politique intérieure, faits divers, sport :

« Et pour évoquer les derniers développements au Proche-Orient, nous recevons Pierre-André Davenast. Monsieur le ministre, bonsoir.

— Bonsoir. »

Je découvrais cet univers avec jubilation, comme un enfant gourmand enfin admis dans l'arrière-boutique d'un pâtissier. J'observais le revers invisible du plateau, les techniciens qui réglaient caméras et projecteurs, l'écran sur lequel elle lisait son texte, tous ces gens qui nous regardaient et dont j'ignorais l'emploi. Des pendules dans tous les angles marquaient le passage du temps. Une petite télévision en contrebas me permettait de suivre le journal : le buste de la présentatrice alternait avec un reportage sur les dernières dénonciations de la Cour des comptes, puis sur des inondations catastrophiques dans le Var. Pendant que les téléspectateurs pouvaient compatir à la vue de ces familles dont les maisons avaient été envahies par la boue, elle me dit seulement : « Après, c'est à vous. »

Elle avait effacé son sourire pour présenter les sinistrés, elle conserva cette mine dolente :

« Hier soir, scandale à l'Opéra. Le chef d'orchestre Louis Craon a commencé une représentation de Mozart, retransmise en direct, en faisant le salut nazi. Nous avons choisi de ne pas diffuser cette image. En réponse à cette provocation, l'un des musiciens, Sébastien Armant, s'est levé, refusant de jouer. Monsieur Armant, bonsoir.

— Bonsoir.

— Lorsque le chef a eu ce geste insensé, à quoi avez-vous pensé ?

— Je... J'ai été choqué. Je me suis senti trahi. Je ne pouvais pas continuer comme si de rien n'était. Je me suis levé. Je lui ai tourné le dos.

— Tout l'orchestre vous a suivi, et Louis Craon a dû quitter les lieux. Comme l'a dit Jean-Pierre Chomérac, le président de l'Opéra, l'esprit de résistance a prévalu.

— Tout s'est passé tellement vite. Ma réaction a vraiment été instinctive.

— Elle a été saluée par tous les partis politiques, tous les commentateurs. Vous avez sauvé la soirée.

— Dans de telles circonstances, nous avons fait notre devoir. »

À cause de ses questions, je n'avais jusqu'alors parlé que de moi, personnalisant à outrance mes réponses. Ce « nous » tardif par lequel je voulais associer tout l'orchestre résonna comme un gage de fausse modestie.

Pierre-André Davenast, hors champ, leva et agita le bras. Une interaction entre les deux invités, cela ne se refuse pas.

« Un commentaire, monsieur le ministre ?

— Comme des millions de téléspectateurs, j'ai été témoin de cette scène ahurissante, et du courage de Sébastien Armant. Dans ce palais national qu'est l'Opéra, il a manifesté le profond attachement de tous les Français aux droits de l'homme. Son geste, simple et beau, a d'ores et déjà un retentissement exceptionnel, y compris hors de nos frontières. Il a sauvé l'honneur de la France. Je souhaite donc le proposer pour la Légion d'honneur. »

Un gros plan sur mon visage montra ma totale surprise. L'improvisation du ministre avait fait dépasser les deux minutes allouées à cette affaire. La présentatrice, coupant mes remerciements, enchaîna sur le verdict attendu d'une cour d'assises, puis sur la suite des informations : le naufrage d'un chalutier au large de l'île de Ré, le changement d'entraîneur d'une équipe de football, une crise politique en Pologne. Le ministre répondit à quelques questions sur le conflit israélo-palestinien, et ce fut le générique de fin.

Anne-Sophie me congratula. Chomérac, heureux que son nom et sa formule aient été cités, l'avait appelée pendant le sujet sur les malheureux marins-pêcheurs, et me remerciait d'avoir dignement représenté la maison. Il considérait ce soir que finalement l'Opéra n'aurait pas trop à souffrir de cet épisode. J'acceptai son message, sans faire d'allusions à notre conversation du matin. Il s'était passé tant de choses dans la journée.

Le ministre repartit après une bise à la redoutée Louise-Charlotte et un vague signe de la main dans ma direction.

Au démaquillage, sur le chemin du retour, puis à la maison, le téléphone n'arrêta pas de sonner : la famille, les amis, les collègues, de vagues relations, tout le monde voulait me féliciter. Grégoire et Arthur, surexcités d'avoir vu leur père à la télévision et du prestige qu'ils en tireraient auprès de leurs camarades, refusaient d'aller se coucher, il fallut hausser le ton. Quand ils eurent enfin obéi, Julie me demanda d'où me venait cette nouvelle chemise bleue.

Jeudi 22 avril

Le matin suivant, le téléphone resta silencieux. J'accompagnai les garçons sur le chemin du collège et de l'école. En revenant, je m'arrêtai au coin de la rue, au bar des Colonnes où j'avais mes habitudes. Nul parmi les clients ne reconnut l'invité du journal télévisé de la veille. Je crus, pendant une heure, avoir retrouvé ma vie d'avant.

Assis dans un coin du bistrot, je regardai la presse du matin en buvant un café. Le scandale de l'Opéra avait quitté les unes des journaux pour les pages intérieures, ce qui me réjouit.

Seul *L'Aube* proposait un article original : « Qui est vraiment Louis Craon ? » Trois journalistes avaient scruté toute sa carrière en tentant d'y repérer des signes avant-coureurs, des comportements qui suggéraient des convictions d'extrême droite ou antisémites. Et, à leur déception manifeste, ils n'avaient rien trouvé.

Jusqu'alors, Louis Craon s'était tenu soigneusement à l'écart des engagements militants. Issu d'une paisible famille de fonctionnaires charentais – père inspecteur des impôts, mère institutrice, non syndiqués –, il n'avait jamais adhéré à aucun parti ni manifesté de soutien public à un candidat ou une cause. Dans un entretien publié dix ans plus tôt, il expliquait qu'un artiste n'avait de légitimité et de vérité que dans son art, et que ses opinions sur la marche du monde n'avaient aucun intérêt – moins, précisait-il, que celles d'un chauffeur de taxi. La seule exception à cette règle de retenue avait eu lieu en 1979. Alors déjà lauréat de plusieurs concours, jeune loup de la direction d'orchestre, il avait signé, parmi cent musiciens, une pétition adressée à Brejnev pour exiger la libération du pianiste Vitali Grossmann, emprisonné pour avoir demandé à émigrer en Israël.

Rien en effet, dans la carrière de Louis Craon, n'évoquait l'antisémitisme. Il avait dirigé Mendelssohn, Mahler, Bloch. À l'inverse, comme l'écrivaient un peu rapidement les enquêteurs, les deux Richard, Wagner et Strauss, figuraient à peine à son répertoire et Carl Orff, souvent présenté comme le compositeur préféré des nazis, pas du tout.

Ils avaient également vérifié son emploi du temps des 20 avril des années précédentes. Aucune trace d'une journée de deuil ou de recueillement. Ces jours-là, il avait dirigé des répétitions ou des concerts, pris l'avion ou participé à un dîner de gala, dans un agenda toujours surchargé.

Tous les témoignages décrivaient un chef exigeant. Jamais on ne l'avait vu rire franchement ou se mettre en colère. Il n'aimait ni les mondanités, ni les caprices des vedettes, ni les metteurs en scène extravagants. Son visage n'apparaissait pas sur les pochettes de ses enregistrements. Il vivait seul, et moins entouré de jolies femmes qu'à ses débuts.

Il donnait très peu d'entretiens à la presse. En les relisant, les journalistes de *L'Aube* avaient découvert un homme attentif à la dialectique et à la précision de son propos, intéressé par toutes les opinions, et toujours à la recherche d'une synthèse ou d'un juste milieu. Confronté à une objection, il l'évaluait, et répondait volontiers : « Ce n'est pas faux » ou « On peut voir les choses ainsi ». Bref, tout sauf un fanatique.

Je relus deux fois cet article. Je ne savais pas très bien ce que je devais en penser. Aurais-je préféré découvrir une dérive idéologique engagée depuis plusieurs années, des soirées dans des brasseries au milieu de militants en culottes de peau, la fréquentation d'intellectuels aigris ? La confirmation du coup de folie d'un soir me convenait-elle mieux ?

Le chef Craon n'avait daigné ni expliquer ni commenter son geste et laissait chacun, dans l'orchestre, dans le public ou devant sa télévision, seul devant un vertige sans solution, devant une agression doublée d'une énigme. De ce gouffre naissait ce que je nommais, faute de mieux, l'effroi.

Les annulations de concerts et d'engagements s'étaient succédé pendant toute la journée de la veille. Les deux maisons de disques avec lesquelles il avait un contrat en annoncèrent la rupture. Son agent, Louis-Marie Ducasz, harcelé en permanence, avait d'abord fait savoir qu'il n'avait eu aucun contact avec lui et ne pouvait rien dire, sauf sa réprobation. Trois heures plus tard, lorsqu'un célèbre pianiste fit savoir qu'il ne supportait pas désormais d'avoir quoi que ce soit en commun avec Louis Craon, un bref communiqué de l'agence Ducasz annonça qu'elle refusait désormais de le représenter.

Personne n'avait revu Craon, depuis qu'il s'était engouffré dans un taxi place de l'Opéra. Il ne répondait pas au téléphone. Son appartement près du parc Monceau comme sa villa de Mougins semblaient déserts. Il avait disparu sans laisser de traces.

Je rentrai chez moi. Comme à la fin d'un entracte, comme si un régisseur tout-puissant avait donné un signal, le carrousel recommença. Le téléphone se mit à sonner sans cesse. Deux journalistes, que je renvoyai vers Anne-Sophie, comme nous en étions convenus. Des proches, qui voulaient me féliciter, plus impressionnés par ma gloire récente et mon passage au journal télévisé que par la portée de mon acte. Un hurluberlu, qui refusa de donner son nom mais tenait à m'adresser ses salutations républicaines. Je débranchai l'appareil.

Cinq minutes après, Anne-Sophie m'appela sur mon portable :

« Sébastien ? Nous avons encore une grosse journée. Le président m'a demandé de continuer à m'occuper de vous, vous êtes devenu le visage de l'orchestre. J'ai eu d'excellents retours de votre passage chez cette peste de Louise-Charlotte...

— Elle ne m'a pas trop embêté...

— Bravo quand même. J'ai pas mal de demandes, pour l'instant nous acceptons tout : les interviews, les plateaux, les talk-shows, les portraits...

— Je mets une chemise grise ?

— Vous apprenez vite. Rendez-vous à l'Opéra dans une heure. »

Cela ne me laissait pas le temps d'aller courir, par cette agréable matinée de printemps, mais j'acquiesçai.

J'aurais dû repenser à la mise en garde discrète de Chomérac. De l'échiquier massif posé sur son guéridon, il avait enlevé le cavalier noir : exit Louis Craon. Pion blanc, je n'imaginais pas les coups à venir, et faisais loyalement ce qu'on attendait de moi. Je ne me préoccupais pas de comprendre la partie en cours : tout fier de cavalcader au plus près des lignes adverses, je m'exposais insolemment au risque d'un feu nourri.

Je retrouvai Anne-Sophie sur les marches de l'Opéra et nous recommencâmes notre course à travers Paris, vers les chaînes de télévision et de radio. J'apprenais peu à peu à exister loin de mon alto. Sans que je lui aie rien demandé, dans le taxi entre deux rendez-vous, l'experte en communication prit la peine de m'expliquer mon succès :

« Vous comprenez, Sébastien, condamner Craon, le noyer sous la réprobation et les insultes, le vouer aux gémonies, ça ne peut marcher qu'un temps. Nul ne peut s'éterniser dans la détestation. Et c'est là que vous intervenez. En contrepoint du personnage négatif et célèbre apparaît un inconnu qui incarne les valeurs positives. M. Tout-le-monde contre la vedette, le peuple contre les élites, la réaction spontanée contre l'outrage calculé... c'est beaucoup plus simple à mettre en scène.

» En plus, vous avez une belle gueule. Ne le prenez pas comme un compliment personnel, encore moins comme une avance, votre physique m'indiffère. Mais à la télévision, vous avez ce don : votre visage un peu carré passe bien, il accroche la lumière. Et votre manière de parler plaît : vous n'êtes pas dans les expressions convenues, vous vous économisez, du coup votre parole est entendue. Vous vous souvenez, hier, à la conférence de presse ? Vous lâchez quand personne ne s'y attend et d'une voix sourde un seul mot : "Un crime". Un seul mot, mais celui qu'il fallait, celui qui fait mouche. Personne n'a retenu la réponse du président Chomérac.

» Désormais, pour la presse, il y a un gentil et un méchant, le méchant Louis Craon qui a disparu, et le gentil Sébastien Armant, tellement sincère sur les plateaux... Vous leur facilitez le travail. Certains politiques mettent vingt ans à acquérir cette aisance, cette autorité, cette voix qui porte et qui importe. Vous l'avez spontanément. Personne ne vous connaissait. Tout le monde vous veut. C'est comme ça. »

J'aurais pu être flatté par son analyse, ou vexé de ses compliments ambigus. Je préférai l'écouter sans trop réfléchir et me laisser porter par le cours des événements.

Trois rendez-vous avec des journalistes étrangers m'occupèrent une partie de la matinée. L'Italienne, l'Allemand et le Britannique me posèrent les mêmes questions que leurs collègues français. Mais eux au moins aimaient la musique.

Pendant ce temps, les déclarations d'indignation continuaient. Anne-Sophie les lisait et me les passait. Je m'étonnais non de leur monotonie, mais de la variété de leurs auteurs. Les syndicats, les grandes associations, les universitaires, les romanciers, les Églises, les sages retirés de la vie politique, les vedettes du cinéma et de la chanson, tous avaient publié des communiqués ou donné des entretiens pour exprimer leur répulsion devant l'outrage. Le président du musée du Louvre exprimait sa solidarité avec son collègue de l'Opéra. Le congrès annuel des professeurs d'histoire saluait mon geste. Le syndicat des travailleurs de la culture adoptait une motion de soutien. Des anciens résistants témoignaient. Des artistes pétitionnaient.

À quoi servait tout ce bruit ? Et pourquoi importait-il toujours autant à ces journalistes de recueillir mes paroles et de me photographier ? Ma réaction de l'avant-veille se suffisait à elle-même, je n'avais rien à ajouter ni à répondre à quiconque. Je sentais toujours l'effroi tapi non loin, dont je ne pouvais parler à personne.

On me demandait maintenant de commenter les commentaires, ce que je me refusais à faire. Cette prudence fut relevée comme une marque de sagesse.

Après un déjeuner avec deux éditorialistes célèbres, nous

repartîmes de l'Opéra. Anne-Sophie attendit que le taxi ait démarré pour me dire, d'une voix neutre et contrôlée :

« Je crois que vous devriez lire ceci. Un coursier l'a apporté dans une enveloppe à mon nom ce matin. »

Je pris le papier qu'elle me tendait. Sous un symbole que je ne connaissais pas – une croix celtique reposant sur deux pistolets-mitrailleurs entrecroisés –, un texte bref :

HONNEUR AU MAESTRO LOUIS CRAON !

Hier soir, divine surprise ! La France entière a été invitée à célébrer l'anniversaire d'Adolf Hitler ! Non plus dans les catacombes et le secret, mais officiellement, à la télévision !

Un geste courageux ! Un geste admirable ! Un geste qui renoue avec la grandeur ! Le chef Louis Craon a adressé avec panache son salut à la mémoire du Führer. Nous saurons nous en souvenir, pour d'autres 20 avril toujours plus glorieux.

Nous n'oublierons pas, le moment venu, Sébastien Armant. Ce clown pitoyable dans son costume de pingouin a interrompu la célébration. Dans les caves obscures, des mains moites lui comptent les trente deniers de sa récompense, plus un trente et unième comme pourboire. La presse aux ordres exulte et encense le trublion. On sait comment finissent les Judas.

Cette médiocrité rance ne doit pas altérer nos trois minutes de bonheur.

HONNEUR AU MAESTRO LOUIS CRAON !

Le feuillet ne portait aucune signature, ni le nom d'aucune organisation. Je me découvrais agressé et insulté par un inconnu, qui n'avait vu que moi parmi les soixante musiciens et les mille huit cents spectateurs. Ce texte, suintant de haine et de folie, me stupéfia.

« C'est une blague ?

— Elle serait de bien mauvais goût. Hélas non, ce n'est pas une blague. »

J'essayai de reprendre mes esprits.

« Arrivé ce matin, et vous ne m'en parlez que maintenant ?

— J'attendais les consignes de notre président. Il a appelé le cabinet du ministre de l'Intérieur.

— Il faut donc prendre ce délire au sérieux ?

— Je n'en sais rien, je ne suis pas officier de sécurité. Ce n'est pas mon job. C'est le rôle de la police.

— Donc je suis vraiment menacé ?

— Ce n'est pas à moi de le dire. Je n'ai jamais été confrontée à une situation pareille.

— Moi encore moins ! Et le président Chomérac s'en soucie ? »

Elle réfléchit un instant avant de répondre d'une voix blanche :

« S'il vous arrivait quelque chose, croyez-vous que l'Opéra n'en serait pas affecté ? »

Elle n'avait sans doute pas voulu faire montre de cynisme. Mais si elle avait cherché à m'inquiéter, elle avait atteint son but. Je relus le texte que j'avais gardé à la main : le ton exalté, les références vaguement religieuses, les deux armes, l'anonymat...

Le taxi était arrivé. Je lui rendis le document en essayant de ne plus y penser, et entrai avec elle au siège d'une télévision.

L'inquiétude que je ressentais ne pouvait pas s'arrêter aux portes vitrées de cet atrium, ni disparaître sous la lumière des projecteurs. Je me révélai irritable, et ne jouai pas le jeu. Le journaliste avait beau me répéter de me détendre et d'être naturel, je ne parvenais pas à donner le change. Mes réponses confuses ne pouvaient être retravaillées au montage.

L'équipe de production manifestait des signes de découragement. Anne-Sophie vint sur le plateau, ce qu'elle ne faisait jamais, et me tint des propos lénifiants, ceux-là mêmes qui ne faisaient qu'augmenter mon désarroi. Je la coupai :

« Je sais, cette après-midi je suis mauvais comme un cochon.

— Vous n'êtes pas en direct. Prenez le temps qu'il faudra. Ce sont tous de très bons professionnels, ils sauront faire avec ce que vous leur donnerez. »

Je pensai à la concentration du début d'un concert, respirai à fond, et annonçai d'un ton solennel, sans m'adresser à personne en particulier :

« Vous savez pourquoi je me suis levé avant-hier ? Parce que j'avais des chaussures neuves qui me faisaient mal aux pieds. »

Quelques ricanements parmi les techniciens accueillirent cette déclaration. L'animateur, un instant désarçonné, me répondit sur le même ton :

« Mais on ne joue pas de l'alto avec les pieds ? »

L'éclat de rire fut général, et comme par enchantement, la conversation reprit sur un ton naturel. Je pus oublier le texte délirant qu'Anne-Sophie m'avait montré, et évoquer avec des termes simples ce qui s'était passé ce soir-là. En moins de dix minutes, et en une seule prise, l'entretien fut terminé.

J'eus juste le temps de revenir à l'Opéra. Un journaliste m'attendait sur les marches, et Anne-Sophie l'accueillit tout sourire. Il me demanda ce que je pensais de la décision du parquet de Paris d'ouvrir une information contre Louis Craon pour apologie de crimes de guerre et contre l'humanité. Des suites judiciaires étaient réclamées avec une insistance croissante depuis la veille, et le gouvernement critiqué pour sa mollesse.

Les événements se succédaient trop rapidement. Je laissai Anne-Sophie diriger la manœuvre à son idée. Les intérêts de l'Opéra et les miens ne coïncidaient pourtant pas, mais je ne le compris qu'après.

Évidemment, j'arrivai en retard pour la répétition avec le nouveau chef. Alors que je m'apprêtais à courir rejoindre mes collègues, Anne-Sophie me retint par le bras et me passa son téléphone avec un air de conspiratrice.

« Monsieur Armant ? Mme la ministre pour vous... »

Quel autre membre du gouvernement pouvait s'intéresser à moi ? Je reconnus la voix inimitable, soyeuse et sourde de Marie-Noëlle Jacquet-Delaguerre, la ministre de la Culture.

« Cher monsieur, je tenais à vous féliciter personnellement. Votre attitude a marqué tout le pays. La culture repose en profondeur sur un socle de valeurs, et vous l'avez démontré mieux qu'un long discours. De plus, vous avez attiré vers la musique classique et l'Opéra l'intérêt d'un très large public. Je vous exprime la reconnaissance de la République. »

Je bredouillai quelques paroles maladroites, et ce fut tout. Anne-Sophie rendit compte aussitôt de cet appel au président Chomérac. Je saisis mon alto et entrai dans la salle de répétition.

Dimitri Vladimirovitch Razoumovski, un géant chauve vêtu de noir tout juste débarqué de l'avion de Moscou, m'y accueillit sèchement :

« Décidément, monsieur Armant, vous avez problème avec ouverture de *Così*. Nous allons reprendre elle pour vous. »

Expliquer que j'avais été retenu par la presse puis par la ministre et que j'avais servi autrement l'Opéra eût aggravé mon cas. Je baissai la tête et rejoignis ma place sous les regards narquois des collègues, et peut-être même un ou deux commentaires déplaisants. Il fallut rejouer cinq fois les premières mesures pour donner exactement ce qu'il voulait. Il houspillait les violons, et reprochait aux hautbois leur lourdeur. Pourtant, la musique avait repris son empire. Les réflexes et le plaisir de jouer l'emportèrent sur tout autre sentiment. Nous rendions à Mozart ce qui lui avait été dérobé. Razoumovski ne perdait pas de temps. Il sauta certains passages et les grands solos pour se concentrer sur les ensembles, et boucla la répétition en une heure et demie.

J'aurais bien aimé pouvoir discuter avec les collègues de la tempête qui secouait la maison puis rentrer chez moi, mais Anne-Sophie vint me chercher dès le dernier accord. Elle me montra un long communiqué du président Chomérac se félicitant de ma conversation avec la ministre. Bertrand, abandonnant son violoncelle, eut juste le temps de me glisser à l'oreille qu'il avait trois nouvelles demandes de concerts pour le trio du Grand Foyer.

Nous avions choisi ce nom pour notre trio à cordes en référence à la somptueuse galerie du palais Garnier. Sur les affiches des concerts, nous y posions, l'air recueilli, parmi les ors et les stucs. Nos objectifs restaient modestes : faire de la musique ensemble dans des festivals d'importance moyenne. Sous la bannière du trio du Grand Foyer, j'avais dormi dans maints Hôtels du Commerce et présenté mes hommages à maintes adjointes au maire chargées de la culture. Nos concerts avaient lieu l'été, lorsque la France des petites villes s'intéresse à la musique classique.

Par une subtile loi des contraires, Philippe, le violoniste, avait un physique de Viking, et lorsqu'il empoignait son instrument dans ses énormes mains, on s'attendait à ce qu'il le réduise en miettes, alors que Bertrand avait la carrure d'un jockey. Entre le violoniste géant et le violoncelliste fluet, je me situais, comme mon alto, dans un juste milieu.

En cette fin d'après-midi, il nous fallut encore perdre près d'une heure dans les embouteillages, pour atteindre un studio en banlieue. Anne-Sophie ne cessait de téléphoner, toujours avec ce ton artificiel qu'elle devait trouver chic. J'eus le temps d'appeler Julie, pour lui dire que je ne serais pas rentré pour le dîner des garçons. Elle insista pour que je joigne mes parents, qui voulaient absolument me parler.

Je composai leur numéro. Ma mère répondit aussitôt. Je l'écoutai pendant un quart d'heure me raconter sa surprise, sa joie, sa fierté, les questions des commerçants, la jalousie de ses amies, tout enrobée de compliments doucereux. Elle vivait, grâce à moi, des journées de pur bonheur social, toujours prête à répondre : « Oui, c'est mon fils ! » Comme à chaque fois, elle me demanda quand je descendrais les voir à Avignon.

Je voulus parler à mon père, mais il venait de partir à une réunion de son groupe d'apiculteurs. Savait-elle comment il réagissait à ce tourbillon ?

« Il est fier de toi ! Il a été estomaqué par cette histoire de Légion d'honneur. Tu sais qu'il n'aime pas ce gros Davenast : il m'a dit que c'est la seule bonne idée qu'il a eue depuis deux ans qu'il s'agite au gouvernement ! »

Nous sommes arrivés juste à temps pour participer à l'émission « Top Cinq ». Pendant une demi-heure, un meneur de jeu grassouillet n'a cessé de glousser à ses plaisanteries prévisibles, déclenchant les rires sur commande d'un public immature. Des chroniqueurs à la recherche laborieuse d'un trait d'esprit tentaient de suggérer la camaraderie d'une bande de copains. J'y fus applaudi en réponse aux gestes d'un chauffeur de salle. J'entendais du mépris dans ce tutoiement généralisé, de la morgue dans cette familiarité. Je servais de caution sérieuse et consensuelle, entre deux bouffonneries, parmi les flashes de photographes. Les autres invités – Sheena, une chanteuse dont j'ai surtout remarqué le débardeur jaune canari, et un comique belge dont je n'ai pas retenu le nom – avaient eu droit à plus de questions que moi, pour faire la promotion de leur spectacle.

« Calmez-vous, Sébastien ! Les jeunes adorent ce ton et ce mélange. Aujourd'hui, grâce à vous, ils auront au moins entendu parler de l'Opéra. Jamais je n'aurais pu y faire inviter le président Chomérac. Vous venez de réaliser une grande première. Ne vous sous-estimez pas. »

Anne-Sophie avait raison, bien sûr. Ce médiocre moment de télévision reste, avec le passage sur le plateau du journal de 20 heures, celui qui me valut le plus de compliments.

Ma vie se découpait désormais en séquences brèves, mobiles, indépendantes, imprévisibles, aléatoirement juxtaposées, dont l'ensemble ne formait aucune mosaïque et me semblait dépourvu de sens. Je me raccrochais à Anne-Sophie qui semblait en connaître le fil conducteur – ou y être accoutumée.

Le taxi nous déposa devant un immeuble de bureaux.

« Et maintenant, où sommes-nous ?

— Au ministère de l'Intérieur. Nous avons obtenu un rendez-vous pour évoquer votre sécurité. »

Dans la frénésie de la journée, j'avais presque oublié le communiqué qu'elle m'avait montré. Nous franchîmes les contrôles, pour monter au troisième étage. Presque aussitôt une femme d'une quarantaine d'années, vêtue d'un pantalon noir et d'une veste beige, vint nous accueillir et se présenter :

« Élisabeth Leclair, commissaire de police. »

Naïvement, je m'étais attendu à rencontrer un homme, comme si la protection ne pouvait venir que d'un grand costaud à moustaches. Je ne sais si elle perçut ma très légère surprise, elle continua :

« Je suis en charge des mouvements extrémistes, et donc de cette affaire. Nous avons recensé et suivons une quarantaine de groupuscules plus ou moins néonazis. Le symbole figurant sur cette proclamation ne correspond à rien de connu.

— C'est censé me rassurer ?

— Pas nécessairement. N'excluons aucune hypothèse. Ce qui me surprend, c'est le coursier. Prendre la peine de trouver votre nom, madame Boulanger, pour l'écrire sur l'enveloppe, et payer pour une livraison par porteur : ce n'est pas le délire d'un monomaniaque irresponsable n'importe où en France, c'est déjà un acte d'intimidation, ou d'agression, conduit sans doute depuis Paris ou la banlieue. Un geste isolé et sans suite, j'espère. Ils ne peuvent envoyer de bouquet de fleurs à Louis Craon, qui a disparu. S'en prendre à vous, monsieur Armant, leur tient lieu d'alternative.

— J'en suis bien aise.

— Nous faisons une recherche d'empreintes digitales sur l'original, peut-être aurons-nous la chance de tomber sur un maladroit déjà fiché. »

Suivant un protocole de routine, elle s'enquit de mon adresse et de celles du lieu de travail de ma femme et du collège et de l'école de mes fils. Que ma famille puisse avoir besoin de protection, que la police s'informe de nos habitudes me heurta profondément. Elle poursuivit :

« Nous allons passer quelques coups de sonde dans ces milieux. Ils se connaissent tous, se surveillent, se trahissent, renouent en permanence. Certains ont des choses à se faire pardonner et deviennent bavards.

— Soyez plus claire ! Je suis menacé ? Ma famille est menacée ?

— On ne peut pas analyser ces textes délirants au pied de la lettre. Ils ont leur vocabulaire, leurs habitudes rhétoriques, leurs obsessions, leurs codes.

— "On sait comment finissent les Judas" ?

— Ils méconnaissent même les Évangiles ! Judas s'est fait justice lui-même. Je me serais attendue à lire : on sait comment finissent les traîtres. Les maîtres à penser de ces gens-là l'ont appris à leurs dépens en 1944. Mais pourquoi vous accuser de trahison ? De leur point de vue, on peut vous reprocher d'avoir perturbé une cérémonie, d'avoir manqué de respect, mais trahir ? N'y accordons pas trop d'importance. À trop lire cette littérature, on finirait par déraisonner.

— Et les mains moites qui comptent les deniers ?

— Dans cette littérature, cela désigne les Juifs, le complot judéo-maçonnique... Là encore, c'est idiot, même dans leur logique très particulière. Pour que les Juifs vous payent pour interrompre Louis Craon, encore aurait-il fallu qu'ils aient su à l'avance ce qui allait se passer. Et on voit mal le chef prévenir quiconque de ses intentions ! Ou peut-être votre attitude s'explique-t-elle, non par une récompense promise, mais par une récompense espérée ? N'introduisons pas trop de rationalité. Surveillez quand même votre compte en banque : si vous recevez une somme inattendue, signalez-le-moi, nous vérifierons s'il s'agit d'une tentative de déstabilisation. N'oubliez jamais que ces nostalgiques du IIIe Reich sont cinglés. »

Ses remarques et son commentaire de texte m'inquiétaient. Elle le sentit et nuança son propos.

« Ce délire est d'abord un hommage à Louis Craon. Vous n'êtes évoqué qu'au troisième paragraphe, pour faire contraste, si j'ose m'exprimer ainsi. Pour l'instant, il n'y a pas de raison de trop s'inquiéter. Je vous tiendrai informé de la suite de l'enquête. »

Anne-Sophie toussota :

« L'Opéra... M. Chomérac, notre président, aurait besoin de savoir ce qui se passe...

— Désolée, mais l'enquête ne se fait qu'avec le concours de la personne menacée, non de son employeur. Si vous avez des éléments à nous transmettre, nous comptons sur votre diligence. M. Chomérac pourra interroger le cabinet du ministre, qui, compte tenu de l'impact médiatique de l'affaire Craon, sera tenu régulièrement informé. »

En d'autres circonstances, j'aurais trouvé amusant d'être l'interlocuteur privilégié de la police. La commissaire poursuivit, comme si elle n'avait pas été interrompue :

« Des consignes ont déjà été données à votre commissariat de quartier. Les rondes passeront devant chez vous. De votre côté, si vous remarquez quelque chose d'inhabituel, même anodin... dans votre rue par exemple... une camionnette qui stationne... un livreur qui sonne et s'est trompé de porte... appelez-moi immédiatement. À n'importe quelle heure. Voici ma carte. »

Je la remerciai, et regardai ce petit rectangle de papier. J'y voyais une garantie, et en même temps un assujettissement, la marque d'une servitude nouvelle. Jusqu'alors, je ne connaissais le numéro de téléphone portable d'aucun commissaire de police.

« Dois-je en parler à ma femme ?

— Difficile de vous répondre. Je ne connais pas Mme Armant. C'est à vous d'apprécier. S'il n'y a pas d'autre signal, ce n'est peut-être pas indispensable. Si par contre il y a un nouveau message, ou quoi que ce soit d'autre, là oui, il faudra l'informer. Pour l'instant, vous êtes juste ciblé dans ce feuillet nauséabond... »

En l'entendant, je vis une cible de stand de tir, des cercles concentriques avec une croix au centre : Sébastien, Julie, Grégoire ou Arthur Armant pouvaient être des cibles pour une bande inconnue. La gloire relative dont je bénéficiais depuis avant-hier soir me parut d'un coup suspecte et pour tout dire regrettable. Mais comment faire machine arrière ?

Je restai perdu dans des pensées assez sombres pendant que le taxi me ramenait chez moi, et Anne-Sophie demeura elle aussi inhabituellement silencieuse. Je venais juste d'arriver, j'allais embrasser les garçons, lorsque Julie me tendit sans mot dire une feuille de papier. Reconnaissant la croix celtique et les deux pistolets-mitrailleurs entrecroisés, je n'esquissai pas un geste pour m'en saisir.

« Je suis au courant. On a reçu la même à l'Opéra. J'allais t'en parler, bien sûr. »

Elle perçut immédiatement mon petit mensonge, mais ne voulut pas s'y arrêter.

« C'était dans notre boîte aux lettres. Ils ont cherché et trouvé notre appartement.

— Il suffit d'ouvrir l'annuaire...

— Sébastien, ils sont venus jusqu'ici... Je les ai peut-être croisés à la porte. Ou les garçons. »

Je sentis l'inquiétude me gagner, en voyant son reflet sur le visage de Julie. Je lui résumai les événements de la journée, et ma conversation avec la commissaire de police. Elle réfléchit, et conclut avec bon sens :

« Fais-la venir. »

En attendant Élisabeth Leclair, Julie et moi restâmes

presque muets, maladroits, communiquant aux garçons la tension qui s'était emparée de nous en les envoyant sèchement au lit. Je sursautai lorsqu'une demi-heure plus tard retentit la sonnette. La commissaire me pria d'abord de la laisser seule avec Julie.

Exclu de leur tête-à-tête, seul devant la fenêtre de la cuisine, j'éprouvai sans comprendre pourquoi le besoin de me confronter à nouveau à la violence des mots prononcés par Louis Craon. Comme un enfant fasciné devant la cage d'un fauve et qui, le souffle coupé, poserait la main sur la poignée sans savoir s'il ira au bout de son geste, j'hésitai un long moment devant le sacrilège. Il me fallait moi aussi convoquer cet adversaire et me mesurer à lui. Avec plus d'inconscience que de courage, j'osai murmurer « *Heil Hitler* ».

Le retour de ces deux mots ne les rendit pas moins monstrueux, ni le chuchotement. Je m'étais cru assez fort pour les prononcer et les tenir à distance. Ils s'étaient détachés du souvenir de Louis Craon et redevenaient de petites boules de violence et de fureur, prêtes à décharger leur venin en qui les écouterait. L'effroi veillait, quelque part non loin de moi. Je n'eus pas le courage, ou l'inconscience, de les prononcer une seconde fois.

Le salut nazi était entré chez moi, non à l'instant, ni par le truchement de ce message dans la boîte aux lettres, mais depuis trois jours. Il y avait pris ses quartiers depuis que je l'avais ramené du travail, comme un mineur ramène de la poussière de charbon jusque dans son lit. Il ne me quittait plus. Je dormais avec lui autant qu'avec Julie. Il m'accompagnait quand j'accompagnais Grégoire ou Arthur.

Julie vint me chercher. Elle semblait apaisée. Un peu ridicule, je déposai sur la table du salon un plateau avec des bouteilles, des olives et du saucisson. La commissaire accepta un verre d'eau, et reprit ses explications et ses conseils. Après avoir précisé que la recherche d'empreintes sur l'exemplaire arrivé à l'Opéra n'avait rien donné, elle mit un gant pour se saisir de la feuille de papier, et la glissa dans une pochette en plastique. La proclamation disparut dans son sac, comme on évacue le cadavre inconvenant d'un petit animal retrouvé sur le carrelage.

Après son départ, Julie et moi nous regardâmes, presque gênés. Nous ne savions que dire ou que faire. Médiocrement, je prétextai avoir sommeil pour aller me cacher dans l'obscurité de la chambre, et, les yeux ouverts, sentant que Julie ne dormait pas davantage, attendre de sombrer. Croyais-je encore que les monstres qui rôdent la nuit ne pourraient pas me trouver dans mon lit ?

Du vendredi 23 avril au dimanche 25 avril

Après avoir travaillé mon instrument, je partis courir, en m'astreignant à une allure plus rapide et à des foulées plus longues qu'à l'ordinaire. La course à pied et la musique ont un point commun : la respiration. Même pour un instrument à cordes, il faut avoir conscience des poumons qui se remplissent et se vident pour parvenir à rendre le son vivant. Il est impossible de bien jouer en apnée.

Au retour, je fis une pause au bar des Colonnes. Accoudé au comptoir, un peintre lisait un numéro déjà bien froissé de *L'Aube*, dont un titre en pied de première page attira mon attention : « Louis Craon, la piste suisse ? » J'attendis patiemment que l'artisan termine sa lecture, et me jetai sur le quotidien dès qu'il tourna les talons.

Mercredi matin, Louis Craon avait été vu sur le premier vol Paris-Genève. Depuis Genève, il avait pu prendre un autre vol pour à peu près n'importe quelle destination en Europe ou plus loin, mais à quoi bon un tel détour ? Le journaliste présumait plutôt qu'il avait loué une voiture ou pris un taxi, et jouissait depuis du confort et de la discrétion helvétiques, dans un palace au bord d'un lac ou au pied des pistes. Il lui supposait aussi un compte à numéro dans une banque à Lausanne ou à Lugano.

L'idée du chef en fuite, recherché par la police et par la presse, me fit du bien. Honni, réprouvé, en exil, le chef Craon se terrait dans un trou de souris. Qu'il y reste !

À 11 heures précises, je rejoignis Anne-Sophie à l'Opéra. Je crus la surprendre :

« Vous avez vu l'article dans *L'Aube* ? Craon a décampé pour la Suisse ! »

En guise de réponse, elle me tendit *L'Hebdo*, qui ne paraîtrait que le lendemain, avec en couverture cette image déjà trop vue : moi debout, l'alto tête en bas, tournant le dos au chef figé dans son salut nazi sur l'estrade. Le titre : « L'homme qui a dit non ».

« Ne vous y trompez pas. C'est vous désormais le héros. Vous êtes encore à la une, mon cher Sébastien.

— "... Qui a dit non" ? Je n'ai pourtant rien dit !

— Votre réaction vaut bien un long discours.

— L'homme qui a dit non... J'ai déjà entendu cette formule... je ne sais plus... pour de Gaulle ? ou pour Mandela ? »

Elle me regarda avec cet air qu'elle prenait parfois, d'une institutrice affligée devant un élève peu doué.

« Oui, peut-être. Peu importe. La formule claque. Elle vous correspond. J'espère que vous aimez.

— Pourquoi ?

— Je prends le pari qu'elle va plaire, et qu'elle va vous suivre. Longtemps. »

Je regardai autrement le magazine, en m'efforçant de m'y habituer. Imprimé à des dizaines de milliers d'exemplaires, il allait inonder les gares, les maisons de la presse, les salles d'attente des dentistes et les salons de coiffure. Ma famille, mes proches, mes collègues le découvriraient. Ma mère en achèterait plusieurs pour les conserver soigneusement. Cette image et ce surnom allaient se coller à moi et m'assigner plus que jamais à ce rôle. Personne, bien sûr, ne me demandait mon avis. Mon visage ni mon acte ne m'appartenaient plus. Ce sentiment inédit et froid m'effrayait un peu. Dans une semaine, un nouveau numéro paraîtrait, avec en couverture une vedette ou les images d'une catastrophe. Pendant sept jours, sept jours seulement, je serais exposé à son délicieux pilori.

Nous partîmes pour une nouvelle série de rencontres avec des journalistes, un déjeuner de presse, une séance de photographies. Je me laissai conduire avec docilité. Et nous entrâmes dans un autre studio de télévision.

Une heure après, démaquillé, je retrouvai Anne-Sophie. Dans le taxi du retour, vite englué dans les embouteillages, je la taquinai.

« Tous les journalistes que vous m'emmenez voir sont parisiens. Et la presse de province ?

— Pour ce dont j'ai la charge, je n'ai pas besoin d'elle. C'est curieux, le président Chomérac m'a fait une remarque identique cet automne. Je l'ai convaincu qu'il devait viser le *New York Times* et le *Corriere della Sera* plutôt que *L'Indépendant du Bas Poitou*. »

Elle laissa passer un temps, puis me dit avec un sourire enjôleur :

« Par ailleurs, j'aurais un petit service à vous demander. Marc-Antoine Roussel – le patron d'une des plus grosses agences de communication du pays – souhaite vous rencontrer rapidement, en tête à tête. Il ne m'a pas dit pourquoi. Vous accepteriez un petit-déjeuner de travail lundi ? À 8 heures et demie ? Parfait ! »

En fin d'après-midi, la commissaire Leclair m'appela pour faire le point. La recherche d'empreintes digitales n'avait rien donné, et les bavards de la mouvance néonazie n'avaient confié aucune information intéressante. Je trouvai malgré tout un certain apaisement, et dans le soin qu'elle prenait de moi, et dans l'absence de toute nouveauté.

Le soir, je m'habillai, mis mes chaussures neuves et partis travailler. Les représentations se poursuivaient aux dates prévues. Cette journée de pause semblait avoir profité à tous, et mes collègues paraissaient rassérénés. Plus personne ne parlait de Louis Craon. Seul indice d'une crise passée, le président Chomérac vint dans les coulisses nous saluer, ce qu'il n'avait encore jamais fait, et il nous précisa qu'il serait assis au premier balcon. Le maestro Razoumovski vint aussi plaisanter avec nous, sans que personne ne comprenne la cause de ses fous rires homériques, puis nous entrâmes dans la fosse.

Les applaudissements du public débutèrent à notre arrivée, avec une vigueur et une intensité inhabituelles. Ils ne s'interrompirent pas, ne baissèrent même pas. Un peu décontenancés de cet accueil triomphal et contraire aux usages, nous nous assîmes. Un brouhaha s'y ajouta, un appel, un nom répété... oui, les spectateurs scandaient : « Ar-mant ! Ar-mant ! », comme s'ils avaient craint de paraître plus tièdes que ceux du 20 avril. Le premier violon me fit signe de me lever. Je n'en avais aucune envie, mais comment faire autrement ? Je montai sur l'estrade du chef d'orchestre pour que tout le monde me voie, les bravos redoublèrent, je m'inclinai cérémonieusement, et je retournai à ma place parmi mes collègues. Furieux contre moi-même et contre le public, je me sentais rougir de confusion devant ce malentendu renouvelé. Je gardai la tête baissée, non par une modestie contrefaite et béate, qui me fut reprochée, mais parce que je ne voulais plus voir personne. Le silence revint. Razoumovski fit son entrée, moins acclamé que moi, et de ce fait contrarié. Il leva sa baguette, et enfin retentit l'ouverture.

La représentation donnée ce soir-là fut la meilleure de toute la série, comme si chacun, dans la fosse ou sur le plateau, avait tenu à rattraper l'interruption de la précédente. Et je fus, pendant trois heures, presque heureux comme avant.

*

Le lendemain, de retour des courses, je croisai et saluai M. Magnard, notre voisin du quatrième. Cinq ans plus tôt, alors qu'il était veuf depuis peu, la mort de son fils unique dans un accident de moto avait bouleversé tout l'immeuble. Il venait parfois goûter chez nous les dimanches de pluie. Mes efforts de pâtissier amateur l'amusaient – ou plutôt, par politesse et convention sociale, il feignait l'amusement. Aucun sentiment d'aucune sorte ne semblait plus pouvoir l'atteindre, et chacune de ses réactions ne semblait dictée que par la force des usages.

« Sébastien, je vous ai vu à la télévision.

— Mardi soir, dans la fosse de l'Opéra ?

— Non, vous savez bien que je ne m'intéresse pas à votre musique. C'était au journal télévisé, avec la présentatrice blonde. »

Je pris un air modeste, m'attendant aux compliments qui suivaient d'ordinaire cette entrée en matière.

« En vous regardant, je me suis senti gêné. Ce n'était pas vous. »

Je crus m'en tirer par une boutade :

« Évidemment, avec trois millimètres de poudre et de crème sur le visage...

— La voix. Le regard. Les gestes... »

À nouveau, je tentai une diversion :

« Je ne peux pas dire que j'étais franchement à l'aise...

— Non. Je ne sais pas. Ce n'était pas vous... »

J'aurais pu m'esquiver d'une pirouette et m'engager dans l'escalier. Je restai, posai au sol mon panier de légumes, et attendis la suite de l'oracle.

« ... Un autre Sébastien Armant. Sur la défensive. Sans lumière intérieure. Mais pardon, je radote, je vous ennuie...

— Tout ce que vous dites m'intéresse, monsieur Magnard.

— Vous paraissiez... si loin... »

En ce lieu banal, et dans la bouche de cet homme dont je savais l'histoire, ces mots simples acquéraient une force incompréhensible, et je ne pouvais que rester là, le cœur battant, afin de savoir qui il avait vu, mercredi soir, dialoguer avec Louise-Charlotte.

« Quand ce ministre a parlé de la Légion d'honneur, vous avez blêmi... comme s'il vous avait giflé...

— J'avais eu une journée épuisante.

— Je veux bien le croire. Vous sembliez revenir... revenu... »

Était-il le seul à avoir perçu l'effroi qui jamais ne m'avait quitté ? Je craignais de connaître la réponse, et de me trouver transparent à ses yeux. Ni ma femme, ni mes parents, ni mes collègues n'avaient vu ni compris mon trouble, et lui, qui ne vivait plus que dans l'ombre du fils perdu, l'avait spontanément remarqué.

« ... Revenu de très loin. Survivant de quelque chose de terrible, et encore marqué. Comme si cet entretien sous l'œil des caméras ne vous intéressait pas vraiment.

J'avais l'impression qu'elle et vous ne parliez pas la même langue. »

Je savais qu'il avait raison, et n'avais pas la force d'en entendre davantage. Heureusement, Sylvette Bonis, la petite dame enjouée du rez-de-chaussée, entra dans le hall. M'apercevant, elle vint à moi et, tirant de son cabas un exemplaire de *L'Hebdo*, nous interrompit sans s'en rendre compte :

« Monsieur Armant, je viens d'acheter le journal ! Vous êtes en couverture ! Comme je suis fière de vous ! Comme vous devez être content ! Vous êtes célèbre, maintenant ! »

Je bredouillai une réponse évasive, repris mon panier et m'enfuis.

Pendant le déjeuner, je sortis comme un magicien le numéro de *L'Hebdo*, avec ma photographie sur la couverture. La fierté de ma femme et de mes fils me réjouit. Le magazine passa de main en main, chacun ajoutant son commentaire farfelu. Seul Grégoire me surprit. Après une longue contemplation, il dit enfin :

« Papa, avec l'alto en bas, tu as l'air chagrin, non ? »

Je ne sus quoi lui répondre.

En début d'après-midi, étendu sur le canapé, je feuilletai le magazine. L'article qui racontait le scandale du mardi soir et ses suites ne m'apprit rien. Un éditorial sentencieux rassemblait, sous une plume pompeuse, tous les lieux communs déjà entendus cent fois. Je tournai les pages, indifférent, lorsque je tombai en arrêt devant une publicité pour un congélateur : l'appareil, posé sur une banquise, était entouré d'un troupeau de manchots admiratifs. Ces empereurs gauches et raides me firent penser au « clown pitoyable dans son costume de pingouin ».

L'auteur du petit texte délirant, qui voulait me tourner

en ridicule par cette comparaison convenue, avouait surtout son ignorance. Même Grégoire savait que les manchots, raides et dignes dans leur plumage noir et blanc, qui vivent en Antarctique, se distinguent des plus banals pingouins de l'hémisphère Nord. Je ne connaissais toujours pas mes adversaires, mais, non sans jubilation, je leur donnai d'aussi mauvaises notes en sciences naturelles qu'en histoire.

Les manchots, sur la publicité, formaient un demi-cercle attentif. Ils ressemblaient, certes, à mes collègues en habit de gala. Comme la soutane pour les prêtres, l'uniforme pour les militaires, la robe pour les juges et les avocats, notre tenue d'apparat fait partie d'un rituel, et ceux qui y renoncent se dévalorisent.

Je pliai le magazine pour voir en même temps cette photographie et la couverture, les manchots empereurs et le pingouin dans la fosse d'orchestre. Une évidence me frappa : ils formaient un groupe, et je me tenais debout, le dos tourné à Louis Craon, seul.

Je crois que je me suis endormi sur le canapé. Julie, qui n'avait pas remarqué mon assoupissement, me réveilla :

« Alors, tu en es où pour l'Islande ? »

En mars, alors que des pluies froides s'abattaient sur Paris, j'avais suggéré de rompre avec nos étés en Italie et de partir vers le Nord. Julie avait refusé catégoriquement d'en entendre parler. Quelques jours plus tard, je lui ramenai la brochure d'une agence spécialisée. Les paysages de laves et de volcans, de poneys trottinant au bord de rivières opalines, de maisonnettes rouges, de fjords profonds et noirs m'avaient fasciné. Julie avait tourné les pages sans mot dire.

Maintenant, le mois d'août me paraissait bien lointain,

quand j'ignorais de quoi demain serait fait. Je lui répondis sottement :

« Je n'ai pas eu le temps de m'en occuper. »

Je lus dans ses yeux la déception de ne pas avoir été comprise, alors qu'elle n'acceptait mon projet que pour me faire plaisir – mais comment pouvais-je me rattraper ?

J'allai dans mon bureau, et ressortis tout le courrier que j'avais ramené la veille de l'Opéra. Je lus en diagonale et jetai aussitôt à la poubelle tracts syndicaux et notes de service. Une lettre du président Chomérac à tous les personnels, en trois pages solennelles, évoquait « la tempête que nous avons vaillamment traversée ensemble », remerciait chacune et chacun – sans citer mon nom, j'en fus d'abord choqué, et l'instant d'après reconnaissant –, se félicitait, rappelait, condamnait, soulignait, remarquait, invoquait et se félicitait encore. J'y notais seulement que, « après une incompréhension passagère », la télévision avait honoré ses engagements, et passé derechef une autre commande pour un *Aïda* dans dix-huit mois.

Une cinquantaine d'enveloppes venues des quatre coins de France jonchaient la table. Je m'en servis pour édifier une pile régulière. Adressées à M. Armant, Opéra de Paris, au lendemain du scandale, elles réclamaient d'être ouvertes et de laisser échapper un flot doucereux d'éloges, de félicitations, de témoignages. Ces inconnus voulaient me confier leurs réactions prévisibles, et je n'en avais que faire. À leur façon, elles m'étaient aussi lointaines que le petit texte d'hommage au chef Craon. Je n'avais pas d'appétit pour de telles sucreries, et les rangeai dans un tiroir.

Pour occuper la fin de l'après-midi, je décidai de faire de la pâtisserie et j'embauchai les garçons, qui, par gourmandise, me secondaient efficacement. Julie lisait. Alors que la lumière déclinait, attirée peut-être par l'agréable odeur issue du four, elle vint nous rejoindre dans la cuisine.

Je lui annonçai fièrement :

« Je termine le gâteau au chocolat à l'orange, avec ta recette.

— Vous vous amusez bien, jeunes gens ? Je vois que vous avez déjà fait une tarte au citron, un flan au caramel et un clafoutis aux cerises. »

Elle vint tout près de moi et murmura :

« Quand tu fais deux gâteaux d'un coup, c'est que tu es contrarié. Et quand tu en fais quatre ? »

Elle m'embrassa, comme pour atténuer l'acidité, ou l'inquiétude, de sa remarque. Malgré moi, j'y entendis comme un écho à celles de M. Magnard.

Je n'ai pas su reconnaître cette après-midi de calme à sa vraie valeur : une simple pause, que le destin me ménageait pour me permettre de reprendre des forces, avant de me précipiter à nouveau, quelque chose comme ces temps morts que concèdent les arbitres pour que le match ne s'arrête pas trop vite. Cette bulle de tranquillité, qui requérait de couper tout contact avec le reste du monde, me protégeait pour autant que je me faisais sourd et aveugle. Elle ne pouvait donc durer.

Arrivé à l'Opéra, je saluai d'un geste ou d'un mot les collègues. Les chaussures neuves commençaient à s'adapter à mes pieds. Je récupérai mon courrier, à nouveau abondant, dans mon casier, et le rangeai sans l'ouvrir dans ma sacoche.

Alors que je venais de terminer de m'accorder, je fus apostrophé, sur un ton aigre-doux de plaisanterie, par un autre altiste :

« Alors Sébastien, tu vas encore nous voler la vedette ? »

Cette pique ne méritait pas de réponse. Elle fut pourtant reprise courageusement, dans mon dos, par un collègue dont je n'identifiai pas la voix :

« C'est vrai. Ce serait bien que ça s'arrête. »

Cette repartie sur un ton grinçant recueillit des murmures d'approbation, comme s'il avait dit tout haut ce que tout le monde pensait tout bas.

Comme si j'avais choisi ! Comme si j'avais sollicité les journalistes ! Comme si l'hommage du public ne me gênait pas bien plus qu'eux ! Je cherchai du regard le soutien de mes deux partenaires du trio du Grand Foyer, et vis qu'ils baissaient la tête. Je ne pus me contenir :

« Vous préférez quoi ? Vous ne voulez tout de même pas que j'entre avant tout le monde ? Là, j'aurais vraiment l'air de réclamer des applaudissements ! »

Un trompettiste, d'ailleurs réputé pour sa bêtise, ajouta :

« Nous, on arrive à l'heure aux répétitions et on ne passe pas à la télé. »

Quelques ricanements accompagnèrent cette déclaration, mais aussi quelques protestations. Une violoncelliste voulut prendre ma défense :

« Sébastien passe à la télévision parce qu'on l'y invite. Et il y parle en notre nom à tous. »

Son effort me toucha, mais elle se trompait. Ma parole était devenue solitaire, parce que telle avait été ma rébellion.

Dans cette sorte d'assemblée générale qui s'improvisait, elle aussi parlait de moi comme en mon absence et sans me regarder. J'eus le sentiment d'être devenu transparent, le sujet d'une controverse ou d'un concours d'éloquence. Un étrange sentiment physique de solitude m'assaillit, alors que j'étais entouré d'une soixantaine de musiciens. Et je ne rejetais pas ce silence où ils m'avaient enfermé. Ils parlaient de moi, ils me condamnaient ou me soutenaient, mais jamais ils ne sauraient ce que je traversais.

Alors, enfin, le premier flûte solo s'emporta :

« Bon sang, mais qu'est-ce que vous reprochez à Sébastien ? S'il ne s'était pas levé, qui l'aurait fait ? Toi ? Toi ? S'il ne s'était pas levé, nous aurions piteusement regardé ailleurs, Craon aurait donné le signal, et, mettant de côté nos émotions et notre dignité, nous aurions attaqué l'ouverture. Les huées se seraient arrêtées peu à peu, et la représentation aurait eu lieu comme si rien ne s'était passé. Moi je remercie Sébastien de tout cœur. Nous lui devons beaucoup. Ils sont mérités, les applaudissements et les éloges qui vont vers lui. »

Nul ne reprit la parole après cette envolée. J'aurais dû en être consolé, mais ce plaidoyer aussi me mettait à l'écart du groupe. Quand donc reviendrait l'anonymat ? Nous entrâmes dans la fosse. Comme la veille, le public me réclama, je me levai pour saluer, avant que le chef Razoumovski ne nous rejoigne.

Un fossé s'était creusé avec mes collègues, qu'ils soient irrités de ma popularité soudaine ou qu'ils me défendent. Le premier violon n'avait rien dit. Comment les pions bien rangés sur leur ligne de départ regardaient-ils leur camarade monté, solitaire, à l'assaut ?

Je rentrai chez moi à minuit, avec un sentiment persistant de malaise, et j'errai un long moment dans l'appartement silencieux. Mon domicile, qui pour moi n'était qu'un espace confortable et intime pour vivre en famille, révélait sa vraie fonction : un abri, un havre de paix, où rien venu de l'extérieur ne pouvait nous atteindre. Au Moyen Âge, les portes des villes se refermaient au crépuscule, les valets d'arme montaient la garde, les huis et les fenêtres se barricadaient. Et en principe, sauf incendie ou assaut inopiné de soudards, on pouvait raisonnablement espérer être encore vivant l'aube suivante. À ma façon, j'avais relevé tous les ponts-levis, et m'étais enfermé avec les miens. J'aurais dû, sans doute, trembler de peur.

Lundi 26 avril

J'arrivai à l'heure convenue au palace qu'Anne-Sophie m'avait indiqué, près du Palais-Royal. Un maître d'hôtel en habit – un pingouin d'une autre espèce ? – me conduisit à travers des salons ornés à profusion de boiseries, de tapis, de miroirs dorés, de lustres, aussi chargés que le grand foyer de l'Opéra. Les bruits de Paris ne parvenaient pas jusqu'au jardin intérieur, où seuls le murmure d'une fontaine et les pépiements d'oiseaux invisibles se faisaient entendre. Les tables étaient dressées parmi des buissons fleuris et des bouquets sur des guéridons.

Marc-Antoine Roussel, avec ses cheveux blancs impeccablement coiffés, son visage bronzé, son costume anglais, son aisance patricienne, ressemblait à un de ces puissants sénateurs des États-Unis comme on les voit dans les films. Il se leva pour m'accueillir. Une nuée de garçons vint nous apporter en silence plats salés et sucrés.

« Merci d'avoir accepté de me rencontrer aussi rapidement.

— Je ne peux rien refuser à Anne-Sophie.

— Je l'ai connue comme stagiaire chez nous, elle avait vingt-deux ans. Chacun savait qu'elle irait loin. Mais parlons de vous. Vous avez fait une entrée fracassante sur la scène médiatique. Inconnu le mardi matin, créant l'événement en direct le mardi soir, au journal télévisé le mercredi, en couverture de *L'Hebdo* le samedi... Bien des politiques et des artistes se damneraient pour pareille exposition ! »

J'essayai un canapé au saumon avec mon thé, et le laissai parler. Toute sa personne irradiait la sympathie, sans que je parvienne à déterminer si c'était un don inné ou le résultat d'un long travail sur lui-même. Il goûta à son café, me regarda en souriant, et continua :

« En outre, ce que vous dites intéresse. Vous ne pratiquez pas la langue de bois. On sent chez vous une vérité, une liberté, une urgence morale peu banales. Lorsque vous qualifiez de crime le geste de Louis Craon, en un seul mot, vous fixez le cadre qui convient à cette affaire. Aucun conseiller en communication n'aurait osé pareille économie. Les journalistes ne regardaient que vous. Ils ont écrit ou raconté sous votre dictée. Votre indignation a convaincu tous les Français. Je pourrais la commenter longuement, mais j'imagine que vous êtes saturé de compliments et d'éloges... »

À nouveau, sourire chaleureux et regard complice, comme pour s'assurer qu'il n'était pas allé trop loin.

« J'insisterai donc sur la forme. Votre visage, votre sobriété, votre sincérité. Vous n'avez même plus besoin de parler, il vous suffit d'apparaître pour incarner une certaine idée de nos valeurs.

— Vous êtes très aimable, mais je ne crois pas mériter autant de...

— Ne vous méprenez pas. Peu importe ce que j'en pense. Dans l'opinion publique, vous avez créé en trois jours cette image incroyablement positive. Dans toute ma carrière, un peu longue déjà, j'ai rarement rencontré une notoriété, une sympathie aussi rapides et consensuelles. C'est un atout inestimable – ou, si vous préférez, un capital. D'où ma question : qu'allez-vous en faire ?

— Je... Je ne suis pas sûr de bien comprendre. »

Son sourire devint paternel, et ses yeux pétillèrent.

« Votre célébrité n'arrive pas par hasard. Vous vous inscrivez dans une grande tradition française : le rebelle, l'homme ordinaire qui refuse et déclenche une révolution. La prise de la Bastille, Gavroche, la Commune, la libération de Paris, mai 68... Notre histoire se régale de telles figures. Vous nous en offrez une version condensée et épurée, en quelques secondes. L'affrontement reste symbolique. L'essentiel en est souligné : au nom de principes supérieurs, un homme du peuple se dresse spontanément contre le pouvoir d'un chef. Ni le public ni même les journalistes n'en sont conscients, la puissance du mythe s'y déploie d'autant plus facilement. Le Français, râleur et conservateur, aime à se rêver idéaliste et aventurier. Vous le confortez dans cette illusion. Il vous en sait gré. Il croit se reconnaître dans le courage que vous avez montré. De là naît le capital sur lequel peut se construire une suite. »

Au terme de sa tirade, il eut à nouveau cette expression incroyablement aimable. D'un geste infime, il se fit resservir en café par un garçon qui sembla fier d'être ainsi distingué.

« Seriez-vous prêt à nous permettre de l'utiliser ? Je voulais juste vous rencontrer pour vous dire quel vecteur vous pouvez devenir. »

Aux autres tables se négociaient des contrats. Des hommes d'affaires discutaient sans doute de recrutements, de budgets, de plannings, de commissions. Je ne vis qu'une seule femme. Quand elle se tourna à moitié pour prendre ses lunettes de soleil dans son sac, je reconnus Manon-Lou

Weber, l'actrice préférée de Julie, en compagnie d'un homme assez âgé pour être son père. Je regrettai de ne pas pouvoir la photographier, et me réjouissais déjà du récit que j'en tirerais ce soir. Roussel avait suivi mon regard, et me laissa quelques secondes pour me concentrer à nouveau.

« Un vecteur ? Je pensais qu'on n'employait ce mot que dans les mathématiques, ou l'industrie de l'armement... »

Tout en mordant dans une brioche d'une infinie suavité, je crus qu'il allait rire, ou en tout cas sourire, de ma repartie. Je le sous-estimais.

« Veuillez me pardonner. Non, bien sûr, vous ne pouvez être réduit à un simple rôle de vecteur. Vous êtes, aux yeux de l'opinion publique, ce qu'on appelle depuis quelques années une "belle personne". Ce crédit qu'on vous fait spontanément rejaillit autour de vous. Dans notre vieux pays désenchanté, chacun a envie de croire qu'il peut exister un héros positif. Si vous continuez à l'incarner, vous comblez cette attente. »

Pour la première fois depuis le 20 avril, ce qui m'arrivait prenait du sens. Comment n'aurais-je pas été séduit ?

« Si vous acceptez de mettre cette image au service d'une stratégie de communication... »

Je voyais bien qu'il ne voulait pas abattre toutes ses cartes.

« Comme un footballeur qui pose à côté d'une voiture ?

— En fait, l'inverse. Chacun sait bien que jamais le footballeur ne daignerait conduire le modèle ordinaire qu'il promeut, et qu'il aurait moyennant finances fait l'article pour n'importe quelle concurrente. Vous vous y affadiriez, sans profit pour quiconque. »

Il se tut un instant. J'attendis.

« "Comme Sébastien Armant, achetez telle lessive" ? Je ne vous aurais pas fait perdre votre temps pour pareille ineptie.

Mes collaborateurs vous exposeront leurs concepts, et négocieront vos droits avec votre agent... vous avez un agent ?

— Pas pour l'instant.

— Si vous me permettez un conseil, prenez-en un. Il vous défendra dans les ennuyeux marchandages sur vos commissions et pourcentages. Sinon mes requins vont vous plumer. Nous veillerons en parallèle à votre présence dans les médias.

— Anne-Sophie s'en occupe très bien, me semble-t-il. »

Il négligea mon objection.

« Il faut continuer à construire et enrichir votre image. Nous vous proposerons de participer à de grandes manifestations, à des événements en cohérence avec votre histoire. Nous avons les réseaux, le savoir-faire. Pour continuer dans ce registre, il vous faut un appui, ou plutôt un partenaire. Je ne sais pas jouer de l'alto, mais je sais construire un discours vers l'opinion. »

Manon-Lou Weber s'était levée, et s'approchait de notre table.

« Excusez-moi, Marc-Antoine, mais ce n'est pas vous que je viens voir. Vous êtes bien Sébastien Armant ?

— Oui.

— Juste pour vous dire que vous m'avez donné une des émotions les plus fortes de ma vie, l'autre soir. J'en ai pleuré, devant ma télévision. Je suis heureuse de vous rencontrer et de pouvoir vous remercier. Vraiment. Tenez, je vous embrasse. »

Sitôt après, elle s'éloigna avec grâce, dans sa robe bleue comme ses ballerines et son sac minuscule. Elle captiva le regard de tous les hommes présents jusqu'à ce qu'elle disparaisse par la porte du hall. Et leur regard jaloux se porta ensuite sur celui qu'elle avait embrassé.

Marc-Antoine Roussel reprit doucement :

« Vous voyez ? Inconnu ou célèbre comme Manon-Lou, tout le monde rêve de rencontrer Sébastien Armant. Vous êtes désormais le gendre idéal, le frère, le fils ou l'ami que l'on souhaite avoir. Cette popularité m'intéresse, et je veux lui donner des bases solides, la faire fructifier.

— Vous allez m'habiller, me coiffer...

— Croyez-vous que l'abbé Pierre avait besoin de conseils de cette nature ? Je ne vous prends pas pour un chanteur débutant. Mais dans votre remarque, j'entends une forme de méfiance, et je la comprends. Vous vivez des journées agitées...

— C'est peu de le dire...

— Des rencontres, des sollicitations de toutes natures... Anne-Sophie vous aide de son mieux. Et voilà que je viens vous suggérer de vous projeter à trois mois, à un an... Pourquoi ne pas venir nous rendre visite, rencontrer nos équipes, passer une demi-journée au siège ? »

Il eut encore ce sourire charmeur, et je me sentais plus hypnotisé que convaincu.

« Au risque de paraître vulgaire, permettez-moi d'insister sur un point. Cette nouvelle vie que je vous propose peut se révéler assez... rémunératrice. Vous n'imaginez pas à quel point. Vous allez changer de monde. C'est pourquoi je le souligne, même si nous savons tous les deux que ce n'est pas cet aspect qui vous motive. »

Je ne sais quelle tête je fis à cette annonce. Il prit un petit air contrit.

« Vous disposez ainsi de tous les éléments de votre décision. Nous vous préparerons un contrat avec tous ces détails d'intendance. »

D'un seul coup, son visage devint grave, et ce changement complet de physionomie me mit en alerte :

« Vous n'êtes pas un homme d'argent. Vous n'êtes pas un homme de pouvoir. Vous pouvez devenir rapidement un homme d'influence, et c'est beaucoup plus précieux. »

Il laissa passer un petit moment, pour s'assurer que je saisissais bien ses sous-entendus.

« Vous êtes très pris en ce moment, et je vous remercie pour ces quelques instants. Voici ma carte. Appelez-moi, nous déjeunerons ensemble. Que voulez-vous faire de ce qui vient de se passer ? Voilà la question à laquelle j'aimerais vous aider à répondre. N'hésitez pas. »

Il me serra chaleureusement la main, comme si nous étions de vieux amis. Je sortis du palace un peu étourdi, et, dans le bruit de la circulation, retrouvai mon calme en marchant à travers le Marais jusqu'à l'Opéra Bastille. Je repensai à cette conversation, sans arriver à me faire une opinion sur Marc-Antoine Roussel. Je savais bien que l'altruisme ne guidait pas sa démarche. Était-ce une raison pour tout refuser ? Plutôt que de me laisser ballotter par les uns et les autres, je pouvais m'abandonner à cette tentation.

Par l'entrée des artistes, je gagnai directement l'entresol. À nouveau un courrier très abondant m'attendait, que je mis dans ma sacoche. Je retrouvai les collègues juste à temps, dans la salle de répétition. Tout l'orchestre se réjouissait sans le dire de voir se tourner bientôt la page de *Così fan tutte*. Nous reprîmes le travail sur la *Petite Renarde rusée*. Depuis deux mois, j'avais découvert et étudié cette partition subtile : seul d'abord, puis lors des quatre séances de mise en place avec un chef assistant. Pour monter cet opéra de Janáček, le prédécesseur de Chomérac avait fait appel, il y a près de deux ans, à un jeune maestro tchèque alors inconnu, Wilhelm-Friedmann Zelenka. Entre-temps, une tournée triomphale aux États-Unis et au Japon et une liaison tumultueuse avec une sculpturale mannequin slovaque l'avaient rendu célèbre.

À vingt-six ans, Zelenka en paraissait à peine vingt. Plus jeune que tous les musiciens, il nous dompta aussitôt. Son excellent français, sa connaissance intime de l'œuvre, sa gestuelle précise, son oreille infaillible, son calme olympien en imposèrent aux plus aguerris comme aux plus indisciplinés. En un quart d'heure et sans élever la voix, il sut affirmer son autorité et dessiner sa vision de l'opéra. Avec une politesse surannée, tout imprégnée d'Europe centrale, il eut des « S'il vous plaît » qui résonnèrent comme des gifles. Il n'hésita pas à nous faire reprendre six fois de suite un passage qui ne lui convenait pas, ou à laisser se prolonger le silence initial pendant de longues secondes, afin d'obtenir concentration et tension, avant d'enfin donner le départ.

Nous sortîmes de la répétition au bout de trois heures, fatigués, affamés, mais heureux d'avoir travaillé avec un chef aussi doué, manifestement promis à un grand avenir. La rencontre entre un chef et un orchestre ne va jamais de soi. Zelenka nous avait poussés à l'excellence, et nous lui en étions reconnaissants.

Dans le couloir, Élisabeth Leclair m'attendait. Voir la commissaire de police dans les locaux de l'Opéra me mit aussitôt en alerte, mais, devinant les affres dans lesquels je plongeais, elle m'adressa un sourire embarrassé et me dit :

« Je voulais visualiser votre cadre de travail. Pouvons-nous aller quelque part parler tranquillement ?

— Je déjeune dans un bistrot à cinq minutes d'ici. »

Chemin faisant, nous avons parlé musique : étudiante, elle avait pratiqué le chant choral et s'était passionnée pour les motets de la Renaissance. Elle m'avoua qu'elle s'était permis d'écouter la fin de la répétition. Je crus poli, voire habile, de le relever :

« Quelle chance pour moi d'avoir un ange gardien qui aime la musique... »

Elle me regarda avec étonnement, parut chercher ses mots :

« Mais, sous une forme ou une autre, tout le monde aime la musique. »

Elle constatait une évidence, et j'eus le sentiment d'avoir proféré une sottise. Lorsque nous fûmes installés dans la salle banale d'une brasserie de quartier, elle me dit :

« Nous avançons à pas de fourmi. Un premier constat : le feuillet d'éloges à Louis Craon n'a pas été diffusé. Hormis les deux exemplaires adressés à Mme Boulanger et à votre domicile, aucune trace. Rien sur Internet, pas de tract, pas de communiqué. Aucun écho repérable. D'habitude, tous ces extrémistes se complaisent dans une logorrhée répétitive et indigeste. Pourtant l'émotion née de ce scandale aurait donné à leur provocation un retentissement inespéré. »

Elle s'interrompit le temps de passer la commande, et reprit dès le départ du garçon :

« Ils se donnent du mal pour trouver le nom de la chargée de communication de l'Opéra de Paris et votre adresse. Ils envoient leur texte et n'en tirent aucun bénéfice d'aucune sorte. Étrange.

— Qu'en déduisez-vous ?

— S'agit-il d'un groupe qui prend son temps et se méfie de tout et de tous ? D'amateurs, si j'ose dire ? En tout cas, leur manière de procéder diffère de ceux que nous surveillons. Même remarque pour l'absence de signature, et pour l'emblème, la croix celtique avec deux pistolets-mitrailleurs, encore jamais repéré. »

Je n'arrivais pas à déterminer si elle m'apportait de bonnes ou de mauvaises nouvelles.

« D'ailleurs, vous voulez que je vous fasse rire ?

— J'en ai bien besoin en ce moment.

— Un de mes adjoints a regardé de près le dessin de ces armes. Il a constaté plusieurs erreurs. Elles ressemblent plus à un dessin d'adolescent perturbé qu'à un extrait de catalogue... »

Par courtoisie, j'esquissai un sourire qui ne devait pas être très convaincant.

« Nous n'avons pas eu d'informations pertinentes émanant des groupuscules nostalgiques du nazisme. Surpris eux aussi, ils se réjouissent du geste du chef Craon, sans plus. Même chose avec leurs homologues à l'étranger, selon les polices européennes que nous avons interrogées. Nous avons eu un peu plus de chance avec l'analyse du texte lui-même. Il présente des similitudes de forme et de rhétorique avec les écrits de Louis-Ferdinand, le gourou d'un groupuscule actif à Beauvais et dans le nord de la région parisienne.

— Et alors ? Vous l'avez arrêté ?

— Louis-Ferdinand, ou plutôt celui qui avait choisi ce pseudonyme, est mort il y a trois ans. Il est possible que l'auteur du texte figure parmi la vingtaine d'adeptes qui le suivaient aveuglément. Certains ont cessé toute activité, d'autres se sont répartis ou reconvertis dans diverses mouvances. Louis-Ferdinand cloisonnait ses cellules, trouvait des noms de guerre et des grades d'opérette pour ses rares fidèles, donnait des rendez-vous dans des églises désertes... Il agissait comme le général d'une armée d'espions, sauf que la guerre était terminée depuis longtemps et que toute cette intense activité clandestine ne produisait que du papier. La police s'était intéressée à lui, mais de très loin, évitant de lui donner une importance qu'il aurait bien aimé se voir reconnaître. Nous avons mis sur écoute les orphelins de Louis-Ferdinand. Et notamment ceux qui, par leur niveau d'études, sont capables d'écrire quatre paragraphes sans fautes d'orthographe ni de syntaxe, et de faire une référence approximative aux Évangiles. Pour l'instant, rien d'intéressant. Peut-être se méfient-ils des téléphones ? Nous essayons de voir comment les infiltrer, sur qui exercer certaines pressions. »

En voyant arriver les deux plats du jour, je repensai aux fastes du palace où j'avais pris mon petit-déjeuner.

« Vous en parlez toujours au pluriel.

— Vous avez raison. On ne peut complètement exclure l'hypothèse d'un individu isolé. Je vous donne tous ces détails confidentiels pour que vous compreniez comment nous travaillons. Regardez tranquillement cette liste de noms et d'adresses. »

Je pris la feuille qu'elle me tendait, et la parcourus avec l'impression de lire l'annuaire.

« Je ne connais personne. C'est curieux, il n'y a que des hommes...

— Dans ce milieu, c'est ainsi. Nous avons évidemment regardé du côté de Craon, mais rien ne semble le mettre en relation avec ce groupuscule, ni même avec la Picardie. Leur littérature me semble, si j'ose dire, opportuniste.

— Comme ils l'écrivent, une "divine surprise".

— Il ne faut jamais les croire sur parole. De votre côté, rien d'inhabituel ?

— Non.

— Nous scrutons les séides, les chevau-légers de Louis-Ferdinand, mais sans exclusive. Cette méthode finira tôt ou tard par payer. Nous sommes patients. Et si au final il ne se passe rien d'autre, qui s'en plaindra ? »

Je ne pouvais contester cette conclusion.

« Vous êtes de plus en plus visible dans les médias. Cette gloire insupporte ceux qui vous en veulent.

— Dites-moi la vérité : ces gens-là sont-ils dangereux ?

— Pardon. J'aurais dû commencer par là. Non. Nouvelle Division, le groupe de Louis-Ferdinand, ne s'est jamais fait remarquer par des actes violents. Une rhétorique enflammée et rien de plus. Heureusement, c'est plus fréquent qu'on ne le croit. Les pistolets-mitrailleurs sur leur emblème n'impressionnent qu'eux. »

Elle s'interrompit un instant pour répondre à un appel sur son portable.

« Excusez-moi. Je me suis laissée un peu trop aller à des confidences. Ce n'est pas la procédure habituelle, mais ce n'est pas une affaire habituelle. Les personnes que nous protégeons sont le plus souvent des journalistes, des hommes politiques, des hommes d'affaires. Ils connaissent les risques de leurs engagements, et parfois nos procédures. Vous, vous êtes si...

— Si innocent ? »

Je n'avais pas osé dire naïf. Les différents sens du mot que j'avais prononcé miroitèrent un instant entre nous.

« ... Si éloigné de tout ça. Je ne voulais pas insister autant sur ce Louis-Ferdinand. Depuis sa mort, il n'y a plus rien sur nos écrans radar. C'est une piste parmi d'autres.

— C'est la seule que vous me livrez, je ne peux que m'y intéresser.

— Bien sûr. Mais les fausses pistes ressemblent aux vraies.

— C'est une définition de votre métier ?

— Si vous voulez. La semaine prochaine, je vous parlerai peut-être d'un autre groupuscule. Et d'un troisième un peu plus tard.

— Charmante perspective.

— Vous préférez ne rien savoir ? »

Tout ignorer de l'enquête, de ceux qui avaient déposé cette enveloppe chez moi ?

« Non. Évidemment non. Je préfère savoir... en tout cas, en savoir autant que vous.

— C'est-à-dire presque rien.

— Va pour ce presque rien. »

Elle crut utile de préciser le trait.

« Dans nombre d'affaires de ce type, nous n'arrivons jamais à des certitudes. Il faut vous y préparer. »

Elle regarda sa montre.

« Il est essentiel que nous soyons en confiance, que nous partagions tout. Votre analyse, votre vigilance sont les clefs d'une anticipation efficace. Voilà pourquoi je vous livre tous ces éléments. J'ai besoin de vous autant que vous de moi. Désormais, nous faisons équipe. Il faut que j'y aille. Bon courage pour Janáček. »

Elle se fondit dans la cohue et je la perdis de vue aussitôt. J'appréciais la franchise et la minutie de son approche. Un pion blanc venu de nulle part me protégeait désormais.

À mon tour, je jetai un coup d'œil à la pendule, et me souvins soudain de la leçon d'alto que je donnais à 4 heures. Je n'aime pas trop enseigner, je ne me sens pas légitime. Que dire à un adolescent qui s'escrime sur son alto ? Comment le faire progresser, ne pas le décourager ? Au nom de quoi lui intimer de jouer plus vite ou moins fort ? Peut-être le retrouverais-je à côté de moi dans l'orchestre dans quelques années. Je n'avais jamais su m'y prendre, et contrairement à beaucoup de musiciens, je n'étais chargé de cours dans aucune institution.

Une collègue de pupitre que j'appréciais beaucoup et qui

assurait quelques heures au conservatoire du XVIIIe arrondissement m'avait demandé de la remplacer jusqu'en juin. Son mari se mourait d'une leucémie, et elle voulait passer le plus de temps possible à son chevet. J'avais accepté, et repris son cours. Mais là, je ne pouvais qu'annuler. J'appelai l'administration et l'élève, et leur promis de rattraper la semaine suivante.

À 3 heures, je retrouvai Anne-Sophie et nous partîmes pour un studio en proche banlieue. Après quelques propos sans consistance, elle me dit :

« Vendredi soir, le public vous a ovationné avant le spectacle.

— Oui.

— Et à nouveau samedi soir.

— Hélas.

— Bien sûr, nous ne communiquons pas sur cet épisode. Seule la soirée du 20 avril importe, et non ces pâles déclinaisons. Ces répliques, au sens sismique du terme, perturbent, parasitent votre réaction. Donc mieux vaut ne pas y faire allusion.

— Cela me convient parfaitement. »

Et je ne résistai pas au plaisir de la taquiner :

« Vous ne me demandez pas ce que Roussel m'a dit au petit-déjeuner ?

— Non. J'ai organisé le rendez-vous, comme il me l'avait demandé. Pour le reste, je préfère rester en dehors de ses affaires. Et que lui reste en dehors des miennes. Peut-être vous a-t-il fait une proposition. Peut-être l'accepterez-vous. Je ne tiens pas à le savoir. »

Elle resta silencieuse tout le trajet, presque boudeuse. Arrivée devant les portes vitrées, elle se remit à sourire et sauta au cou de la jeune femme qui l'attendait. Celle-ci me dit :

« Anne-Sophie vous a tout expliqué ? »

Sans attendre ma réponse, elle me conduisit au maquillage. Elle me confirma que l'émission était en direct, et je ne prêtai guère attention au reste de son incessant bavardage.

Lorsque j'entrai sur le plateau, la deuxième partie du jeu commençait. Une musique vaguement orientale – gong, clochettes et gamme par tons – retentit. Kim-Li, l'animatrice, vêtue d'une robe de soie rouge accordée à son rouge à lèvres, les cheveux noirs tressés en une natte impériale, m'accueillit dans « Les Secrets du Palais ». Une centaine de personnes nous applaudirent, et je remarquai que chaque fauteuil était doté de lampes de toutes les couleurs, pour certaines allumées.

Kim-Li rappela que j'étais « le héros de l'Opéra », et résuma en une phrase ce qui s'était passé le mardi soir. Je pris place sur une sorte de trône au centre du plateau, et elle lança aussitôt la première épreuve. Trois visages apparurent sur les écrans : Mozart, perruque sagement poudrée ; Beethoven, cheveux en désordre et l'air maussade ; Ray Charles, hilare derrière ses lunettes noires.

« Trois musiciens de génie, n'est-ce pas ? » commenta Kim-Li. Des extraits musicaux de quelques secondes rappelèrent aux plus incultes leurs styles respectifs.

« Concentrez-vous. Deux de ces musiciens ont un point commun, que le troisième n'a pas. Lequel est l'intrus ? Vous avez dix secondes pour appuyer sur le bouton. »

Je votai. Les lumières s'éteignirent, s'allumèrent, clignotèrent. Un appel de trompettes retentit. Un écran donna le résultat : 86 % pour Ray Charles, 9 % pour Beethoven, 5 % pour Mozart. Applaudissements. Les lampes des fauteuils du public semblèrent prises de transe, comme autant de guirlandes d'arbre de Noël, puis, selon une logique qui m'échappa et dont je ne me souciais guère, se figèrent en rouge, en bleu, en vert, en jaune ou en violet.

Kim-Li s'approcha de moi, un peu trop à mon goût :

« Sébastien, pourquoi Mozart est-il l'intrus, selon vous ?

— C'est simple : Beethoven et Ray Charles ne jouaient que du piano. Mozart jouait du clavecin, du piano, du violon, et, comme moi, de l'alto.

— Excellente réponse ! »

Applaudissements. Quelques lumières blanches clignotèrent, derrière ceux qui avaient choisi Mozart comme moi. Je ne compris pas qui gagnait ou perdait.

Les autres épreuves furent aussi absurdes, et je me prêtai de bonne grâce à l'exercice. Le contraste violent des éclairages me faisait un peu mal aux yeux. Tout cela ne devait durer qu'une demi-heure. Je m'amusais presque des sornettes que j'entendais, de l'air sérieux de Kim-Li et des clins d'œil qu'elle m'adressait hors champ.

Pour la dernière épreuve – les lampes bleues des fauteuils se mirent à nouveau à clignoter – les écrans projetèrent la photographie déjà célèbre du chef Craon dans son geste insupportable.

« À quoi cet homme vous fait-il penser ? » demanda Kim-Li.

Première image : un lieutenant-colonel SS en grand uniforme, arborant la croix de fer. Deuxième image : un fou de bande dessinée, les yeux exorbités, un entonnoir à l'envers sur la tête. Troisième image : un rat.

« Concentrez-vous. Vous avez dix secondes pour appuyer sur le bouton. »

Ma stupeur se transforma instantanément en colère. Je ne récusais pas seulement ces choix imbéciles, mais surtout que l'on puisse faire de cette scène terrifiante le prétexte d'un jeu. C'était une souffrance soudaine. La blessure s'était rouverte.

L'effroi m'avait saisi à nouveau, me serrant à la gorge. Le 20 avril, j'avais mis, selon les horloges, quatre secondes pour réagir : le temps qu'il faut pour tomber du haut d'un immeuble de huit étages ; le temps qui sépare l'arrivée d'un caillot de sang dans le cerveau des premiers symptômes de l'accident vasculaire ; le temps que se consume une mèche courte avant l'explosion.

Je me levai, allai vers Kim-Li pour exiger qu'elle cesse immédiatement. Deux vigiles bondirent sur le plateau, croyant que j'allais la frapper. Des assistants s'approchèrent. Les caméras ne montraient que le public en train d'hésiter face au choix proposé. Il y eut un instant de confusion, pendant lequel je vociférai, mais la production avait coupé mon micro. Seul le premier rang du public perçut vaguement qu'il se passait quelque chose.

Une pluie de confettis se mit à tomber des cintres. La lumière s'éteignit et revint. Une musique triomphale retentit, et le public applaudit à tout rompre. Une fumée blanche envahit le plateau. L'écran afficha le résultat du vote. Kim-Li s'était approchée du public. Elle montait, ou se réfugiait, à mi-hauteur des gradins. Je fus séparé d'elle par tous ces gens. Nos mouvements pouvaient passer pour une sorte de danse confuse. Applaudissements.

Je serrai les poings et les dents, bien décidé à faire un esclandre. Des mains me repoussaient. Une animatrice proclama les résultats du vote. Applaudissements. Les fauteuils clignotèrent, et pour trois d'entre eux, toutes les lampes restèrent allumées, désignant les vainqueurs de la compétition. Ils se levèrent pour recevoir leur prix des mains de Kim-Li. Applaudissements. J'étais déjà parti.

J'arrachai mon micro, le jetai au sol, n'écoutai ni n'entendis rien, et gagnai la sortie à grandes enjambées. Retrouver l'air libre, le parvis inondé de soleil, les passants indifférents me fit du bien. Anne-Sophie me héla d'un taxi, je la rejoignis et m'effondrai sur la banquette à côté d'elle.

« Sébastien...

— Non, c'est vous qui allez m'écouter ! Jamais plus, vous m'entendez ? Jamais plus je ne participerai à de telles... sottises ! Pour qui me prenez-vous ? "Les Secrets du Palais" ! Je ne suis pas un pantin. Jamais vous n'auriez dû accepter.

— Mais vous...

— Personne ne m'empêchera jamais de partir. Si vous ne voulez pas vous trouver dans une situation embarrassante, ne me tendez pas de traquenard.

— Ce n'était pas un piège ! Kim-Li...

— Plus un mot sur cette Chinoise et sa tresse, ou je descends du taxi ! »

Elle se tassa sur son siège, visage fermé, et repartit à l'assaut :

« Vous devriez plutôt la remercier ! Lui faire porter un bouquet de fleurs avec un mot d'excuses ! Sans elle et ses équipes techniques, qui ont détourné l'attention, chacun aurait vu votre caprice.

— Mon caprice ? Comment osez-vous ? Les trois images proposées étaient... insultantes !

— Mais qui vous demande de les prendre au sérieux ? Vous êtes le héros qui a tourné le dos à Louis Craon, vous seriez devenu le malappris qui a quitté le plateau de Kim-Li. Vous imaginez les humoristes, le lendemain ? "L'homme qui s'indigne plus vite que son ombre"... "Une contrariété et hop, il s'en va !" Votre geste du 20 avril aurait été relu à la lumière de cet épisode peu glorieux, et dévalué d'autant. Grâce à Kim-Li, personne n'a rien remarqué. Vous lui devez beaucoup. »

En l'écoutant, je fus assez vite convaincu de la justesse de son point de vue, et du coup me sentis étrangement triste.

« Sébastien, vous devez comprendre. Comme personne privée, vous existiez avant et existerez après, vous avez de l'importance pour vos proches et ne devez de comptes qu'à eux seuls. Comme personne publique, vous êtes né le 20 avril. Vous ne vous appartenez plus. Vos colères et tous vos autres sentiments ne peuvent interférer. Il vous faut une carapace. Gardez vos émotions privées pour votre vie privée. »

Sentant son avantage, elle insista :

« Oui, je vous ai fait participer à un jeu stupide et ne vous ai pas suffisamment prévenu. Je ne cherche pas à vous faire plaisir, ni même à vous mettre en valeur : je veux que l'Opéra soit mieux connu et reconnu, quand toute cette émotion sera retombée. Vous êtes furieux, mais vous avez tort. Vous croyez que les jeunes qui regardent cette émission iraient voir *Wozzeck* ? ou même *Carmen* ? Il faut déjà qu'ils aient envie de découvrir notre univers. Si nous avons au moins piqué leur curiosité, nous n'avons pas perdu notre temps.

— Pas à ce prix ! »

Elle attendit pour répondre, mais tint bon. Aux portes de Paris, le taxi n'avançait plus que par à-coups.

« Pas à ce prix ? Mais de quoi me parlez-vous ? Je sais ce que je fais, Chomérac apprécie mon travail, et soyez-en persuadé, moi aussi à ma façon je défends notre maison. Tout autant que vous. »

Elle s'interrompit, pensant que j'allais objecter. Mais je préférais garder le silence : pouvait-elle comprendre, elle qui n'avait pas éprouvé l'effroi ?

« Roussel, chez qui j'ai commencé dans le métier, a une formule que je vous livre : les médias sont comme un monstre insatiable, il faut lui donner à manger de temps en temps, sinon il peut vous dévorer tout cru. J'ajoute que le monstre est myope : maintenant qu'il vous a repéré, il ne vous lâchera pas de sitôt.

— Trouvez-lui une autre victime !

— Je connais des dizaines de personnes dans Paris qui tueraient père et mère pour vivre de telles journées.

— Grand bien leur fasse...

— Mais le monstre en ce moment veut Sébastien Armant, et nul autre. Vous comme moi, nous devons faire avec. »

Son téléphone sonna. Elle eut une longue conversation à voix très basse. Je regardai les rues de la capitale défiler lentement en méditant sur l'appétit du monstre. Combien de temps encore portera-t-il son regard sur moi ? Elle reprit d'une voix sourde :

« Savez-vous ce que j'avais prévu pour cette fin avril ?

— Non.

— Faire les ultimes relances pour Zelenka et l'opéra de Janáček. Distiller quelques indiscrétions sur le programme de la rentrée. Préparer la conférence de presse de la Diabelli pour sa prise de rôle dans *Norma*, avec pour objectif de faire oublier son surnom, la Milanaise obèse. Commencer à travailler sur la tournée de novembre à Londres et Édimbourg. J'ai tout décalé, rien ne serait audible, les journalistes ne veulent que du Louis Craon et du Sébastien Armant. Choisir une stagiaire pour le second semestre. Finaliser mes demandes budgétaires pour l'an prochain. Préparer un gros dossier dont je ne peux vous parler. Rédiger les deux chapitres du plan d'action pour le mécénat que Chomérac me réclame depuis deux mois. Pas le temps. Passer quatre jours à Florence avec mon compagnon. Impossible, je ne peux m'absenter en pleine tempête. Je ne vous en veux pas. Personne ne vous en veut. Cette situation s'impose à vous comme à moi. »

Pensait-elle vraiment que j'allais la plaindre pour ses vacances en Toscane annulées ? Chacun son rôle et chacun sa croix.

« Ne croyez pas que j'accepte tout. Je tiens compte de votre agenda, des répétitions et des concerts. Je refuse beaucoup de propositions : les approches polémiques, les supports militants, les journalistes en qui je n'ai plus confiance. J'en profite aussi pour négocier : un entretien avec vous contre un portrait de Zelenka, soit deux occasions de parler de l'Opéra. Je laisse une place aux médias étrangers. Je me lève à 5 heures du matin pour voir ce qui se raconte sur Internet, répondre à mes messages et lire la presse. Je fais trois points par jour avec Marenzio et un avec Chomérac. Je mange quand je peux. Je termine de répondre à mes appels en retard à 10 heures du soir. Je ne me plains pas : c'est fatigant, mais plus intéressant que la routine. Je suis revenue au bureau tout le samedi, et j'ai passé la moitié du dimanche le nez sur l'ordinateur. Je me maquille davantage, pour cacher le manque de sommeil. Nous faisons tous face, le temps qu'il faudra. Et nous avons besoin de vous : votre voix porte plus haut que toute autre. Rien ne peut la remplacer. J'ai besoin de vous. »

Le taxi était englué dans les embouteillages. Ce long discours semblait l'avoir épuisée. Elle ne résista pourtant pas à une flèche du Parthe :

« Et ce soir, je devrai en outre rappeler Kim-Li. »

Je ne répondis pas. Le silence retomba, comme un cessez-le-feu. Je consultai ostensiblement ma montre. Nous étions depuis cinq minutes sur la place de la République, progressant mètre par mètre.

« Je vais prendre le métro, sinon mon fils va trouver porte close en rentrant de l'école.

— À demain. »

Je sortis du taxi avec soulagement, et m'engouffrai dans les escaliers. Vingt minutes plus tard, j'arrivai en même temps qu'Arthur à la maison. Nous goûtâmes, lui volubile, moi un peu assommé. Grégoire arriva une heure après, puis Julie. Je n'avais pas eu le goût de me mettre en cuisine. J'allai dans mon bureau, et rangeai la pile d'enveloppes, que je n'ouvris pas davantage que les précédentes.

Au dîner, je ne pus raconter ni les conclusions provisoires de la commissaire Leclair ni « Les Secrets du Palais », sujets qui eussent inquiété Julie et que les garçons n'auraient pas compris. Alors j'évoquai avec légèreté ma rencontre avec Roussel, pour pouvoir me vanter de mon bref dialogue avec Manon-Lou Weber. Cette annonce fut accueillie par des cris de surprise, redoublés lorsque je confessai qu'elle m'avait embrassé. Oui, elle était aussi belle que dans ses films, sinon plus. Julie feignit une jalousie de comédie, et fut déçue que je n'aie pas pensé à lui demander une photographie dédicacée.

Après le dîner, je prétextai un peu de travail pour aller sur l'ordinateur, et rechercher des éléments sur Louis-Ferdinand. À ma grande surprise, je trouvai abondance de textes, quelques photographies et une notice biographique. Tout en exerçant pendant près de trente ans la fonction de chef du personnel d'une grosse entreprise de matériel agricole près de Beauvais, celui qui signait Louis-Ferdinand avait consacré toute sa vie à une action politique aussi clandestine que vaine. Il se piquait d'écrire, et adressait ses messages délirants aux dirigeants du pays, et à eux seuls. Protestations, réprimandes, adresses, édits, admonestations et autres ordres du jour se succédaient. Leur envoi donnait lieu à des précautions et des jeux de piste dignes d'un roman d'espionnage, sauf que la police ne le prenait pas au sérieux et ne le recherchait pas.

Je reconnus dans cette prose le style pompeux de l'hommage à Louis Craon. La lecture aurait pu n'être que pitoyable ou comique, si son admiration inconditionnelle pour Hitler ne s'exprimait à chaque paragraphe. Du coup, ses écrits étaient aussi ennuyeux que nauséabonds. J'en eus assez, et allai tout fermer, lorsque je lus en diagonale une « Grande Remontrance à Georges Pompidou ». Dans ces deux pages que sans doute nul n'avait parcourues depuis quarante ans, je tombai en arrêt sur cette phrase : « Croyez-vous que pour incarner la grandeur de la France il suffit de faire accrocher son portrait en costume de pingouin dans toutes les mairies ? »

Aurais-je dû me sentir flatté de voir la même formule utilisée pour moi et pour le président de la République de l'époque ? Ne sachant si la police avait repéré cet extrait, je l'envoyai à Élisabeth Leclair. L'admirateur du chef Craon semblait avoir procédé à une sorte de collage de morceaux choisis de feu son maître à penser. Le périmètre des recherches se resserrait. Et comme les derniers zélotes de Nouvelle Division consumaient toute leur énergie à produire des communiqués aussi abscons que confidentiels, je trouvai un peu moins désagréable l'idée qu'ils soient venus jusqu'à ma boîte aux lettres.

Que m'importait, au fond, feu Louis-Ferdinand ? Je m'endormis, en repensant aux rencontres de la journée. Roussel et Kim-Li s'effacèrent assez vite, devant Zelenka dirigeant Janáček.

Du mardi 27 avril au jeudi 29 avril

À l'Opéra Bastille, un mot dans mon casier m'avertissait que du courrier m'attendait aux services généraux. Un factotum narquois m'y donna un sac postal entier.

La répétition avait lieu dans la grande salle, et avec tous les chanteurs. Zelenka, qui les avait déjà fait travailler isolément, nous réunissait enfin. Le metteur en scène en profitait pour vérifier une dernière fois les détails des entrées, sorties et principaux mouvements. Dans la vaste nef, les sons se déployaient avec ampleur et précision, et rendaient justice aux couleurs subtiles de Janáček.

Ce matin-là, le chef en avait après les solistes. Il leur fit reprendre à peu près chaque scène, et nous ne pûmes arriver au bout de la partition. La soprano fut sa cible privilégiée. Au bout d'une heure, il lui lança :

« Chère amie, oubliez vos efforts pour prononcer le tchèque correctement. À part l'ambassadeur et moi, personne ne le comprendra dans la salle, et pour les autres le livret est surtitré. Nous n'avons plus le temps de reprendre syllabe par syllabe. Tant pis. Donnez-moi de la liberté, du naturel, à défaut de me donner du sens ! »

Quelques courtisans parmi l'orchestre ricanèrent. Il leur

lança un regard furieux, et la suite de ses remontrances fut pour nous. Après un nouveau cafouillage entre les cuivres et les cordes, il posa sa baguette, s'étira en prenant son temps, et nous dit :

« J'ai été pendant deux ans chef assistant de Louis Craon à Boston. Je sais qu'il n'y a plus lieu de parler de lui après ce qu'il a fait, après ce qu'il vous a fait la semaine dernière. Je l'ai entendu, un jour de mauvaise humeur, lancer à vos collègues qu'ils jouaient comme une boîte à musique. Ne m'obligez pas à utiliser son expression. »

Il savait exactement ce qu'il faisait, et la violence de l'attaque nous assomma. Plus personne n'eut envie de rire. Chacun baissa le nez sur son pupitre, et se concentra de son mieux.

Une demi-heure plus tard, nouvel incident. Les déplacements imaginés par le metteur en scène, compte tenu de la dimension du plateau, ne tombaient plus juste avec la musique. L'imprudent vint suggérer à Zelenka de ralentir le tempo. Le chef, qui avait l'âge d'être son fils, refusa sèchement, et à voix haute, afin que nul n'en ignore.

Faut-il le préciser ? Cette tension accumulée nous permit de gros progrès. À 13 heures précises, il s'arrêta.

Anne-Sophie m'attendait à la fin de la répétition. Elle ne fit aucune allusion à notre accrochage de la veille, et en effet c'eût été du temps perdu. Nous partîmes pour un déjeuner de presse. On me questionna, une nouvelle fois, sur ma relation avec le chef Louis Craon. Mais que pouvais-je en dire ? Avant, admiration pour un musicien hors pair et adulé sur toutes les scènes du monde. Après... je ne pouvais pas en parler vraiment, et me réfugiais dans des banalités. Une césure complète entre deux images d'un homme, que je n'arrivais pas à réconcilier. Un artiste exceptionnellement doué et reconnu, et un... à nouveau les mots me manquèrent. Un journaliste nota ma réticence, et voulut insister.

« N'insistez pas, lança Anne-Sophie, ou il va se lever et quitter la table. »

Je ne relevai pas la perfidie de sa remarque.

Louis Craon s'était éloigné, et pourtant je ne marchais que dans son ombre. Je n'étais invité pour parler de moi que grâce à lui, même si c'était par opposition. Si j'étais devenu célèbre, c'est en me juchant sur ses épaules. Et je ne voulais pas l'admettre.

Je regardai ma montre : il était 2 heures et demie. Et je me souvins que, sauf contrordre, tous les mardis à 2 heures, le trio du Grand Foyer se réunissait chez Bertrand pour répéter. Que faire, sinon prendre au plus vite mon téléphone et appeler pour m'excuser ? Mes explications furent reçues froidement. Je leur proposai de partir tout de suite, pour arriver avec une heure de retard, ce qui fut refusé.

Après deux émissions de radio, Anne-Sophie me raccompagna jusqu'à l'Opéra Bastille, pour une séance de photographies pour je ne sais quel magazine haut de gamme. Je me sentais envers elle comme un mutin amnistié qui vient de rentrer dans le rang, et me prêtai de bonne grâce à l'exercice.

Au bout d'un long moment, alors que nous avions épuisé les poses et les décors possibles, mon portable sonna :

« Bonjour. Ici Anne-Marie Cheminade, adjointe au maire de Deauville.

— Comment avez-vous eu ce numéro ?

— Par Jean-Eudes Marenzio... c'est un amour. Je vous dérange pour vous faire une proposition. Accepteriez-vous de jouer pour le concert de clôture de notre festival d'été ?

Harold en Italie, le 30 août, avec l'orchestre symphonique de Saint-Pétersbourg et le chef Juan Antonio Soler. »

Harold en Italie: un Graal, un Himalaya que tout altiste rêve d'interpréter au moins une fois dans sa vie. Le chef-d'œuvre de Berlioz, son orchestre rutilant, son dialogue subtil avec mon instrument enfin soliste, enfin célébré... Je l'avais travaillé au conservatoire, j'avais quelquefois été la doublure de l'interprète, mais jamais un retard d'avion ou un accident malencontreux ne m'avait permis d'accéder à l'estrade.

« Nous hésitions entre trois de vos confrères, mais depuis la semaine dernière votre nom s'est imposé comme une évidence. Vous avez un agent ?

— Non.

— Je vais donc vous envoyer directement un projet de contrat. Vous étudierez tout cela tranquillement – enfin, pas trop tranquillement quand même parce qu'il me faudrait une réponse au plus tard dans huit jours. Je sais que je vous prends au dépourvu, mais sur le principe, qu'en diriez-vous ? »

Je ne refusai pas, ce qui sembla la satisfaire.

Le photographe avait rangé ses appareils et discutait avec Anne-Sophie. Je les saluai, et rentrai chez moi, avec dans une main le sac postal contenant mon courrier, et dans l'autre l'alto dans sa housse. Conscient du déséquilibre de poids qui me faisait pencher, j'essayai de ne pas lui donner une dimension symbolique.

Après l'arrivée tumultueuse d'Arthur puis celle, boudeuse, de Grégoire je leur montrai non sans fierté toutes les enveloppes que j'avais reçues. Grégoire remarqua avec bon sens :

« Mais pourquoi tu ne les ouvres pas ? »

Je ne sus quoi lui répondre.

Alors que je terminai de me préparer, Julie me dit :

« Avec tout ce qui t'arrive, tu n'as pas oublié le mariage de Valérie, samedi ?

— Bien sûr que non ! »

J'aimais bien son amie d'enfance, même si leurs fous rires d'adolescentes me déconcertaient. Elle épousait enfin Benoît, le père de sa fille de huit ans, dans un village près de Sedan. J'avais accepté de jouer dans l'église, avec le jeune frère du marié, un pianiste amateur de bon niveau. Mais, comme Julie l'avait deviné, j'avais complètement oublié cette invitation.

Elle ne m'en tint pas rigueur et continua :

« Tu sais que j'ai toujours conduit ma vie professionnelle pour exister par moi-même. »

Un peu surpris de ce ton solennel, je répondis sans réfléchir :

« De toute façon, nous n'exerçons pas dans le même secteur.

— Avant, quand on me demandait le métier de mon conjoint, je répondais que tu travaillais dans l'industrie du spectacle, sans précisions. On t'imaginait éclairagiste, je suppose, ou guitariste de jazz. Mais depuis que tu as fait la une de *L'Hebdo*, tu n'imagines pas le nombre de gens qui s'intéressent à nous – enfin, à toi : les collègues du bureau, le directeur, la comptabilité... même des clients, qui m'appellent sous n'importe quel prétexte et me disent ensuite : "Au fait, vous êtes bien la femme de Sébastien Armant ?" »

Dans sa présentation, je n'arrivais pas à comprendre si elle était furieuse ou amusée.

« C'est la rançon de la gloire...

— ... Dans laquelle je ne fais que de la figuration !

— Et une fois leur curiosité satisfaite, quand tu leur confirmes que je suis ton mari, ils font des commentaires ? Ils me félicitent ? Ils te félicitent ?

— Non. Ils sont contents d'avoir vu juste, peut-être aussi de connaître, même indirectement, une célébrité du moment. »

J'aurais aimé poursuivre, mais il me fallait déjà partir. Le soir, nous donnions à Garnier la dernière de *La Sylphide*. À ma grande surprise, et mon non moins grand soulagement, le public ne scanda pas mon nom à l'entrée de l'orchestre. Il applaudit brièvement le chef et s'abandonna au plaisir des pas de deux et des entrechats. Les spectateurs savaient-ils que l'orchestre de l'Opéra accompagnait également les ballets ? Ou la semaine passée avait-elle fini par émousser l'émotion née du scandale ? Tout en tirant et poussant mon archet dans cette musique sans génie mais sans piège, je crus une nouvelle fois être sorti d'affaire.

*

Le lendemain, Anne-Sophie m'accueillit avec un air malicieux :

« Je vous emmène au lycée. Vous allez rencontrer deux classes de première. Vous leur commenterez votre réaction. »

J'eus un bref frisson.

« Vous voulez que je leur apprenne à se révolter ? Leçon numéro un : comment bien désobéir, avec interrogation écrite à la fin ?

— Peu importe ce que vous leur direz. Ce rendez-vous est organisé par une chaîne de télévision, ils ont juste besoin d'images : Sébastien Armant avec des jeunes. Vous dialoguerez un petit moment. Liberté et responsabilité. La transmission des valeurs. L'Opéra dans la cité. »

Je gardai un silence boudeur, avant de lancer :

« Et l'étape d'après, ce sera quoi ? Sébastien Armant guérissant les lépreux ? Rendant la vue aux aveugles et faisant danser les paralytiques ?

— Quand vous voulez ! Si vous réalisez des miracles, nous refaisons le 20 heures de Louise-Charlotte ! »

Au terme des deux heures d'une rencontre sans grand intérêt, mon téléphone sonna :

« Bonjour. Je suis l'institutrice d'Arthur. Votre fils est tombé pendant la récréation, rien de cassé, il s'est juste bien éraflé la jambe et le bras. Il est un peu sous le choc. Je préfère qu'il ne reprenne pas la classe. Pouvez-vous venir le chercher ? Votre épouse ne répond pas. »

J'appelai ma belle-mère, jeune retraitée qui interrompit sa flânerie dans les grands magasins pour voler au secours de son petit-fils et le ramener chez nous.

Anne-Sophie m'emmena ensuite pour un entretien avec un hebdomadaire catholique, puis une radio suisse. Je ne pus m'enfuir qu'à l'heure du goûter, pour retrouver Arthur s'empiffrant de chocolat sous le regard attendri de sa grand-mère. Il me raconta son accident, et l'émotion de sa propre anecdote le fit pleurer, avant qu'il ne sourie à nouveau, tout fier d'être le héros du jour.

Les trois heures passées à la maison me firent du bien. Mais cette trêve ne dura pas et il me fallut repartir à l'Opéra.

Alors que nous nous préparions en coulisses, Bertrand vint vers moi :

« J'ai encore pas mal de demandes qui sont arrivées pour le trio du Grand Foyer.

— Écoute, je n'ai vraiment pas le temps. C'est ton rôle. Tu peux bien t'en occuper, non ? »

Ainsi rabroué, il ouvrit de grands yeux, avec autant de surprise que de déception. Il hésita à répondre, fit un pas en arrière, et murmura pour lui comme pour moi :

« Qu'est-ce que tu es irritable ! En ce moment, tu n'es pas à prendre avec des pincettes... »

Je regrettai dans l'instant de m'être emporté sans motif, et voulus m'excuser, mais il était déjà reparti.

La représentation de *Così* fut encore précédée d'une brève ovation qui m'était adressée, avant l'entrée du maestro Razoumovski. Je m'y attendais désormais, et ne fus pas surpris d'entendre le public scander mon nom. Mes collègues supportaient ces vivats intempestifs avec résignation.

*

Le jeudi matin, au bar des Colonnes, je lus les journaux en buvant mon café. Toute la presse, ce matin-là, révélait le fameux « scandale des pizzerias » : une vaste escroquerie aux subventions européennes, conçue par un homme d'affaires au passé trouble, avec le soutien d'un influent député de la majorité.

L'opposition avait réagi aussitôt avec virulence et réclamé sans succès la création d'une commission d'enquête. L'homme d'affaires s'était enfui au Brésil. Le député avait disparu. Les journalistes s'en donnaient à cœur joie.

À nouveau, dès 11 heures, Anne-Sophie me promena dans tout Paris, pour satisfaire les curiosités les plus diverses. À force de passer d'un ministre à un photographe, du public d'un plateau de télévision à un groupe de lycéens, j'entrai dans une forme d'hébétude. Toutes ces rencontres se ressemblaient par leur brièveté, les propos échangés, et la certitude que rien n'avait vraiment d'importance. Leur juxtaposition aléatoire finissait par provoquer une forme d'ivresse légère, par éroder le sens du passage du temps. Désormais, je pouvais répondre de façon automatique, et feindre de revivre le même choc. Le rôle eut du succès. Récitant de ma propre émotion, je faillis m'y perdre. Plus je reprenais cette fiction, plus le souvenir précis de ce que j'avais vécu s'éloignait de moi et devenait brumeux. Le soir, je rentrai chez moi épuisé, seulement désireux de ne plus répondre à aucune question et de me cacher, silencieux, parmi les miens.

Après le dîner, comme les soirs précédents, je regardai mon écho sur Internet. Julie comme Anne-Sophie me l'avaient déconseillé. À quoi bon se pencher sur ces forums, ces analyses d'une infinie médiocrité ? Je prétendais vouloir m'informer de la rumeur du monde, alors que seule, au fond, la vanité me poussait à fureter ainsi. Besogneux, mal écrits, affligeants de sottise, ces commentaires sous pseudonyme prenaient la peine d'expliquer ma réaction, que je savais en deçà de toute explication, et d'en tirer des leçons, ce dont je demeurais bien incapable.

Que tant d'inconnus prennent la peine de rédiger quelques paragraphes convenus sur le geste de Louis Craon dépassait mon entendement. Sans recul ni originalité, ils réclamaient pour lui l'exil, la prison, la destruction de tous ses disques, voire les pires tortures. Ils ne me connaissaient pas davantage, et parlaient de moi. Cette pauvreté dans l'analyse et l'absence de faits nouveaux, au fond, me rassuraient.

Parmi les textes que je découvris ce soir-là, un seul mérite une citation intégrale.

Dans l'affaire du scandale de l'Opéra, un aspect a été – délibérément ? – passé sous silence par la presse. Le musicien qui s'est levé s'appelle Sébastien Armant. Tous les commentaires ont salué son courage et glosé sur ses motifs. Je voudrais ici mettre en évidence ce que nous dit son nom.

Les observateurs attentifs l'auront remarqué. Non pas Armand, comme le prénom, mais Armant. Bien sûr, on peut croire à l'étourderie d'un employé de mairie au XIXe *siècle, dont les conséquences perdureraient. Cette thèse sera sans nul doute celle de la famille.*

Pourtant, ce t final n'est pas une faute d'orthographe, mais un signal codé, un marqueur habile et discret. Il résulte d'une méthode qui permet aux Juifs de se reconnaître entre eux. Tous ne s'appellent pas Levi, Davidson ou Rosenberg. Beaucoup ont préféré se dissimuler derrière un patronyme apparemment anodin. En prenant un nom français des plus banals, et en l'affectant d'une petite erreur, ils peuvent ainsi se fondre dans la masse de la nation, tout en conservant une singularité que seuls les initiés repèrent. On peut en citer bien des exemples dans le négoce, les milieux intellectuels ou la politique.

Les origines juives de Sébastien Armant éclairent et expliquent sa réaction. Sa protestation n'est pas politique, mais ethnique.

Puits artésien

Ce texte était déjà repris de site en site, et assorti de remarques sidérantes.

Après un moment d'hésitation, et malgré l'heure tardive, j'appelai mon père. Je me souvenais qu'il s'était piqué de généalogie pendant quelque temps. Je ne voulus pas l'inquiéter en lui donnant trop de détails, et lui demandai seulement si notre patronyme s'était toujours écrit ainsi.

« Armand ou Armant, j'ai trouvé les deux dans les registres paroissiaux, sans explication particulière : l'humeur du curé, peut-être ? L'orthographe actuelle est stable depuis le début du XIXe.

— Et tu es remonté jusqu'à quand ?

— 1685, à la limite entre Provence et Dauphiné.

— Toujours dans des familles catholiques ?

— Baptisés, mariés, et enterrés à l'église du village. Heureusement, sinon je n'aurais pas retrouvé leurs traces.

— Ma question va te surprendre. Aurais-tu connaissance d'indices qui permettraient de penser que notre famille a des origines juives ?

— Non, je ne vois pas. Pourquoi me demandes-tu ça ? Je ne détiens aucun secret de famille que j'aurais gardé pour moi. »

Mon appel tard dans la soirée pour poser cette question-là ne pouvait être innocent. Il sentit bien que je lui cachais quelque chose, n'insista pas. Mais le lendemain ou les jours suivants, il finirait par trouver cette pseudo-révélation, ou un ami la lui ferait passer. Alors je lui racontai tout. Il m'écouta avec attention, puis remarqua :

« C'est faux, c'est absurde, mais surtout c'est incohérent. La tradition juive est matrilinéaire. Peu importe que le père soit juif. Alors cacher un signe de reconnaissance dans le nom du père n'aurait aucun sens. »

Il avait raison, bien sûr. Je fis ensuite quelques recherches pour voir si cette idée – la petite faute dans l'orthographe du nom comme marqueur discret de judéité – avait circulé auparavant. Je ne trouvai rien de tel, et en conclus qu'elle sortait du cerveau altéré de Puits artésien.

Je relus son argumentaire, et tentai en vain d'y découvrir un sens caché. En quoi ma religion avait-elle à voir avec ce qui s'était passé ? Peu importent mes convictions théologiques actuelles, au demeurant fluctuantes. Rien, dans mon arbre généalogique, ne permet de donner du crédit à la thèse ainsi défendue. Je ne suis pas juif et n'en tire ni gloire ni regret.

J'hésitai un moment sur la conduite à tenir, regardai l'heure, puis appelai la commissaire de police. Après avoir lu sur son ordinateur cette divagation, elle observa :

« Depuis une semaine, il ne s'était rien passé. L'éloge de Louis Craon n'a eu aucun écho, aucune suite. Nous espérions que les choses en resteraient là.

— Le texte de Puits artésien est dépourvu de lien avec le précédent.

— En apparence, il est beaucoup plus calme, il se donne l'air d'une présentation objective de la réalité. Il ne vous reproche rien, il constate, ou prétend constater. Mais, dans cette obsession à débusquer le Juif, le Juif caché, il transpire l'antisémitisme.

— Mais je ne suis pas juif...

— Pas besoin d'être juif pour être victime d'antisémitisme : il suffit que l'agresseur le croie. »

Je réfléchis un instant aux implications de cette remarque. Posé sur une table à côté de moi, mon alto dans son étui dormait comme un gros chat indifférent aux malheurs de son maître, et je conçus du ressentiment à son encontre.

« Vous considérez Puits artésien comme un agresseur ?

— Au plan pénal, avec les termes utilisés, sans doute pas. Mais relisez en remplaçant « Juif » par « Breton » ou par « gaucher », et vous voyez bien que ça ne fonctionne plus. Ces gens-là s'enivrent de sous-entendus. Le fait de vous désigner comme Juif vous expose. Les nostalgiques du

IIIe Reich faisaient l'apologie de l'un des leurs, et ne vous citaient qu'en passant. Puits artésien ne parle que de vous. »

Je me souvins de notre première conversation au cours de laquelle la commissaire avait parlé de cible.

« Admirateurs d'Hitler et antisémites clapotent dans le même marigot...

— Il y a des recoupements, des thèmes communs, des admirations partagées. Chaque mouvance a sa logique. Vous êtes désormais à la conjonction des deux. Les obsessions des uns et des autres s'y recoupent.

— Que dois-je faire ? »

Elle prit quelques secondes avant de répondre :

« Le feuillet d'hommage à Louis Craon a été déposé à votre domicile. Pour nous, c'était un début de passage à l'acte. Le texte de Puits artésien se veut plus intellectuel, il ne suggère aucune action concrète. Il reste, si j'ose dire, théorique. Il est tout aussi délirant, mais autrement. Il semble se satisfaire de ce qu'il considère comme une révélation, voire comme une dénonciation. Il ne fait d'ailleurs aucune allusion à l'hommage à Craon, ni à son geste, il ne cite même pas son nom. Plus que le contenu de tel ou tel texte, ce qui compte pour nous, c'est le rythme : ici, un élément nouveau par semaine. Ceux-ci ne se répondent pas directement. Avec toutes les réserves d'usage, je ne vois pas de crise aiguë. »

Enfin une phrase où je pouvais trouver un motif de réconfort – si mince soit-il.

« Et pourquoi ce nom ? Puits artésien ?

— On ne peut que conjecturer. Ce choix dénote une certaine culture générale. Un puits artésien, c'est une source qui sort du sol, non ? quelque chose à voir avec le surgissement de la vérité... Ou peut-être en rapport avec l'Artois ?

Je vais passer quelques coups de fil à Arras. On ne sait jamais. Vous n'avez aucun lien avec cette région ?

— Non. Lors de notre dernière rencontre, vous évoquiez ce Louis-Ferdinand actif à Beauvais.

— J'y ai pensé, bien sûr. Beauvais n'est pas en Artois.

— Leur histoire n'est pas la nôtre, peut-être leur géographie non plus. »

Elle resta un instant silencieuse, comme un maître qui n'aime pas se voir remis en question par son élève avec les outils qu'il lui a appris.

« Nous comparerons les styles. Cette fois le texte est signé. D'un pseudonyme, certes.

— Vous pouvez retrouver de quel ordinateur il a été émis ?

— Oui, bien sûr. D'un cybercafé. D'une plate-forme basée en Afrique ou en Chine. Sauf si nous avons affaire à un benêt, nous ne trouverons rien. Mais nous allons chercher. Nous vérifierons si Puits artésien a déjà fait des commentaires, sur quels sites, à propos de quelles actualités, et en quels termes. Nous procéderons à tous les recoupements possibles. »

Je la remerciai de son soutien et du temps qu'elle nous consacrait. Et je ne pus retenir ce que je croyais être un compliment, et qui se révéla une question insolente :

« Toutes les personnes menacées bénéficient-elles d'autant d'attention et d'écoute ?

— Hélas non. Nos moyens ne nous le permettent pas. Votre acte a eu un tel retentissement dans le pays... S'il vous arrivait quelque chose, le scandale serait énorme, et le ministre de l'Intérieur vivement mis en cause pour son impéritie et sa négligence. En vous protégeant, il se protège. »

Ainsi élégamment remis à ma place, je ne trouvai rien à répondre et pris congé.

Julie lisait dans la chambre. Voyant mon air sombre, elle devina aussitôt qu'il s'était passé quelque chose. Je lui résumai le texte de Puits artésien.

« Encore ! » soupira-t-elle.

Je partageais sa lassitude, et j'essayai de la rassurer.

« Mais pourquoi s'en prennent-ils à toi ? »

Que pouvais-je lui répondre ?

« Tu sais, je n'ai pas eu l'occasion de t'en parler, à toutes les représentations de *Così* depuis ce fameux soir, le public me réclame et m'applaudit, avant l'arrivée du chef. »

Je ne sais quel tour prit sa réflexion. J'étais épuisé et ne souhaitais que m'allonger et dormir aussi longtemps que possible. Après un instant, elle me dit seulement :

« Mais tu es juif ou non ?

— Tu es bien placée pour savoir que je ne suis pas circoncis. »

La vulgarité de cette réponse adressée à la mère de mes enfants la stupéfia, comme elle me stupéfia moi-même. J'avais cru faire un trait d'esprit, et ne savais pas de quels tréfonds était issue cette violence. Je m'excusai aussitôt : ce n'était pas ce que je voulais dire, je bredouillai, j'invoquai la fatigue accumulée, la tension. Comment dénouer ce que je ne comprenais pas moi-même ?

Pour détourner son attention, je lui fis part de mes conversations avec mon père et avec la commissaire de police. Mais cette phrase impardonnable avait dressé une barrière entre nous. Elle n'écoutait plus vraiment, et me regardait comme elle aurait regardé un inconnu apparu dans la chambre.

Et cet intrus ne me ressemblait pas.

Du vendredi 30 avril au mardi 4 mai

Le lendemain matin, aucune allusion à Puits artésien, ni à ma remarque, que je regrettais amèrement. Julie faisait comme si elle l'avait oubliée. Nous avons rassuré Arthur, qui redoutait, tout en l'espérant vaguement, une cicatrice spectaculaire sur son bras. Grégoire décréta que son frère ne savait plus quoi inventer pour se rendre intéressant.

Alerté par la présence d'une voiture de police garée devant l'entrée, je téléphonai à la commissaire Leclair. Elle m'apprit qu'Hitler s'était suicidé le 30 avril 1945. Ceux qui fêtaient sa naissance voudraient peut-être commémorer sa mort à leur façon. Elle n'entendait prendre aucun risque.

Pour me changer les idées, je rappelai la maire adjointe et acceptai de jouer *Harold en Italie* fin août à Deauville.

Après le déjeuner, je partis enregistrer « Destins ! », la célèbre émission de reportages. Je me présentai à l'adresse indiquée, un immeuble moderne adossé au périphérique. On m'installa sur un siège minimaliste, au centre d'une sorte de grotte tout entière tendue de velours noir. Anne-Sophie, qui n'avait pas pu m'accompagner, m'avait prévenu : « Attendez-vous à être secoué, Charles-Henri Aubert aime les uppercuts. »

Sa première question fut en effet radicale :

« Monsieur Armant, êtes-vous un héros ? »

Je n'hésitai que le temps de ne pas avoir l'air trop sûr de moi.

« Non. Certainement pas.

— Alors pourquoi votre geste a-t-il ému la France entière ?

— Parce qu'il sonnait juste. Comme musicien, je suis très attentif à la justesse. J'ai fait, je crois, ce qu'il était juste de faire.

— Vous avez un problème avec l'autorité ?

— Non. J'obéis, sinon au doigt et à l'œil, du moins à la baguette.

— Mais pas au maestro Craon.

— Pas à Louis Craon lorsqu'il fait devant l'orchestre le salut nazi.

— Avez-vous un engagement politique ou militant ?

— Non. »

Il marqua un temps d'arrêt avant de lancer son attaque.

« Certains considèrent que votre attitude de refus a été... tout au plus convenable, voire convenue.

— Que voulez-vous dire ?

— Surtout, pas de fausse note ! On se lève, on se tait, on tourne le dos, bien poliment, bien proprement. Et pendant ce temps son geste odieux occupe l'espace. Ne fallait-il pas lui casser la gueule ? Le faire descendre de son estrade à coups de pied au cul ? Le fascisme ne se combat pas avec de bonnes manières, mais avec les poings. »

Au-delà de l'outrance voulue de sa formulation, j'entendis une part de vérité dans son propos. Et ce reproche en filigrane me blessa.

« Je n'en sais rien. Peut-être. Je n'ai pas analysé, pas réfléchi. »

Cette première salve, dont je découvrirais ultérieurement que rien ne serait gardé au montage, voulait sans doute me mettre en condition ou me faire baisser ma garde. Charles-Henri Aubert m'interrogea ensuite sur mes études, mes goûts musicaux, ma carrière. Et sans explication ni transition, il me demanda :

« La soirée du 20 avril a-t-elle changé votre vie ? »

Je restai muet un long moment. Les spectateurs m'ont vu hésiter, baisser la tête, décroiser les jambes, toussoter.

« Ma vie, non. Elle a bousculé mon agenda. »

Je n'étais plus chez Kim-Li. Plus de spectateurs complices prêts à rire sur commande. Ma boutade tomba à plat. J'ai souvent regardé ces images, et je sais pourquoi j'ai l'air si malheureux, presque perdu : parce que je mentais, que je mentais mal, et n'arrivais pas à le dissimuler complètement.

Pourquoi fallait-il parler encore et toujours de moi ?

« Haïssez-vous Louis Craon ? Faut-il le haïr ?

— Le haïr ? Ce n'est pas de cet ordre-là. Lorsque je pense à lui, à ce qu'il a fait, je ne parviens pas à mettre des mots sur ce que je ressens. C'est un mélange. Un nœud inextricable. Il y a de la haine, mais pas seulement. De la peur. De la colère. Le sentiment d'un irréparable gâchis. Une immense déception. L'amertume de la trahison de la part d'un musicien d'un très grand talent. De la tristesse pour l'outrage fait à Mozart. Beaucoup de tristesse. Le réconfort de la réaction de l'orchestre et de la salle. »

Une trop longue réponse, pour éviter de parler de l'effroi.

« Faut-il qu'il soit traduit en justice ?

— Ce n'est pas mon affaire. Aux juges d'en décider.

— Faut-il détruire ses disques ?

— Non !

— Peut-il encore diriger un orchestre ? »

J'en eus presque le souffle coupé. Pour éviter de me noyer complètement, je répondis la première chose qui me passa par la tête.

« Peut-on faire de la musique si on n'aime pas les gens ? »

Et ce fut fini. Le réalisateur me félicita de n'avoir rien esquivé.

Le soir, je recueillis à nouveau et sans surprise, avant le début de la représentation de *Così fan tutte*, une brève ovation. Et je ramenai chez moi encore une cinquantaine d'enveloppes.

*

Le samedi, je dus quitter la noce pendant le vin d'honneur, servi dans la cour d'un petit château. Julie et les garçons restaient pour la soirée et rentreraient le lendemain soir avec les parents de Valérie. Je fonçai sur les départementales puis les autoroutes, afin d'arriver à l'heure pour la dernière de *Così fan tutte*.

Tout l'orchestre se réjouissait de voir s'achever cette série de représentations. En coulisses, Razoumovski fit une plaisanterie nostalgique à propos des défilés soviétiques du 1er mai sur la place Rouge, à laquelle personne ne comprit rien.

Comme les soirées précédentes, dès notre arrivée, le public me réclama. Il me sembla que les applaudissements avaient perdu de leur force et de leur spontanéité. Pour la dernière fois, je me levai pour saluer brièvement. Le chef Razoumovski fit son entrée, s'inclina pour un baisemain au premier violon. Ce qui suivit fut de la main de Mozart.

Il faisait doux ce soir-là sur Paris. Julie et les garçons profitaient de la fête dans les Ardennes, et j'aurais bien aimé être avec eux. En marchant vers la bouche de métro, sur un kiosque à journaux, je découvris la couverture du nouveau numéro de *L'Hebdo* : « Manon-Lou Weber, l'actrice préférée des Françaises ». J'en fus heureux pour elle.

*

Le dimanche, je dormis tard. Je traînai toute la journée à moitié habillé, mécontent de moi, dans l'appartement vide, sans projets ni envies.

Et surtout, surtout, pas de musique. Pas une note. Depuis dix jours, je ne cessais de rencontrer des gens, de parler dans des micros, de sourire à des objectifs, de recevoir des propositions, d'être trimballé de rendez-vous en rendez-vous, sans un instant pour souffler. J'avais besoin de silence, de sérénité, de temps.

Dans le bureau, le tiroir et le sac postal débordaient d'enveloppes qui m'attendaient. Après un long soupir, je me décidai, sinon à les lire, du moins à les ouvrir. Je les comptai : six cent vingt-trois. Je les décachetai toutes, les dactylographiées, les manuscrites, les individuelles et les collectives, celles accompagnées d'un dessin ou d'un article de presse, les cartes de visite avec deux lignes et les missives de cinq pages. J'en fis des piles que je rangeai, et descendis avec une allégresse inexplicable le sac plein d'enveloppes vidées de leur contenu dans le bac à déchets.

Puis, désœuvré, je regardai par la fenêtre. Un fourgon de police passa lentement dans la rue. Je crus même percevoir qu'il ralentissait à hauteur de la porte d'entrée de notre immeuble. Dans l'ombre, des enquêteurs et des brigadiers veillaient sur ma famille. Je me devais ce soir de le rappeler à Julie.

Et d'un coup je frissonnai : fallait-il vraiment que la vue d'un fourgon me procure un tel sentiment de réconfort ? Allais-je passer des jours et des jours et des nuits, tel un dissident ou un espion, à surveiller à travers les rideaux le stationnement de camionnettes suspectes et l'arrivée d'un véhicule de police ?

Insatisfait, je repris ma ronde dans l'appartement. Il me semblait qu'une réponse évidente me narguait, et que je ne parvenais pas à me poser la bonne question.

Se lever, et faire demi-tour. Comme un convive prend congé à la fin du repas. Comme l'insolence d'un élève en rupture. Mon acte. Depuis dix jours, j'en étais devenu le serviteur, l'humble gardien de la flamme. Il était plus grand que moi et je vivais désormais dans son ombre. Solennel, politiquement intouchable, il m'écrasait de son poids et ne m'appartenait plus.

Chacun – qu'il soit ministre, journaliste, voisin, spectateur de l'Opéra ou de la télévision, admirateur de Louis-Ferdinand, ou l'une des six cent vingt-trois personnes dont je n'avais pas lu les lettres –, chacun pouvait le commenter à sa guise, l'utiliser, le faire sien, le déformer.

Et une étrange idée se présenta à moi, que je ne pus chasser d'un revers de main. Qu'avait pensé de ma rébellion le chef Craon ? Il me semblait vaguement me souvenir d'un sourire furtivement esquissé, et qui ne s'adressait qu'à moi.

Et cette première interrogation en contenait une autre, comme un accord appelle sa résolution.

On pouvait faire tous les reproches du monde au chef Craon, mais pas celui d'être irréfléchi. Il avait assurément prémédité son geste, le jour de l'anniversaire d'Hitler et devant les caméras. Il s'était redressé, avait retenu sa respiration, comme un plongeur tout en haut au-dessus du bassin, avant de commettre son outrage. Mais la suite ? Il ne pouvait pas ne pas s'être posé la question, lui qui nous recommandait de toujours jouer en ayant aussi en tête la page suivante de la partition et le chemin qui menait vers celle-ci. S'attendait-il à une réaction du public ? Des cris, des protestations ? Avait-il envisagé une révolte de l'orchestre ? Croyait-il que son prestige et son autorité le mettraient hors d'atteinte, et qu'il continuerait de diriger *Così* ce soir-là et tous les autres soirs ? Depuis quand avait-il planifié sa fuite à l'étranger ?

Je restai un long moment, le cœur battant, à contempler la rue déserte. Comment avait-il imaginé le jour d'après ?

*

L'avant-dernière répétition de la *Petite Renarde rusée* me laissa un très mauvais souvenir.

Juste avant d'entrer dans la fosse, un bassoniste me dit d'un ton amical :

« Je ne savais pas qu'Armant était un nom juif.

— Il ne faut pas croire tout ce que tu lis sur Internet. »

J'avais répondu avec un peu de vivacité, et je perçus sa gêne. Il y eut un instant de trouble entre nous, et il passa son chemin.

D'où me venait cette colère froide ? Je repensai à la remarque de la commissaire Leclair : remplacez « Juif » par « Breton » ou « gaucher », et ça ne fonctionne plus. Mais qu'est-ce donc qui fonctionnait ? De quel piège voulais-je m'extraire, en récusant cette identité que Puits artésien m'avait assignée ?

Zelenka arriva à 9 heures 30 précises et commença aussitôt. La première heure fut un désastre. La soprano, les cuivres, les cordes, les attaques, la petite harmonie, les crescendos, le ténor : rien n'allait. Ou plutôt, rien ne lui convenait.

Lors d'un changement de décor à vue, un arbre refusa d'être déplacé. Les machinistes eurent beau huiler ses roues, tirer et pousser, il resta planté là. Le metteur en scène s'arrachait les cheveux. Zelenka qui s'impatientait réclama ironiquement un bûcheron.

Cet épisode comique aurait pu le détendre, mais non. Il nous fit reprendre tout l'opéra depuis le début. Chacun comprit que le temps manquerait pour aller jusqu'au bout, et fit le dos rond sous la pluie de remarques acerbes.

À la fin de la répétition, Zelenka vint me voir. Vu de près, avec ses yeux bleus derrière ses étonnantes petites lunettes rondes, ses cheveux châtains mi-longs, son costume strict sur un corps longiligne, il paraissait encore plus jeune et nettement moins sûr de lui.

« Monsieur Armant, je tenais à vous saluer. D'autres que moi vous l'ont déjà dit : j'ai admiré ce que vous avez fait. »

Je bredouillai quelques formules modestes et convenues.

« C'est le maestro Craon qui m'a donné ma chance. Il a imposé un jeune Tchèque inconnu, tout juste lauréat du concours de chef d'orchestre de Besançon, comme assistant à Boston – et contre des candidats déjà renommés. Sans lui, je serais encore à courir les engagements, à attendre près de mon téléphone – au mieux directeur musical d'un *teatro comunale* ou d'un *Burgtheater* de seconde zone.

— C'était un grand chef. »

J'en parlais au passé, puisque le maestro Craon dont nous faisions l'éloge avait cessé d'exister le 20 avril.

« J'ai beaucoup appris à ses côtés. Il se tenait à l'écart de la politique. Jamais je n'aurais imaginé qu'il ait de telles...

convictions. C'est un Européen convaincu, un humaniste, un intellectuel à l'ancienne mode.

— Personne n'a compris...

— Vous avez eu raison de vous lever et de lui tourner le dos. Vous savez, nous autres Tchèques, nous avons une relation particulière avec la liberté. Nous savons qu'elle a parfois une saveur douce-amère. Je suis né le 1er août 1990. Selon la légende familiale, j'ai été conçu dans la nuit du 9 au 10 novembre 1989, alors que tombait le mur de Berlin. Mon père est né en 1948, l'année du coup d'État communiste. Il avait vingt ans lorsque les chars soviétiques sont venus écraser le printemps de Prague. Au moment de la révolution de Velours de 1989, il était le plus jeune général de la police tchécoslovaque, programmé pour être vice-ministre de l'Intérieur. Il aurait pu retourner sa veste, racheter une entreprise publique, fonder une banque. Non, il est resté fidèle à son histoire personnelle. J'ai grandi auprès d'un père aigri, mis sur une voie de garage, dans son pays coupé en deux. J'ai appris de lui, ou contre lui, que l'histoire compte. C'est comme en musique : on ne construit rien de solide sur l'amnésie. Merci de nous l'avoir rappelé. »

Un peu surpris de recueillir ses confidences, je ne trouvai rien à répondre. Zelenka changea de sujet :

« Au fait, vous m'avez trouvé comment ? Sévère ? Injuste ?

— Disons... exigeant.

— Non. Dites-moi ce que vous pensez. Pénible ?

— Nous avons tous les épaules assez larges pour entendre des reproches s'ils sont fondés.

— Je ne vous demande pas d'être diplomate !

— Sévère, oui. Incisif. Parfois déstabilisant. Mais les progrès sont là. Incontestables.

— Je ne veux pas être seulement le *good guy next door*, un jeune type sympa.

— Rassurez-vous, vous n'en prenez pas le chemin. »

Il sourit, me serra la main, et partit.

Quelques minutes plus tard, Anne-Sophie m'appelait :

« Sébastien ? J'ai les photos !

— Quelles photos ?

— Vous et Zelenka. Les deux héros du moment en grande conversation. Sans cravate, au milieu des pupitres et des chaises. Très naturel. On croirait que vous vous connaissez depuis longtemps. Excellent ! Il a vraiment l'air d'un gamin à côté de vous.

— Mais comment...

— Le photographe de plateau. Il connaît son métier. Il vous a vus, il a mitraillé. Dommage que manque le son. De quoi parliez-vous ?

— De musique. De la Tchécoslovaquie.

— Peu importe d'ailleurs. On ajoutera les légendes dont on a besoin. Merci ! »

Rien sans doute ne l'obligeait à me faire partager sa satisfaction. Du coup, je me demandai si cette rencontre n'avait pas été programmée. Avait-elle suggéré à Zelenka, dans le cadre de son plan de communication, d'aller papoter avec moi, le temps que le photographe prenne les clichés commandés ? Elle en était bien capable. Je n'avais aucun moyen de le savoir.

Au fond, spontané ou organisé, qu'importe ? Les propos de Marc-Antoine Roussel me revinrent en mémoire. Ce dialogue d'égal à égal avec Zelenka était bon pour nous deux. Cela seul comptait. Le pion blanc et le... Je ne trouvais pas à quelle pièce le comparer, puis je me rappelai que les Anglais appellent l'évêque la pièce qui pour nous est un fou. Ce titre lui convenait à merveille. Le pion blanc et l'évêque blanc...

*

Le mardi matin, l'orchestre commença les répétitions d'un concert pédagogique, la grande idée qui devait marquer la présidence Chomérac : interpréter des pièces célèbres devant des collégiens, en espérant ainsi leur inoculer le virus de l'opéra.

Pendant le déjeuner, Anne-Sophie attendit avec moi les résultats du vote du public pour l'émission « Visages du succès ». J'étais sélectionné dans la catégorie « Citoyens », en lice avec un héros du secours en montagne de Chamonix et le président d'une association d'aide aux sans-abri.

Ma victoire fut totale. Je n'oubliai pas d'appeler Bertrand pour lui dire que je ne pourrais pas venir à la répétition du trio du Grand Foyer, et sautai dans un taxi.

Dans un studio en lointaine banlieue, au maquillage, je retrouvai les autres lauréats, un footballeur, une dramaturge à succès, et deux inconnus. Une jeune femme arriva en retard, la chanteuse Sheena, que j'avais déjà croisée sur un autre plateau, vêtue d'un pantalon blanc et d'un débardeur rose. Elle me reconnut aussi, et vint bavarder comme si nous étions de vieilles connaissances. Je bus avec elle un cocktail, me souvenant peut-être des conseils paternels du ministre Davenast. Photographes et assistantes tournaient autour de nous. J'écoutai distraitement leurs recommandations.

L'émission commença par l'invité d'honneur – et je conçus un peu de dépit de découvrir ainsi que cet honneur, si minime soit-il, était attribué à un autre –, le journaliste qui avait dévoilé le scandale des pizzerias.

Ensuite, dans la catégorie « Société », le présentateur appela « ... le docteur Hasse ! » L'un des deux inconnus entra sur le plateau, accompagné d'une musique tonitruante. Le temps d'une brève conversation sur son *Guide de survie dans une famille dysfonctionnelle*, dont nul n'avait prédit le succès foudroyant, ce fut mon tour.

Le présentateur fit brièvement mon éloge. Le public, obéissant, me fit une ovation. Il l'interrompit, et me dit avec un sourire complice :

« Nous vous avons réservé une petite surprise. Vous jouez de l'alto : vous allez nous faire apprécier un instrument... exceptionnel. Mesdames et messieurs, voici un Guarneri de 1738 ! »

Une jeune femme en robe du soir entra, portant un étui sur un plateau d'argent. Deux gardes du corps l'entouraient, comme si des malandrins risquaient de le dérober sous nos yeux. Leur robuste présence signifiait aux plus ignares la valeur et la rareté de l'objet. J'ouvris l'étui, pris avec un peu d'émotion l'alto et son archet. J'étais heureux qu'on me demande, pour une fois, non pas de commenter, mais de jouer. Dans la préparation de l'émission, un assistant m'avait prévenu : j'avais trente secondes.

Jamais je n'avais eu l'occasion d'avoir en main pareil chef-d'œuvre, et n'entendais pas bouder mon plaisir. Je le posai sur mon épaule, et attaquai l'ouverture de la première suite de Bach. Un son chatoyant emplit le plateau, révélant la subtilité de ses harmoniques. La savante et austère construction se déployait sous mes doigts. Tous mes apprentissages depuis vingt ans trouvaient leur aboutissement dans ce solo aérien. Guarneri magnifiait Bach, et avec fierté je servais humblement l'un et l'autre. Au bout du temps imparti, des assistants hors champ m'adressèrent des signaux, et très vite des injonctions, pour que je termine. Je n'en avais cure. Monté sur la bête, je croyais pouvoir la maîtriser, ou, tel Orphée, la dompter par la douceur de mon chant. Peine perdue, ce fut elle qui me désarçonna. Profitant d'une respiration dans la courbe du chant et d'une note tenue, le présentateur donna le signal des bravos. Je ne pus que lever mon archet, et saluer. Puisque j'avais bousculé le minutage de l'émission, il n'essaya pas de dialoguer avec moi. Cette diète, ou cette punition, ne me chagrina pas.

« Et maintenant, dans la catégorie "Musique", le vainqueur est... Sheena ! »

Je lui laissai la place, un peu surpris après coup de n'avoir pas figuré dans cette catégorie-là. Une jeune fille me guida vers une partie du plateau qui voulait ressembler à un salon. Je m'installai dans un canapé, à côté du docteur Hasse. Il me glissa à voix basse une plaisanterie, et, avec un humour potache, nous dénigrâmes la suite de l'exercice sous les yeux furibonds de l'assistante qui nous surveillait.

Lorsque les six héros du mois furent enfin réunis, le présentateur vint nous rejoindre et lança une conversation générale, aussi artificielle qu'absurde. D'évidence, nous n'avions rien à nous dire, et nos efforts pour jouer le jeu et sembler naturels ne pouvaient tromper personne. Pouvais-je parler de gloire avec le footballeur ? Ou du sens de la vie avec le banquier des pauvres ? Ou même de partitions avec Sheena ?

Après une demi-heure de banalités et d'émotions convenues, le générique de fin nous libéra. Un éphèbe nous conduisit vers un généreux buffet. J'avais faim et y fis honneur. La dramaturge se mit à boire méthodiquement de grands verres de vin rouge, tout en confessant son histoire familiale au docteur Hasse. Le footballeur grignotait en s'intéressant de près à une stagiaire potelée. Le banquier s'éclipsa. Sheena restait silencieuse.

Les conversations tiraient en longueur, et je décidai de rentrer. Je me laissai démaquiller, et retrouvai la loge où j'avais laissé mon blouson. Sheena entra derrière moi et referma la porte. D'un geste brusque, elle éteignit le plafonnier, ne laissant que la veilleuse du miroir, et entreprit une longue caresse appuyée, de l'épaule droite vers le torse et le nombril, remontant, redescendant.

Stupéfait, je la laissai faire. Nous nous étions croisés ce soir pour la seconde fois, nous avions échangé quelques banalités. Ni l'un ni l'autre n'avions esquissé le moindre geste de séduction ou même d'amitié. Grande, blonde, maigre, trop maquillée, elle ne correspondait pas à mes canons féminins. Agissait-elle de même avec tous ceux qu'elle croisait sur son chemin ? Mais je ne l'empêchai pas de continuer, et j'en porte seul la responsabilité.

En quinze ans de mariage, je n'avais eu qu'une aventure, et j'en gardais un souvenir ambigu. Deux ans plus tôt, lors d'un festival sur la côte atlantique, après le concert du trio du Grand Foyer, je dînais à l'hôtel avec Philippe, Bertrand ayant pris le dernier train pour Paris. À la suite d'une erreur du serveur dans les commandes, nous avons engagé la conversation avec la jeune femme seule de la table d'à côté, et après quelques sourires et amabilités l'avons priée de s'asseoir avec nous pour le dessert. Son mari avait dû repartir précipitamment pour Bordeaux après l'incendie d'un entrepôt. Elle revendiqua en riant ne pas s'intéresser à la musique de chambre. Seuls la mer et les bateaux la passionnaient, et elle attendait le retour de son mari et du beau temps pour faire une sortie sur leur voilier : les îles

Anglo-Normandes, peut-être l'Irlande... J'avouai avoir le mal de mer, et Philippe n'imaginait pas passer une journée loin d'un ordinateur et d'un téléphone. Il s'éclipsa peu après.

Nous avions pris un dernier verre au salon, et étions ensuite remontés vers nos chambres, au deuxième étage l'une et l'autre. Alors que je voulais lui souhaiter une bonne nuit, nos mains s'étaient rejointes et j'étais entré avec elle. J'avais conscience de trahir Julie, et me convainquis qu'elle n'en souffrirait pas puisqu'elle n'en saurait rien. Il me fallait un argument pour circonvenir mes scrupules, et ce sophisme confortable en valait bien un autre. Je cédai, non pas au charme de cette grande brune aux yeux bleus, mais, plus profondément, au vertige de jouer encore une fois, une dernière fois peut-être, aux rites de la découverte amoureuse : les bouches qui se trouvent, les vêtements qui tombent épars sur la moquette, les rires discrets, l'exploration d'un corps inconnu, doux et suave, le lit défait, les cœurs qui battent, la violence subite du désir, la certitude que la nuit n'aurait aucune suite, la sueur qui perle, les changements de position, la fierté d'avoir conquis sans l'avoir voulu, le galbe inédit d'un sein, cette énergie adolescente que jamais je n'aurais cru retrouver intacte, la montée inexorable et presque douloureuse, les paliers et les reprises, le plaisir obscène et cru de faire l'amour à une femme dont je ne connaissais pas le nom et qui ne connaissait pas le mien, ses jambes nouées autour de moi, ses mains crispées sur ma nuque, son cri retenu, ma jouissance doublement égoïste...

Nous nous étions endormis tout enchevêtrés. À 6 heures du matin, elle m'avait réveillé, et congédié d'un sourire. Je m'étais rhabillé et avais regagné ma chambre comme un voleur, incertain de ce que je ressentais. Avec l'habituelle lâcheté masculine, j'avais décidé sous la douche qu'il ne s'était rien passé, et ce déni me convint. Cet accroc resterait unique, ce qui lui donnait une valeur particulière. J'y repensais de temps à autre, non sans nostalgie, me demandant à quoi ressemblait son mari et comment elle l'avait accueilli à son retour.

Sheena avait passé une main dans ma chemise, et de l'autre ouvrait mon pantalon. Je m'efforçai de ne penser à rien, de ne pas m'inquiéter de la porte non verrouillée de la loge, et m'adossai au mur quand elle se mit à genoux.

En quelques minutes ce fut terminé. Elle se releva, m'embrassa sur la joue comme on embrasse un enfant, toujours sans sourire, et sortit. Je repris mon souffle, me reboutonnai, et attendis un moment avant d'oser affronter le couloir. Personne ne me prêta attention dans la cohue de fin d'enregistrement, et je m'effondrai dans un taxi. J'aurais dû refuser, j'aurais dû refuser... Je me sentais honteux et lâche, et le mensonge dans lequel je me réfugiais me coûtait beaucoup.

Une absurdité se présenta à mon esprit : ce n'était pas moi qui avais trompé ma femme une seconde fois. Pas moi, mais un double né dans la lumière des projecteurs et qui n'apparaissait qu'avec eux. Ce n'était pas moi que Sheena voulait, mais ce jumeau inconnu, fragile et parfois malfaisant. C'était lui, et lui seul, qui avait pris du plaisir, pendant que je ne protestais pas. Lui n'avait fait aucune promesse ni aucun serment à Julie, et je commençais presque à le redouter.

La provocation du chef Craon m'avait aussi amené là, à cette longue traversée de Paris, tout empli d'amertume. Du moment passé avec Sheena dans la loge, je n'avais retiré qu'un bref soulagement animal. Ce qui me restait de sens moral protestait de toutes ses forces, mais à qui s'adressaient ces remontrances ?

Le taxi me déposa à l'Opéra Bastille, pour la répétition générale de la *Petite Renarde rusée*. Toutes les tensions accumulées les jours précédents se résolurent d'elles-mêmes. L'arbre récalcitrant glissa sans bruit sur ses roulettes. Nous servîmes la musique de Janáček, je crois, à peu près bien. Un mince sourire de Zelenka à la fin nous confirma ce sentiment. Pourtant, j'avais joué dans un état second, sans plaisir, tenaillé par le remords, l'incompréhension, l'impossibilité de partager mon malaise avec quiconque. Les visages de Sheena et de Julie se bousculaient sur la partition. Mon manque de concentration me fit manquer un départ et quelques nuances. Pour me faire pardonner mes approximations, je confiai que je venais de jouer pour la télévision sur un Guarneri de 1738, et j'eus l'air vaniteux.

Arrivé chez moi, je bus un verre d'eau à la cuisine, me brossai les dents, avant de trouver le courage de passer dans la chambre. Julie dormait. Je m'allongeai près d'elle, agité de mille pensées contradictoires. Au bout d'un moment que je ne saurais calculer, des larmes silencieuses se mirent à couler, et je m'y abandonnai, apitoyé sur moi-même. Je ne me contenais plus, et me laissai aller à cette ultime liberté, ou à cette déchéance. Je n'en pouvais plus. Je ne pleurais pas à cause de Sheena, des menaces voilées des épigones de Louis-Ferdinand, des délires de Puits artésien ou de tout ce qui se passait à l'Opéra. Je n'avais pas une raison précise de m'effondrer ainsi, ou j'en avais de trop nombreuses. Le visage de Louis Craon revint un instant dans mes souvenirs, et je n'eus pas la force de retenir mes sanglots, dont la tiédeur me consolait un peu, et me navrait.

À force, Julie se réveilla et me vit en larmes. Ce fut un

nouveau choc pour elle, celui que je regrette le plus de lui avoir infligé. Devinant toutes les raisons sauf une, elle me prit dans ses bras pour consoler son mari infidèle, et ce geste de réconfort et d'amour me renfonça dans le désespoir. Cinq jours plus tôt, je lui avais adressé une remarque blessante. Aujourd'hui, je l'avais trahie et j'étais inexorablement seul.

Combien de temps allais-je pouvoir tenir ainsi ? Les événements de ces deux dernières semaines repassèrent en désordre devant mes yeux grands ouverts. Ils naissaient tous, en une cascade incessante et logique, de cette soirée fatale du 20 avril. Je les voyais s'enchaîner, tel un de ces escaliers d'eau qui relient les terrasses aux parterres et font la gloire des jardins baroques, de marche en marche, comme descend le flux voulu par le fontainier, obéissant avec grâce et sous le regard admiratif du public aux lois implacables de la gravité. Mais, au bas de cet escalier d'eau, je devinai non un bassin hexagonal aux margelles de marbre, mais une mer insondable et battue par les tempêtes.

Si j'avais su, si j'avais pu deviner toute la suite, je serais resté vissé à ma chaise et aurais attaqué ma partie d'alto dans l'ouverture de *Così fan tutte*, tout seul s'il l'avait fallu, comme un robot sans conscience ou un musicien sans honneur. Mais je n'avais pas réfléchi, je m'étais levé, j'avais tourné le dos au chef et maintenant, malgré la gloire subite, je voyais inexorablement ma vie se défaire et tourner à la catastrophe.

Mercredi 5 mai

Les hommes connaissent parfois des matins glorieux. J'éprouvai au réveil l'amertume d'un matin honteux. Le mensonge était trop lourd, l'aveu trop cruel, l'indécision trop pesante. J'aurais voulu que Sheena n'ait jamais existé. Je faisais semblant. L'artifice auquel je me contraignais et qui singeait la légèreté des journées ordinaires me semblait autant malaisé que maladroit. Il redoublait la tromperie. Mais comment faire autrement ? Et comment ne pas pâlir, lorsque Julie, se souvenant de mes larmes dans la nuit, me demanda si tout allait bien ?

Après son départ, je travaillai un peu mon alto, sans appétit. J'allai courir, et abandonnai assez vite : qui était donc cet imposteur en short trottinant dans les allées d'un parc ? Je traînai dans l'appartement. Ce soir la première représentation de la *Petite Renarde rusée* devait être l'occasion de passer à autre chose, de tourner la page.

Anne-Sophie me téléphona pour m'inviter à un déjeuner, avec le président Chomérac et Zelenka. Lorsque, vers midi, elle passa me chercher, je la complimentai sur son élégante tenue. Elle ne me répondit pas, semblant perdue dans ses pensées.

« Que se passe-t-il ?

— Ce n'est pas bon, cette affaire des pizzerias.

— Comment cela ? L'Opéra n'y est pour rien. Attendez... Ne me dites pas que Chomérac...

— Le président Chomérac est bien trop habile pour être malhonnête. Vous ne voyez pas ? »

D'une mimique, je confessai mon incompréhension. Anne-Sophie sourit avec un rien de condescendance.

« C'est un autre cocktail, mais avec à peu près les mêmes ingrédients. Les valeurs de la République. La transgression. L'exemplarité. Le coupable qui s'enfuit et se terre quelque part. L'honneur et le déshonneur. L'indignation collective. La détestation. Le sentiment de la trahison. La célébration de la vertu. Tous ces grands poncifs unanimes... »

Je fus frappé du détachement avec lequel elle commentait ainsi cette actualité, à peu près comme une entomologiste décrivant le comportement d'insectes. En tout cas, cette conversation sans enjeu me permettait de ne pas penser à Sheena, à Julie. Pourquoi Anne-Sophie mentionnait-elle incidemment le sentiment de la trahison ? En connaissait-elle les arcanes ?

« Ce n'est pourtant qu'une banale escroquerie.

— Peu importe.

— Elle ne change en rien la vie des gens, leurs angoisses, leurs difficultés de fins de mois...

— Peu importe. L'affaire Craon non plus. Nos amis journalistes en avaient à peu près tiré tout le suc et commençaient à se répéter. Et voilà que leur tombe du ciel une autre affaire, bien croustillante, bien plus piquante qu'un scandale sexuel. Le gouvernement est embarrassé. Les équilibres internes du parti au pouvoir sont remis en cause. Chaque jour apporte son petit supplément de piment, une petite nouveauté, une petite phrase, un petit coup de poignard. Et de nouvelles interrogations. »

Son sourire se fit narquois.

« Les chaînes d'information en continu se régalent. Avant-hier les révélations d'un obscur attaché parlementaire ; hier les explications contournées du ministre du Budget ; ce matin les bons mots assassins d'un jeune loup de l'opposition. Dans notre affaire, il ne se passe rien de nouveau, il ne peut rien se passer d'inédit. Les journalistes me sollicitent moins pour vous rencontrer. Mon cher Sébastien, il faut s'y résoudre : le bouquet que nous proposons à la vente depuis deux semaines commence à se faner, et les amateurs veulent des fleurs plus fraîches.

— Des scandales financiers, il y en a eu d'autres...

— ... Alors que le scandale à l'Opéra, lui, est unique ? C'est vrai. Je compte bien jouer encore un peu là-dessus. Continuer d'instiller le sens du tragique, le souffle de l'histoire, toutes ces grandes choses solennelles et qui marchent assez bien. Mais dites-moi, vous ne seriez pas jaloux tout de même ? Vous trouvez que les pizzerias vous font de l'ombre ? »

Mieux valait ne pas répondre à cette pique.

« Ce soir, c'est la première de la *Petite Renarde rusée*. Je le chante sur tous les tons : "C'est la première fois que le jeune prodige Wilhelm-Friedmann Zelenka dirige à l'Opéra de Paris." Nous revenons vers notre cœur de métier et une actualité positive. On ne peut pas rester toujours à ces altitudes où vous nous avez entraînés, où l'oxygène se fait rare. Je vais pouvoir à nouveau parler simplement de musique... »

Et j'entendis, dans cette conclusion, un reproche voilé qui me blessa au plus profond. La musique n'avait donc rien à voir avec le tourbillon dans lequel j'avais été pris ? Et au moment même où en mon for intérieur je m'en indignais je compris ce qu'elle voulait dire et ne pouvais pas, hélas, contre moi-même, être en désaccord.

Le taxi nous déposa devant un élégant pavillon donnant sur le bois de Boulogne. Juste après nous arriva le président Chomérac. Il me serra longuement la main, avec une tape familière sur l'épaule gauche.

« Cher Sébastien Armant ! Heureux de vous retrouver. Vous avez fait du très bon boulot avec Anne-Sophie, on ne voit et on n'entend que vous, bravo ! Tout se passe bien ? »

Sans même faire semblant d'attendre une réponse, il pivota pour accueillir deux autres invités, un critique musical influent et le patron d'une importante société financière mécène de l'Opéra, et se lança avec eux dans une conversation animée.

Apparut ensuite, non la ministre de la Culture, mais son prédécesseur. Anne-Sophie me présenta.

« Mais qui ne connaît Sébastien Armant, désormais ! Félicitations pour votre attitude pleine de dignité l'autre soir. Je connaissais, ou croyais connaître, le chef Craon, je l'avais vu notamment aux Chorégies il y a trois ans, il m'avait confié qu'il reviendrait pour diriger *Così*. Qui aurait pu croire... »

Un autre critique musical, auteur de tribunes influentes dans un quotidien et un hebdomadaire, une jeune journaliste en vogue, puis l'ambassadeur de la République tchèque nous rejoignirent. Enfin le héros du jour fit son entrée.

« Wilhelm-Friedmann ! » s'exclama Chomérac.

Il alla vers lui et le serra dans ses bras, dans une accolade chaleureuse et démonstrative. Zelenka maîtrisa un mouvement spontané de recul devant pareille effusion, et se laissa faire. Hormis l'ambassadeur, chacun des invités lui fut présenté. Par un sourire sans chaleur, il montra qu'il me reconnaissait. Je ne pouvais me défaire de l'impression que j'avais été ajouté à la liste au dernier moment, comme un cousin célibataire toujours utile pour éviter de se retrouver treize à table – mais nous étions dix.

Nous déjeunions dans un salon particulier donnant sur une roseraie. Alors que le maître d'hôtel venait de nous annoncer un menu raffiné, Zelenka objecta d'une voix tranquille :

« Excusez-moi, je suis végétarien. »

Chomérac toussota – le maître d'hôtel se précipita en cuisine –, puis lança la discussion. Il se révéla un hôte parfait, variant les sujets comme s'il avait passé en revue une série de fiches : Zelenka et la musique française ; Zelenka et l'Europe centrale ; Zelenka et la création contemporaine ; Zelenka et les enregistrements...

Ce dernier se prêta à l'exercice, mais avec retenue. Il ne fit aucune révélation, sauf celle de l'absence de sa blonde et spectaculaire fiancée pour la première. Interrogé sur ses talents linguistiques, il rendit hommage à ses parents, qui l'avaient toujours laissé libre de ses choix, à la condition qu'il maîtrise parfaitement le français et l'allemand. Toutes ses réponses manquaient de spontanéité. L'ambassadeur mangeait et buvait. Le grand patron s'ennuyait visiblement.

L'ancien ministre ne prit la parole qu'au dessert :

« Vous êtes informé, je pense, de la tempête qui a secoué l'Opéra de Paris récemment ?

— Oui. J'ai beau avoir été l'assistant de Louis Craon à Boston, j'ai été stupéfié par son comportement. Et j'ai eu l'occasion de l'évoquer avec M. Armant, je sais qu'il a sauvé la soirée. »

Je m'inclinai légèrement pour le remercier. Chomérac reprit la balle au bond :

« Oui, nous sommes tous redevables à Sébastien Armant. Quant à Louis Craon, avant de sombrer dans les oubliettes, il n'aura droit qu'à notre plus profond mépris.

— Serez-vous candidat à sa succession à Boston ? demanda l'un des critiques musicaux.

— C'est vraiment trop tôt pour en parler. Pour l'instant, je suis à Paris pour défendre Janáček.

— C'est la première fois que la *Petite Renarde rusée* est chantée en tchèque à l'Opéra de Paris, souligna l'ambassadeur.

— Excellence, nous vous avons préparé une production inoubliable », glissa Chomérac.

Ce « nous » englobait Zelenka et lui-même. Je comptais, bien sûr, comme quantité négligeable. Le metteur en scène n'avait même pas été invité au déjeuner, ni les solistes.

Zelenka reprit la parole, comme si la conversation n'avait pas dévié. Sa voix juvénile bascula vers le grave.

« Les chefs d'orchestre ne devraient être jugés que par leurs pairs.

— Les pauvres ! Déjà qu'ils sont surveillés par les critiques... », ironisa Chomérac.

Le regard que le jeune maestro lui lança fit disparaître les sourires qui s'esquissaient chez les autres convives.

« Pour les affaires ordinaires, les juridictions ordinaires. Mais pour les crimes contre l'Esprit, ils devraient relever d'un tribunal spécial composé de chefs d'orchestre. Et je revendiquerais l'honneur d'en être le benjamin. Seuls les confrères peuvent comprendre. Seuls les confrères devraient pouvoir condamner.

— Et si Louis Craon comparaissait devant un tel conseil

de discipline, quelle serait votre sentence ? osai-je lui demander.

— Je voterais pour la sanction la plus lourde : le bannissement à vie. Que plus jamais il ne puisse diriger.

— C'est déjà le cas, non ? Il a disparu, tous ses engagements ont été annulés...

— Non, monsieur Armant. Vous me décrivez la réaction du moment, dans l'émotion du moment. Mais dans cinq ans ? Dans dix ans ? Il se trouvera toujours une petite ville, un festival désargenté pour lui faire une offre, pour considérer que sa pénitence a assez duré. Et il pourrait ainsi peu à peu revenir vers les salles les plus prestigieuses. Je me répète : je souhaiterais qu'il soit jugé par ses collègues, et qu'il ne puisse plus jamais donner un concert.

— Vous êtes bien sévère, remarqua le grand patron.

— Pendant vingt mois, j'ai travaillé à ses côtés. Il m'a beaucoup appris, sur le métier, sur la carrière – sur la musique et sur les musiciens. Il m'a encouragé, soutenu. Il m'a mis le pied dans l'étrier. »

Cette étrangeté d'expression, la seule que j'aie jamais entendue sortir de sa bouche, accentua l'impression de désarroi.

« Je le dis avec sérénité : je le considérais comme mon maître. Et je crois qu'il avait pour moi une certaine forme d'affection. Toute cette histoire, tous ces liens ont été rompus en un instant par sa faute. La sévérité de mon jugement n'est rien à côté de ma déception. Moi aussi, je me suis senti trahi. »

Cette tirade n'appelait aucune réponse, et un silence gêné s'instaura. Les garçons débarrassèrent la table et apportèrent le café. L'ancien ministre sauva la fin du repas en interpellant Chomérac :

« Cher président, merci pour ce déjeuner aussi délicieux que passionnant. Compte tenu de l'actualité de votre parti, j'avais craint que vous ne nous invitiez dans quelque pizzeria. »

L'éclat de rire fut général, et après quelques banalités les convives se levèrent et prirent congé. Je rentrai à l'Opéra Bastille avec Anne-Sophie, et je rejoignis mes collègues dans la salle de répétition. Nous fîmes une première lecture du Verdi qui suivrait Janáček, avec un chef assistant. Ce premier dégrossissage, qui permettait de ne pas trop penser à la première du soir même, se déroula sans problèmes. Je rentrai ensuite à la maison, un peu rasséréné.

Les garçons arrivèrent, puis Julie, qui s'était organisée pour quitter son bureau en avance, et enfin Valérie et Benoît. Comme cadeau de mariage avant leur départ en voyage de noces pour Prague, j'avais acheté dès l'ouverture des ventes trois places pour la première de la *Petite Renarde rusée*. Ainsi, nous serions tous les quatre réunis ce soir : eux trois dans la salle et moi dans la fosse.

Nous grignotâmes un petit en-cas, et partîmes ensemble. La fille des voisins, Océane, gardait les garçons pour la soirée. Arrivés une heure en avance, nous bavardâmes dans le vaste hall avant que j'aille me préparer. Benoît, un énorme nœud papillon framboise tranchant sur son costume sombre, et Valérie, en tailleur-pantalon ivoire, rayonnaient de joie et se remarquaient de loin. Julie, très élégante aussi dans sa robe du soir, souriait de leur bonheur. Sous l'éclairage vif, elle me parut pourtant fatiguée. Elle travaillait trop et je me promis de le lui dire.

Je leur appris que la salle serait comble. Plus que les chanteurs ou l'œuvre de Janáček, les connaisseurs venaient applaudir Zelenka, l'étoile montante de la direction d'orchestre. Parmi le public, je remarquai de nombreux jeunes gens aux tenues décontractées, sans doute moins blasés que leurs aînés.

Julie plaisanta sur les quelques mots de tchèque que les jeunes mariés apprendraient ce soir, qui leur seraient bien utiles pour leur séjour à Prague. Benoît offrit le champagne au bar, je trinquai avec eux et partis en coulisses.

Le maestro vint nous saluer et, sans paraître me remarquer particulièrement, bavarder avec nous. Cette marque d'attention, que tous ses collègues ne nous manifestaient pas, voulait racheter, ou effacer, sa dureté lors des répétitions. Il répétait à l'envi :

« J'espère que l'arbre va daigner bouger ! »

Un trait de cor, un juron sonore, une gamme à la flûte, un gratouillis de cordes, une toux rauque... Comme à chaque première, une tension palpable se manifestait, malgré l'expérience et la force de l'habitude. Si avec Mozart nous étions certains du succès, une partition aussi rare que celle de Janáček, chantée dans sa langue, comportait plus de risques. Dans trois heures, avant même les critiques dans la presse du lendemain, nous comprendrions, à écouter les applaudissements et à compter les rappels, si le pari était gagné.

J'étais heureux d'abandonner *Così*, et j'étais heureux que Julie soit présente. Depuis le début de cette affaire, elle avait souffert par ricochet, encore plus injustement que moi. J'essayais de ne pas penser à Sheena, de faire taire le remords que j'éprouvais.

Nous nous préparâmes, et entrâmes dans la fosse. J'espérais bien – et mes collègues aussi sans doute, mais personne n'y fit allusion, en tout cas devant moi – qu'avec cette nouvelle production, le rituel d'applaudissements au héros de *Così* serait caduc.

Le premier violon, fermant la marche, s'assit en dernier. Et c'est alors qu'à nouveau tout bascula.

Un long coup de sifflet, provocateur, véhément, déchira le silence feutré et l'attente du public. Un autre lui répondit, un troisième, instaurant un accord criard et insupportable. Je perçus confusément un mouvement dans la salle : oui, ici et là, de petits groupes de spectateurs se levaient. En même temps des huées retentirent, de plus en plus fortes, des cris inarticulés – des voix d'hommes, pour un charivari impressionnant.

Le public, d'abord, ne comprit pas. Nous les musiciens, qui savions bien que rien de tel n'était prévu, sentîmes que la soirée dérapait. J'eus aussitôt l'intuition que ce vacarme intempestif me concernait.

Sifflets stridents et hurlements se renforçaient, se donnaient mutuellement de l'élan, et peu à peu un slogan scandé fut repris en chœur par ces hommes debout. Avec la certitude de la fatalité, j'en devinai le sens avant d'en percevoir les syllabes. Oui, tous ensemble, avec une énergie redoutable, ils criaient mon nom et autre chose ensuite. Dispersés aux premiers et deuxièmes balcons, ils ne parvenaient pas à donner l'impression que la foule entière s'époumonait avec eux. Au contraire, leur slogan se détachait sur le tapis éberlué et vaguement hostile du silence des mille cinq cents spectateurs. Une quarantaine de jeunes gens déterminés leur imposaient leurs vociférations et leur volonté de déclencher un scandale.

Sur une seule note, sur un rythme martelé, à gorge déployée, ils gueulaient : « Armant, dégage ! » J'ignorais qui ils étaient et ne voulais pas spéculer sur leurs motivations. Peu à peu chacun dans l'orchestre comprit le message. Pour qu'il soit encore plus clair, un drap blanc fut déployé depuis le premier balcon, qui proclamait en capitales à la peinture noire : « ARMANT DÉGAGE ! »

Mes collègues me regardaient comme on regarde un pestiféré. À nouveau, à cause de moi, voire par ma faute, un spectacle se trouvait perturbé. Pendant quelques secondes, j'eus le mince espoir qu'une fois leur proclamation faite, ils allaient s'asseoir gentiment et écouter Janáček. Mais non, restant debout, tapant des pieds et des mains, dopés par les coups de sifflet et l'effet de groupe, ils répétaient sans faiblir « Armant, dégage ! », « Armant, dégage ! », « Armant, dégage ! »

Le public commençait à comprendre. Ceux qui avaient la malchance de se trouver assis à côté des perturbateurs, rabroués ou poussés de côté sans ménagement, virent bien qu'ils n'avaient pas affaire à des choristes ou à des figurants. Les quelques audacieux qui osaient leur faire des observations se tassaient sous les bordées d'injures qu'ils recevaient en réponse. Les contrôleurs n'osaient pas intervenir. Coups de sifflet. Huées. Cris : « Armant, dégage ! »

La situation était à deux doigts de dégénérer, d'échapper à tout contrôle, de se terminer par une bagarre générale, des horions, des blessés, parmi cette foule venue communier dans l'amour de la musique. Et dans cette foule il y avait Julie. Elle entendait conspuer le nom que je lui avais transmis par mariage, le nom de nos enfants. Heureusement, Valérie et Benoît l'entouraient, et peut-être la retenaient-ils d'en découdre avec les perturbateurs. Je ne la croyais pas en danger, tant qu'elle ne révélait pas son identité. Je n'avais aucun moyen de lui parler ou de l'entendre. Elle était à trente mètres de moi, et hors d'atteinte.

Le premier sifflet, le plus aigu, celui qui donnait la cadence, s'arrêta sur trois notes piquées, bientôt imité par les autres. Les cris cessèrent presque aussitôt, obéissant manifestement à un signal convenu. Un silence pesant, tout frémissant d'attentes, s'installa. Et je vis que de petits objets étaient lancés depuis les balcons dans notre direction. La plupart retombèrent avant, parmi les premiers rangs, suscitant des protestations et des cris de dégoût. Trois, lancés plus vigoureusement, réussirent à atteindre la fosse, et l'un tomba presque à mes pieds : une oreille de cochon. Une autre, vers les violoncelles. Une queue de cochon, au pied de l'estrade du chef.

Je repensai aussitôt aux délires de Puits artésien. Et une autre sensation reprit son empire : l'effroi, l'effroi comme au premier jour devant ce qui m'arrivait et que je ne comprenais pas, l'effroi qui me serrait la gorge et me glaçait le sang. J'étais leur cible parce qu'ils me croyaient juif, parce qu'ils avaient décidé que je l'étais. L'antisémitisme proclamé de leur geste me révulsa.

Sur un coup de sifflet impérieux, les hurlements recommencèrent, et, avec une vigueur renforcée par la pause, les cris « Armant, dégage ! » Ils n'avaient pas l'intention de se taire, leur objectif était bien d'empêcher coûte que coûte la représentation, ou de m'empêcher d'y jouer. Combien de temps pouvait durer cette tension, ce face-à-face, eux vociférant, les musiciens immobiles et silencieux, les spectateurs de plus en plus inquiets ?

Je pouvais, bien sûr, partir : me lever, seul, faire demitour, et retourner dans les coulisses. Ils auraient alors gagné, et, privés de leur cible, auraient quitté l'Opéra pour aller fêter leur victoire dans un bar. Je pensai alors à Julie, plus qu'à quiconque ou à toute autre considération : me préférerait-elle obstiné, ne cédant rien à la violence et à la bêtise, ou raisonnable, me sacrifiant pour Janáček ?

Tout l'orchestre me regardait, dans un questionnement muet, attendant une initiative. À quelques mètres, invisible à l'orée de la fosse, Zelenka devait trépigner, fou de rage et d'impuissance. Combien j'aurais aimé que lui ou n'importe qui d'autre m'indique quoi faire ! Avec un sentiment proche de la panique, je cherchai le regard du premier violon. Elle me fixa avec insistance, puis rédigea un bref billet qui passa de main en main jusqu'à moi :

Ne pars pas. Ou alors, nous tous.

Je lui confirmai d'un sourire triste que cette position me convenait. Un peu rasséréné d'être ainsi soutenu, je ne voyais toujours pas comment sortir de l'impasse.

Les lumières de la salle furent ranimées, passant de la pénombre requise pour le spectacle à un demi-jour inhabituel. Je me souvenais du numéro de place de Julie, et je tentai de la repérer, au premier balcon, au milieu, légèrement sur la droite... Un groupe de perturbateurs s'agitait devant elle, un autre plus à gauche. Si je ne me trompais pas, elle n'en avait aucun tout près d'elle.

Nouveau coup de sifflet impérieux en notes piquées. Les cris cessèrent, puis reprirent selon un dispositif différent. Le chœur – dois-je dire la meute ? – s'était partagé en deux, afin que les « Armant, dégage ! » jaillissent alternativement des deux moitiés de la salle, en une compétition à qui ferait le plus de bruit. Je ne sais pourquoi, en les entendant brailler à tour de rôle, je me rappelai qu'un tel procédé avait été inventé par Monteverdi pour la basilique Saint-Marc de Venise, et j'enrageai de le voir ainsi perverti. Malgré leurs efforts, le jeu de répons entre eux résonnait grêle, maigrichon, et révélait la faiblesse de leurs effectifs, une vingtaine de chaque côté. En réaction à cette baisse de volume, des voix s'élevèrent des balcons supérieurs, où ils n'étaient pas, et plus courageusement du parterre : « Ça suffit ! » ; « Dehors ! » Un murmure général et prudent approuva cette opposition.

Le meneur au sifflet sentit ses positions menacées, et de trois notes piquées réunifia les voix. Soutenus par de vigoureux battements de mains et de pieds, les « Armant, dégage ! » réussirent à reprendre le dessus.

Cela ne pouvait durer. Chacun dans l'orchestre me regardait. J'avais posé sur mon pupitre le petit mot griffonné : « Ne pars pas. Ou alors, nous tous », et pris une décision irrévocable : je ne me lèverais pas. Je m'étais levé pour *Cosí*, je ne me lèverais pas ce soir. Au premier violon de donner le signal de la retraite si elle l'estimait nécessaire. À elle seule, cette responsabilité. En attendant, et jusqu'au petit matin s'il le fallait, je gardais les yeux rivés sur ce carré de papier posé sur la première page de ma partition et j'en faisais ma ligne de conduite. Quoi qu'il advienne, je ne partirais pas le premier.

Je n'analysai que plus tard la justesse de sa position. J'ignorais si elle avait eu connaissance du texte de Puits artésien, ou compris pourquoi nous étions bombardés d'oreilles et de queues de cochon. Par principe, elle n'acceptait pas qu'une frange bruyante du public puisse s'en prendre à un musicien, quel qu'il soit, quel qu'en soit le motif. Il n'était pas question de céder à leurs exigences, de laisser s'inventer une procédure de récusation.

Mais dans l'instant, je me contentais de faire ce qu'elle m'écrivait. Si elle m'avait signifié de partir, j'aurais obéi. Je voulais seulement ne rien décider par moi-même. Et donc je restai, malgré les « Armant, dégage ! »

Le chahut durait depuis quinze longues minutes lorsque la police fit son entrée dans la salle. Par les portes latérales desservant les balcons, des CRS en tenue de maintien de l'ordre, sans le casque mais avec les jambières et cet étrange gilet de protection qui leur fait une silhouette de scarabée, se faufilèrent lentement parmi les spectateurs. Ils convergeaient vers les différents groupes de perturbateurs debout.

Ceux-ci ne cherchèrent pas à fuir, ni n'interrompirent leur vacarme. Lorsque les hommes en uniforme se trouvèrent à leur portée, je crus deviner entre eux un bref échange, un appel à la raison. Tout pouvait encore basculer.

Inopinément, le public se mit à applaudir. Les CRS, indifférents à cette popularité soudaine, reprirent leur progression et repoussèrent physiquement les perturbateurs, poitrine contre poitrine, vers les allées. Aucun geste agressif ne fut esquissé de part ou d'autre. Peu à peu les cris « Armant, dégage ! » s'éteignirent. On n'entendit plus ces maudits sifflets. Un spectateur arracha le drap portant leur slogan. Des allées, ils furent ensuite ramenés, toujours lentement, vers les portes qu'ils franchirent à reculons. Ils disparurent enfin, et les CRS aussitôt après eux.

Le silence retomba d'un coup sur la grande salle de l'Opéra Bastille. Chacun reprit son souffle. Les lumières furent à nouveau baissées au minimum, et Zelenka fit son entrée, à grandes enjambées. Il salua le premier violon presque sans s'arrêter, ne répondit pas aux applaudissements longtemps retenus, monta sur l'estrade, nous balaya du regard, et leva sa baguette.

Il avait sa tête des mauvais jours : encore plus pâle qu'à l'ordinaire, lèvres serrées, frémissant d'une colère rentrée... Je ne tentai pas d'imaginer la diversité des émotions qu'il ressentait, lui le jeune prodige tchèque au service de

Janáček, la vedette débutant à Paris, le fils d'un ex-général de la police, le perfectionniste qui avait l'ambition de tout contrôler...

D'un mouvement sec de la main gauche, il lança l'orchestre. Malgré ce qui venait de se passer, il dirigea avec une précision absolue : des forte sans brutalité, des caresses esquissées quand il fallait accompagner la douceur cristalline de l'écriture, les tempos exacts des répétitions, un dosage subtil de l'intensité pour que l'orchestre soit audible dans toutes ses nuances par les sièges les plus éloignés, sans jamais couvrir les voix des solistes sur le plateau. Loin d'être une étoile filante fabriquée par les médias, Wilhelm-Friedmann Zelenka allait marquer la direction d'orchestre au XXIe siècle.

Pour ma part, je jouais dans un état second, pour partie concentré sur mon alto, pour partie luttant avec l'effroi qui m'avait retrouvé, à nouveau, dans la fosse de Bastille après celle de Garnier. Une nouvelle catastrophe venait de survenir, je ne cherchais à analyser ni ses causes ni ses conséquences, je veillais juste à rester assis devant mon pupitre pour ne pas être emporté.

Je jouais, certes – et jamais le double sens de ce mot ne m'apparut plus ironique. Je faisais loyalement ce pour quoi j'étais payé. Dans l'état de confusion où je me trouvais, mes doigts couraient sur l'instrument, mon corps obéissait à la partition et au chef, et j'étais perdu.

On pourrait croire que l'effroi revenu diminuait son empire, ou que, tel le poison sur Mithridate, cette deuxième attaque me ferait moins de mal. Mais non. Tout, autour de moi, avait disparu, me laissant seul, le ventre noué, face à la vindicte d'une troupe inconnue. Je ne comprenais rien à ce qui venait de se passer, mais je savais lui donner un nom : l'effroi. Je retrouvais son souffle glacé. Il avait pendant un quart d'heure pris le pouvoir, et imposé sa volonté à tous. Louis Craon, lui, n'avait tenu que trois minutes.

Le petit mot griffonné par le premier violon avait disparu derrière les pages tournées de la partition. Le spectacle se déroulait désormais sans anicroches, les chanteurs et même l'arbre récalcitrant se déplaçaient comme prévu. Un spectateur arrivé en retard n'eût sans doute rien décelé. Mes collègues peut-être étaient parvenus à oublier les perturbateurs.

Je ne cessais de penser à eux, non comme à un groupe organisé de jeunes gens aux desseins confus, mais comme à une hydre à quarante têtes, née tout entière du geste de Louis Craon, une bête sans scrupules ni règles, dont les griffes cherchaient à m'atteindre. Pour cette fois, elle avait échoué.

Alors arriva l'entracte, presque au dépourvu. Nous sortîmes en bon ordre. Sitôt arrivé dans les coulisses, je voulus rejoindre Julie dans le grand hall, mais contrôleurs et policiers avaient fermé le passage, tout comme ils nous interdisaient d'aller respirer l'air frais rue de Lyon. Je l'appelai sur son portable, en vain. Malheureux de ne pas avoir pu lui parler, de ne pas l'avoir entendue, je revins dans la salle où nous patientions d'ordinaire.

Le premier violon vint vers moi, et me dit seulement :

« Mon pauvre Sébastien... »

Je lui fus reconnaissant de son laconisme. Je n'étais pas d'humeur à entendre des consolations. J'appréciai, plus que je n'aurais pu l'exprimer, qu'elle m'ait soutenu, qu'elle ne m'ait pas laissé partir, vaincu, sous les huées. Comme je ne voulais pas ouvrir une discussion sur ce sujet dans cet instant, j'optai pour une inclinaison du buste, jambes serrées, avec une raideur délibérée, en un salut d'officier austro-hongrois, muet et anachronique. Elle le comprit, je crois, et eut un léger sourire.

Les collègues discutaient par petits groupes. Certains me jetaient des regards en coin, implicitement désapprobateurs, comme si je leur avais dissimulé quelque chose jusqu'à présent. Qu'ils ne comptent pas sur moi pour me lancer dans une conférence explicative. Pas maintenant.

Zelenka ne daigna pas se montrer. Marenzio, le téléphone collé à l'oreille, traversa la pièce en se dirigeant vers les loges. Bertrand me tendit un verre de jus d'orange. Obéissant, j'y trempai les lèvres. Philippe proféra quelques jurons bien sentis à l'adresse de mes adversaires, en veillant à ce que je les entende. Leur présence discrète et amicale me fit du bien.

Il me fallait tenir encore une heure et demie jusqu'à l'accord final.

Après l'entracte, je tentai avec obstination de ne penser à rien, de voir les pages qui se tournaient et scandaient le passage des minutes. L'effroi tapi non loin sommeillait, sans doute. Je ne serais hors de son atteinte qu'une fois sorti de la fosse et de l'Opéra.

Enfin les applaudissements redoublés, les rappels signalèrent la fin de la soirée. Zelenka, invité par les solistes à les rejoindre, salua à peine, sans le moindre sourire, et disparut aussitôt après. Les cinq minutes d'ovation ne le ramenèrent pas sur la scène.

Je partageai son souhait de discrétion. Je n'avais aucune envie de débattre du succès de cette première. J'écoutai les messages sur mon téléphone. Benoît m'y expliquait qu'ils étaient partis à l'entracte pour rentrer tous les trois chez nous, que Julie, couchée, discutait avec Valérie. Je m'apprêtais à les rejoindre, lorsqu'un jeune policier en civil s'approcha de moi :

« Monsieur Armant ? Mme la commissaire voudrait vous voir. Si vous voulez bien me suivre... »

Un de ses collègues nous attendait dans une voiture banalisée, juste à la sortie. Nous n'avons pas échangé un mot pendant tout le trajet. Je n'en avais pas la force.

Arrivés dans un immeuble banal que je n'identifiai pas, ils m'installèrent dans un bureau au septième étage. Cinq minutes plus tard, Élisabeth Leclair me rejoignit.

« Comment allez-vous ? me dit-elle, et je crus entendre une inquiétude réelle dans sa voix.

— J'ai connu des mercredis soir plus calmes.

— Je suis heureuse que vous le preniez ainsi. Je craignais... »

Elle ne finit pas sa phrase et se laissa tomber dans un fauteuil à côté du mien.

« Pouvez-vous m'expliquer...

— Sachez d'abord que votre domicile est sous surveillance statique, en clair une voiture est garée devant, et nous avons établi un contact avec votre épouse pour la rassurer. Rien à craindre de ce côté-là.

— J'imagine que je dois vous remercier. »

Ma réponse contenait un peu d'agressivité, qu'elle ne releva pas.

« On ne sait jamais. Au moins pour cette nuit. Pour le reste, nous avons eu beaucoup de chance. »

J'ouvris de grands yeux étonnés. De quelle chance pouvait-elle bien parler, à me supposer inclus dans ce « nous » ?

« Les ouvreuses de l'Opéra ont bien réagi. Elles ont remarqué ces groupes de jeunes gens, intimidés et tendus, très différents du public habituel. L'information est remontée vers le directeur de cabinet de Chomérac, qui m'a alertée. Heureusement, il y a aussi ce soir un concert de rock, considéré comme à risque, à Bercy. Deux compagnies de CRS y étaient stationnées en réserve. J'ai obtenu d'en rapprocher une. Les fourgons ont démarré aux premiers hurlements. Je suis arrivée en même temps qu'eux. Ma première idée était de faire évacuer les spectateurs, ce qui aurait pris beaucoup de temps. Le directeur de cabinet, comment s'appelle-t-il...

— Marenzio.

— Oui, c'est ça. Marenzio m'a proposé un autre plan de bataille, celui-là même qui s'est déroulé sous vos yeux. J'ai pris un gros risque. Je l'ai accepté parce que ceux qui vous en veulent n'ont jamais exercé de violences physiques. Ils agissent de manière symbolique, en tout cas pour l'instant.

— Symbolique ?

— Je vois que le mot vous choque. Ne vous méprenez pas. Ils sont sortis gentiment quand nous les avons poussés dehors : pas de résistance, pas de bagarre. Le spectacle a pu commencer avec un retard de vingt minutes. J'avoue que j'ai quand même poussé un gros "Ouf !" de soulagement en les voyant abandonner le terrain. »

Je comprenais mieux la rapidité de la riposte, mais au fond ces considérations techniques ne m'intéressaient pas vraiment.

« Et où sont-ils maintenant ?

— Ils font l'objet de longues vérifications d'identité, et de non moins longs interrogatoires. Je veux savoir à qui nous avons affaire, pourquoi ils vous en veulent, comment ils sont organisés, quels liens ils ont avec les épisodes précédents.

— C'est assez évident, non ? Le groupuscule de Louis-Ferdinand, l'hommage à Louis Craon, le texte de Puits artésien...

— Je dois l'établir de manière certaine et précise. J'ai besoin d'avoir leur version, de faire des recoupements. De séparer la piétaille des responsables. De saisir leur logique. De cerner leurs objectifs, leurs plans de bataille, les risques de récidive. »

Elle conduisait son enquête avec méthode. Rien de cette rigueur ne m'aidait.

« Ils vous ont raconté ?

— Pour l'instant nous les faisons mariner. Nous aborderons les questions qui importent dans le courant de la nuit, avec la fatigue et le manque de sommeil. Pris un par un, ils sont déjà beaucoup moins flambards qu'en troupeau à faire les malins aux premiers balcons. »

Constatant que je ne bondissais pas de joie à cette perspective, elle souligna ce qui lui importait.

« Jusqu'à ce soir, nous ne pouvions pas identifier vos adversaires. Maintenant que nous en tenons quelques-uns, nous allons pouvoir remonter la pelote. »

Je ne sais quelle expression elle lut sur mon visage, mais elle se crut obligée d'ajouter :

« Sébastien ? Nous ne vous laissons pas tomber. »

Je ne répondis pas, ni ne m'étonnai de l'entendre m'appeler par mon seul prénom.

« Nous allons les cuisiner toute la nuit, et demain nous y verrons beaucoup plus clair, je vous le promets. »

Je dus avoir l'air boudeur de Grégoire dans ses mauvais jours.

« Je vous appelle demain, ou en tout cas avant la fin de la semaine. Sans faute. »

J'acquiesçai. J'étais brisé de fatigue et mon objectif du moment se limitait à tenir sur mon fauteuil sans m'écrouler.

« Une voiture va vous raccompagner. »

Le même jeune policier vint me chercher et me déposa devant chez moi, juste à côté d'un fourgon. Je le remerciai machinalement, il me répondit de même, avec un humour involontaire :

« Passez une bonne fin de soirée. »

Benoît et Valérie m'attendaient au salon. Ils avaient libéré Océane dès leur arrivée. Julie dormait. Je les embrassai tous deux pour leur aide, en une longue accolade, puis leur demandai :

« Comment a-t-elle réagi ?

— Elle a été choquée, bien sûr, dit Benoît. Comme tout le monde, comme nous. Personne ne comprenait ce qui se passait. Qui sont ces fous furieux ? Elle s'inquiétait pour toi. Nous l'avons un peu tranquillisée en soulignant que dans la fosse tu ne risquais rien. Puis la police est arrivée. Elle a tenu à rester jusqu'à l'entracte, mais je doute qu'elle ait beaucoup écouté Janáček.

— Elle s'est endormie vers 11 heures », précisa Valérie.

Par politesse et sans réfléchir, je leur proposai un cognac pour terminer la soirée. Benoît me fusilla du regard.

« Pas une goutte d'alcool ! Nous, on rentre, et toi, tu vas te coucher ! »

Je les embrassai à nouveau, refermai la porte, et m'assis dans la cuisine. Les différents épisodes de cette journée épouvantable repassaient dans ma tête en désordre. Je m'étais levé malheureux à cause de Sheena, et ce soir, était-ce possible, j'étais plus malheureux encore.

Julie dormait, assommée de surprise, et passait une deuxième mauvaise nuit d'affilée. La commissaire et ses équipes interrogeaient les perturbateurs. Zelenka, dans sa chambre d'hôtel, devait ressasser sa mauvaise humeur. Marenzio et Anne-Sophie jonglaient encore avec leurs téléphones. Sheena se maquillait pour aller se montrer dans quelque boîte de nuit à la mode. Et Louis Craon, dans sa cachette en Suisse ou ailleurs, terminait sans doute un dîner fin par un cigare...

Jeudi 6 mai

Au matin, Julie semblait ne conserver aucune séquelle. Pourtant, à la voir se préparer, efficace et souriante, sans une allusion à la soirée de la veille, je devinai qu'elle se reposait sur des automatismes, jouait un rôle. Je ne crus pas devoir évoquer ce qui s'était passé, la suite de la représentation, mes conversations avec la police. Le fourgon n'était plus stationné devant la porte de l'immeuble. Les garçons bavardaient, et je les entendais comme à travers une brume légère, ou plutôt une gaze, comme les metteurs en scène en utilisent, et qui fait paraître lointains des sons pourtant proches.

Sur Internet, les articles sur la première de l'opéra de Janáček saluaient les débuts parisiens de Zelenka et ne comportaient aucune allusion aux perturbateurs. Je consultai ensuite les sites où j'avais trouvé le texte de Puits artésien. La commissaire Leclair m'avait vivement déconseillé d'aller moi-même sonder les bas-fonds. J'aurais dû l'écouter.

Le petit article qui m'était consacré était désormais suivi de nombreux commentaires. Certains se contentaient de vulgaires injures antisémites. D'autres, sur un ton mielleux, osaient des rapprochements indécents ou suggéraient que ma réaction avait été dûment rémunérée. Diverses théories du complot avaient surgi, dans lesquelles, alternativement, le chef Craon ou moi étions présentés comme des agents du Mossad ou de la CIA. Un long papier, sur le ton d'un article scientifique, rapprochait la soirée du 20 avril des scènes de la vie musicale sous l'Occupation, pour en tirer des conclusions nauséabondes.

Un autre, pire encore, glosait sur ma participation au trio du Grand Foyer. Par une série de contorsions intellectuelles, partant de la déclaration Balfour de 1917 favorable à la création d'un foyer national juif en Palestine, il concluait que le nom de notre trio, en apparence inspiré par les salons Second Empire du palais Garnier, militait en fait pour la cause du Grand Israël. Ce salmigondis donnait envie de rire et de vomir à la fois.

Aucun commentateur ne mettait en doute la révélation qui leur avait été faite. La thèse selon laquelle la faute d'orthographe dans le patronyme serait un marqueur d'une identité juive, qui n'était apparue qu'une semaine plus tôt, leur paraissait désormais une évidence qui ne faisait pas débat, comme s'ils l'avaient toujours connue. Ce prétexte-là en valait bien un autre pour déverser leur fiel. Je refermai mon ordinateur avec des frissons.

J'appelai ensuite Anne-Sophie, qui, étonnamment, ne me répondit pas, puis Valérie, pour la remercier à nouveau de son dévouement la veille au soir, et la rassurer. Anne-Sophie, à nouveau, à plusieurs reprises et toujours en vain.

Par hasard, et avec son sixième sens habituel, ma mère me téléphona en ce matin inopportun pour me demander comment j'allais et comment se portait ma célébrité. Je ne pouvais lui raconter ni le scandale de la veille ni mon passage chez Kim-Li. Je choisis donc d'évoquer ma rencontre avec les lycéens. Enseignante, elle n'avait jamais vraiment accepté que son fils unique poursuive ce qu'elle considérait comme une carrière de saltimbanque. J'avais beau lui expliquer que mon statut n'était pas moins protecteur que le sien, et mon salaire plus important, elle regrettait toujours que je n'exerce pas un métier sérieux. Un accueil par le proviseur, une tribune et un pupitre pour briller devant professeurs et élèves, voilà qui comblait enfin ses attentes.

Sur mon agenda, j'avais noté à 11 heures la leçon d'alto, celle que j'avais annulée dix jours auparavant. Je n'étais toujours pas d'humeur à transmettre mon savoir, mais ne voulus pas la reporter une seconde fois. Et d'ailleurs, peut-être me changerait-elle agréablement les idées ? Je vivais encore dans l'illusion que la musique pouvait être un refuge.

Mon élève, un grand garçon maigre de dix-sept ans, joua avec application une longue étude hérissée de difficultés, qu'il n'arriva pas à rendre intéressante. Fallait-il encore l'assommer avec des subtilités techniques, le contraindre à des hectomètres de gammes et d'arpèges ? Je préférai lui donner l'exemple sur les premières mesures, en exagérant les accents, les notes graves, les respirations.

« Dans ces appuis, tu dois faire ressortir le gras de l'alto – comme on dit le gras d'un bon vin. Je dois entendre ton plaisir de jouer. Tu peux fabriquer de l'or avec tes doigts : je veux pouvoir admirer un alchimiste fier de son art. »

Il me regarda d'un air indécis, comme si j'avais fait une plaisanterie qu'il n'aurait pas comprise.

« Je dois deviner si tu es amoureux, ou en colère, ou joyeux. Allez, tu vas me refaire la première partie, et ne t'inquiète pas de ce qui se passera au piano. »

Il recommença la pièce pour alto solo, et je l'accompagnai en plaquant, dans le rythme mais au hasard, des séries d'accords dissonants. D'abord désarçonné par cette improvisation intempestive et dépourvue de sens, puis fouetté par elle, il entra vite dans le jeu et combattit pour défendre sa partition. Comme un orateur qui doit convaincre une foule indifférente ou narquoise, il sut trouver des accents nouveaux, parfois gouailleurs, parfois guerriers, ou étonnamment mélancoliques. Enfin cette musique scolaire prenait vie.

J'arrêtai inopinément, et lui demandai de reprendre aussitôt, et dans le même esprit. Il parvint à en conserver l'énergie, et parut très étonné de son interprétation fougueuse.

« Voilà. Si tu joues comme ça, je n'ai plus rien à t'apprendre. »

Il rougit, et murmura :

« Je... je me suis un peu emmêlé dans les triolets de la mesure 45.

— Et alors ? Tu crois que les musiciens ne se trompent jamais ? Ce serait bien le seul métier exempté d'erreurs ! L'essentiel n'est pas là. Quand j'avais ton âge, mon professeur me disait : "Joue comme si ta vie en dépendait." Comment peut-on dire une chose pareille à un jeune ! Moi je te conseille de jouer comme... comme si tu voulais faire sourire ton chat... comme si tu voulais faire remonter le soleil couchant... »

Alors que je regrettais déjà ces comparaisons absurdes, il sembla émerveillé de les entendre, et décidé à relever le défi. Ensuite, je lui fis déchiffrer une autre partition, d'une manière plus académique, et lui donnai à travailler un quatuor de Haydn. Quand la leçon fut terminée, avec le courage des timides et l'inconscience des enfants, il osa me dire :

« Vous m'avez dit tout à l'heure que vous vouliez entendre le plaisir de jouer. Et vous, quand vous jouez tous les soirs, vous continuez à ressentir ce plaisir ? »

Il me demandait, en somme, si j'étais heureux. Il m'aurait

fallu de très longues explications, et une lucidité effrayante, pour lui répondre honnêtement. Oui, au fil des soirées, depuis une douzaine d'années, je ressentais toujours une joie profonde en construisant avec mes collègues des cathédrales éphémères. Mais quelque chose s'était rompu le 20 avril, qui n'avait pas été réparé. Célébrer ensuite Mozart ou Janáček n'avait servi à rien. Mais pouvais-je me confier à un garçon de dix-sept ans ?

« Bien sûr. À chaque représentation. Tu connais le mythe de Prométhée, l'homme qui a volé le feu aux dieux de l'Olympe. Un musicien doit toujours jouer comme s'il était son receleur.

— Et... même dans cette soirée à l'Opéra, quand il y a eu... »

Terrifié de son impertinence, il ne parvint pas à achever. Il voulait bien sûr me parler de *Così*. Je n'aurais jamais pensé qu'il oserait, et ressentis comme un coup de poing. L'effroi me rattrapait toujours lorsque je m'y attendais le moins. Je ne voulus pas répondre. Ou je ne pouvais pas. Pas ainsi. Pas à cet élève. Il eut sans doute un peu conscience d'avoir franchi certaines limites : non pas celles, fragiles et conventionnelles, de la courtoisie, mais les lignes barbelées qui défendent les recoins obscurs et les nuits sans sommeil. Un silence pénible s'instaura. Il sut le rompre avec une surprenante élégance :

« Merci. C'est la meilleure leçon que j'aie jamais eue. »

Et il s'enfuit.

Pendant que je déjeunais, la secrétaire de Chomérac m'appela pour me prier de passer voir le directeur de cabinet au plus vite. Je pris rendez-vous pour 2 heures.

Jusqu'alors, je n'avais eu aucune raison de m'intéresser à Jean-Eudes Marenzio. Les syndicats et les malicieux ironisaient sur son parcours. Recruté quasiment par charité par un député ami de son père, il avait deux ans plus tard, avec la soudaineté d'un spadassin par une nuit sans lune, trahi son premier mentor pour suivre une étoile montante du parti. Nommée secrétaire d'État, celle-ci avait recasé son protégé dans une obscure agence publique, où il avait noué de complexes intrigues, avant de se faire remarquer par Chomérac.

J'entrai dans son bureau sans appréhension particulière. Il avait géré avec habileté la soirée de la veille, et voulait sans doute faire un point sur les investigations de la police, voire m'assurer de son soutien. Des cernes profonds marquaient son regard et trahissaient une nuit brève.

« Asseyez-vous, monsieur Armant. »

Mâchoires serrées, impassible, il avait pris un ton excessivement formel qui m'étonna. Je m'installai, comme il m'y invitait, non dans l'un des fauteuils qui entouraient une table ronde, mais sur une chaise en face de son bureau. Il resta debout.

« Dans toute cette affaire, pour l'instant, le président Chomérac s'en sort plutôt bien. Comme vous le savez, beaucoup contestent sa compétence... musicale à diriger cette maison. Il a ouvert de nombreux chantiers, laissés en jachère par l'équipe précédente, et revendiquera d'autres succès. À ce stade, rien de tout cela n'est visible. Ses adversaires, dans l'opposition mais pas seulement, guettent avec impatience son premier faux pas. Le... le geste du chef Craon... »

Lui non plus ne parvenait pas à trouver un mot pour qualifier ce qui s'était passé.

« ... Aurait pu être un piège inextricable, mais votre réaction a marqué l'opinion. Le président Chomérac, après sa conférence de presse du lendemain où il a exprimé la position de l'institution, a décidé de vous laisser seul en pleine lumière, dans la spontanéité de votre indignation. Il ne lui a pas semblé nécessaire de communiquer autrement, ou de paraître vouloir tirer la couverture à lui. Pour les médias, vous avez incarné pendant deux semaines l'Opéra et les valeurs républicaines. Très bien, au demeurant. Le président Chomérac s'en est trouvé renforcé. »

Cette longue introduction, qui me laissait entrapercevoir les coulisses des étages supérieurs, ne me témoignait pas d'une grande considération. Elle paraissait annoncer un développement sur les mêmes thèmes, voire l'expression d'une certaine forme de gratitude.

Il s'assit à son bureau et garda le silence un instant, ménageant son effet.

« Et puis, hier soir, nouveau scandale. Votre nom hué par des manifestants. La police qui intervient... Comme disait le président Chomérac, vous nous posez un problème. Vous attirez les ennuis, comme un paratonnerre la foudre.

— Que voulez-vous dire ?

— Les perturbateurs vous ont pris pour cible, vous seul.

— Vous allez me défendre, n'est-ce pas ? »

Marenzio se recula dans son fauteuil, poussa un petit soupir, comme un professeur qui aborde la partie la plus difficile de sa démonstration.

« La difficulté, c'est que vous n'êtes pas juif.

— Je vous demande pardon ?

— C'est pourtant simple. Si vous étiez juif, nous pourrions organiser une contre-attaque indignée, avec la communauté, les grandes voix nationales, les intellectuels, les associations... Le héros du 20 avril devient la victime persécutée du 5 mai. Un tel discours aurait eu un grand écho dans l'opinion, n'en doutez pas. Mais vous n'êtes pas juif.

— La commissaire qui s'occupe de l'affaire m'a précisé que l'antisémitisme est un délit, même s'il vise quelqu'un qui n'est pas juif.

— Je ne l'ignore pas. Nous avons envisagé cette tactique ce matin. Anne-Sophie et plus encore le président Chomérac n'y croient pas. Le message serait inaudible pour le grand public. Armant n'est pas juif, mais il est attaqué comme tel, et donc même s'il ne l'est pas nous devons le défendre au nom de la lutte contre toutes les formes de discrimination ? Formulez-le comme vous voulez, ça ne passe pas, c'est trop complexe. En outre, vous imaginez le président Chomérac s'adresser à la presse et s'arroger le droit de proclamer publiquement qui dans l'orchestre est juif et qui ne l'est pas ? Vous voulez qu'il vous décerne un brevet d'aryanité, ou de catholicité ? Non, bien sûr. En outre... »

Il s'octroya un insupportable petit temps d'arrêt.

« En outre, vous défendre, comme vous dites, c'est à nouveau attirer l'attention sur vous. Le souhaitez-vous vraiment ? »

Alors seulement, je remarquai le vide de son bureau. Rien de personnel. Des dossiers rangés sur une commode. Au mur, deux vieilles affiches, sans doute accrochées là bien avant son arrivée. Promu à un poste plus élevé, Marenzio ne perdrait pas plus d'un quart d'heure à ranger ses affaires et partirait sans doute sans même prendre congé de quiconque.

« Ces gens-là sont déterminés à vous empêcher de jouer, ou en tout cas à essayer. Ils recherchent l'affrontement, la publicité. Ils sont prêts à la confrontation. Leur évacuation hier soir s'est déroulée à peu près sans heurts – pour cette fois. Parmi le public, il y avait des personnes âgées. Une bagarre n'était pas envisageable. Les habitués ont été sidérés de voir les forces de l'ordre intervenir à quelques fauteuils d'eux. Ils se sont crus un instant projetés dans les tribunes d'un stade de football, avec ses supporters et ses hooligans. Même si la plupart d'entre eux n'ont pas tout compris à ce qui se passait, n'ont pas lu la banderole, jamais jusqu'à présent on n'avait vu de CRS avec jambières et matraques intervenir à l'Opéra. »

... Hormis les chœurs dans un *Crépuscule des dieux* il y a trois ans, mais je retins cette impertinence.

« Il n'est pas envisageable que cela se reproduise. Le président Chomérac est comme le capitaine d'un bateau : il est d'abord le garant de la sécurité de ceux qui embarquent. Avant même de produire un spectacle bon ou mauvais, il doit s'assurer que ses hôtes en ressortiront sans dommage. Hier soir, l'effet de surprise a joué en faveur de vos adversaires. La prochaine représentation de la *Petite Renarde rusée* devra être d'une totale sérénité.

— Je ne le souhaite pas moins que vous ! Il vous suffira de ne pas vendre de billets à cette bande de cinglés.

— Les billets sont déjà vendus, et nous n'avons aucun moyen de deviner qui vient pour la musique et qui vient pour la bagarre ; qui vient pour applaudir Zelenka et qui vient pour siffler Armant.

— Ceux qui les ont achetés après le 20 avril sont suspects.

— Les vrais amateurs d'art lyrique l'auront fait avant. Mais ceux qui l'ont fait après ont peut-être redécouvert notre maison grâce à l'excellente communication d'Anne-Sophie, voire veulent nous témoigner leur soutien.

— Alors interdisez l'entrée aux excités !

— Nous en serions ravis. Vraiment. Mais il y a deux difficultés. La première, c'est que nous n'en avons pas le droit. Parce qu'un jeune homme qui a payé sa place se rase la tête et porte un jean, un T-shirt et un blouson, nous lui refuserions l'accès ? Alors que tous les discours et tous les actes du président Chomérac promeuvent l'élargissement et le rajeunissement du public ? C'est juridiquement et politiquement impossible.

— À situation exceptionnelle, réponse exceptionnelle.

— Et polémique exceptionnelle. Nous refoulerions ainsi des jeunes gens qui peut-être n'ont rien à voir avec tout ça, juste en raison de leur tenue ? Comme une discothèque de banlieue, pour délit de faciès ? Vous n'y pensez pas ! Le président Chomérac interdisant l'accès de l'Opéra à la jeunesse... Vous imaginez les protestations ? »

Sa démonstration me paraissait aussi rigoureuse que dénuée de sentiments. Les pièces s'organisaient sur l'échiquier, sans que j'en perçoive le sens.

« Pour de tels contrôles, nos agents d'accueil ne sont ni formés ni assez nombreux. Il faudrait faire appel à une société de vigiles pour les épauler, et en dernier recours à la police. Le préfet de police est peu enthousiaste à l'idée de prêter main-forte à une discrimination illégale. Et puis, ne soyons pas naïfs. S'ils recommencent...

— Nous n'en savons rien.

— Il serait irresponsable de ne pas s'y préparer, de ne pas anticiper la manœuvre de vos adversaires. S'ils recommencent, ils modifieront peut-être leur tactique. Seront-ils en costume-cravate, n'affichant pas leurs intentions ? Utiliseront-ils autre chose que des sifflets ? Des fumigènes, des grenades assourdissantes, des armes blanches ?

— Malgré la fouille des sacs ?

— ... Un examen sommaire, pas une fouille. L'Opéra n'est pas sécurisé comme un avion de ligne, ou une prison.

On peut facilement y faire entrer de tels objets à l'avance, pour les récupérer le soir venu. On peut se saisir des extincteurs et les vider depuis les balcons pour provoquer un mouvement de panique. On peut déclencher des alertes à la bombe. »

Il s'interrompit un instant, comme s'il avait imaginé d'autres scénarios qu'il renonçait à me détailler. Sur son bureau impeccablement rangé, il se saisit d'un coupe-papier et le fit tourner entre ses doigts.

« Mais la véritable difficulté n'est pas là. Nous aurons beau renforcer et renforcer encore les contrôles, il nous faudra de toute façon des forces de l'ordre à proximité, prêtes à évincer les perturbateurs. La dissuasion étant plus efficace que la répression, elles devraient être disposées de manière visible, voire ostensible, afin que nul n'en ignore. Une compagnie de CRS, chaque soir, de part et d'autre du public montant les marches de l'Opéra Bastille. Vous voyez le tableau ! Catastrophique en termes d'image.

— Puisqu'il vous faut assurer la protection des spectateurs... »

Il me regarda avec dureté, et reposa le coupe-papier à l'endroit exact où il l'avait pris.

« C'est là que nous butons sur l'autre obstacle : Zelenka.

— Zelenka ?

— Nous avons eu toutes les peines du monde à le convaincre de diriger hier soir. Il n'a accepté de rester qu'en raison de l'urgence extrême, et pour éviter au public une cruelle déconvenue. Mais hier soir, et à nouveau ce matin, il nous a prévenus de la façon la plus nette : jamais, plus jamais il ne dirigerait une représentation dans un Opéra sous la protection des forces de l'ordre. Il était très ému, je n'ai pas tout compris à ses explications. Son père était dans la police, je crois ? Il nous a raconté quelque chose sur la création, l'artiste, la liberté. Enfin, peu importe. Il s'est enfermé dans sa chambre d'hôtel et ne reviendra à l'Opéra que si nous lui garantissons à la fois l'absence de perturbateurs et l'absence d'uniformes. »

En l'écoutant, je me souvins du visage tendu et glacial de Zelenka pendant la représentation.

« Il ne veut plus diriger ? Il a signé un contrat, j'imagine...

— Hors de question d'engager un débat sur l'interprétation de je ne sais quelle clause... ou de se fâcher avec lui. Zelenka sera l'un des grands chefs des trente prochaines années, nous ne voulons pas d'un conflit. Nous ne prendrons pas le risque qu'il nous boycotte définitivement. Dans les échanges qu'il a eus avec le président Chomérac, il n'a pas exclu de revenir dans deux ou trois ans diriger ici un opéra français. Paris doit rester une grande maison avec les plus grands chefs.

— Alors remplacez-le ! »

Le téléphone du bureau sonna, et je sursautai. Marenzio décrocha et dit d'un ton qui exprimait plus de lassitude que de colère :

« J'avais demandé qu'on ne me dérange sous aucun prétexte pendant une heure. »

Il écouta néanmoins assez longuement, acquiesça, répondit « Je le crois », puis « Sans aucun doute », et raccrocha.

« D'abord, n'imaginez pas que Zelenka reprendrait l'avion sans rien dire. Ses admirateurs l'attendent depuis deux ans. Il faudrait qu'il explique sa défection : je le vois bien organiser une conférence de presse pour dénoncer le fait que la France est incapable d'assurer la sécurité des artistes et du public.

— Mais vous pourrez riposter et dénoncer son caprice... »

Il esquissa une grimace à la perspective d'un tel duel à distance.

« De toute façon, comment le remplacer ? Comme nous avons dû remplacer Craon par Razoumovski ? Nous avons pu trouver à l'improviste un chef pour *Così fan tutte*, un grand classique du répertoire. Seuls trois ou quatre chefs importants connaissent la *Petite Renarde rusée* et peuvent la diriger au pied levé. Nous avons contacté leurs agents, au cas où Zelenka finalement nous ferait faux bond. Aucun ne peut venir à Paris pendant les deux semaines qui suivent. Nous n'avons pas de joker.

— Et le chef assistant ?

— Il n'a pas la carrure pour diriger les six autres représentations. Si Zelenka nous laisse tomber, nous sommes obligés d'annuler et de rembourser. Le gamin est en position de force. Ce petit con prétentieux nous tient par les couilles et il le sait. »

Dans le langage toujours châtié de Marenzio, cette vulgarité délibérée résonna comme un coup de cymbales, et il se cala dans son fauteuil pour en savourer l'écho. Sa conversation, ou plutôt son exposé, prenait un tour qui m'inquiétait de plus en plus. Toutes les issues du labyrinthe qu'il avait méticuleusement dessiné se révélaient illusoires.

« Nous ne pouvons nous passer de Zelenka. Il refusera de jouer si la police protège l'Opéra. Il faut donc qu'il n'y ait pas de police – donc pas de perturbateurs. Et pour que les perturbateurs ne viennent pas, il faut que leur colère se trouve privée d'objet.

— Ce qui veut dire ?

— Que vous ne serez pas dans la fosse d'orchestre.

— Vous plaisantez ?

— J'en ai l'air ? »

Abasourdi, je sentais mon univers se dissoudre autour de moi, ma chaise se désintégrer, les murs disparaître, et comme dans un rêve de fin de nuit, j'entamai une chute aussi lente et douce qu'inexorable. Je tentai de me raccrocher à des arguments flottant autour de moi, et qui se dérobaient les uns après les autres.

« Je veux parler avec Zelenka !

— Vous pouvez l'appeler à son hôtel si vous voulez. Je doute qu'il vous prenne au téléphone.

— Alors je veux voir le président Chomérac.

— Il n'a pas le temps de vous recevoir. Je le fais en son nom pour vous faire part des décisions qu'il a arrêtées.

— La police... doit pouvoir régler ça autrement.

— Le président Chomérac s'est entretenu deux fois aujourd'hui avec le préfet de police. Toutes les hypothèses ont été explorées. »

Comme un enfant boudeur, je repris l'expression favorite de mon fils aîné :

« Mais ce n'est pas juste !

— Je suis bien d'accord. Et j'en suis désolé pour vous, croyez-le. »

Il avait l'air sincère, et en même temps indifférent, comme si la justice et la compassion n'étaient que de petites choses sans importance, indignes d'une conversation sérieuse.

« Si vous avez une meilleure idée, nous sommes preneurs. Mettez-vous à la place du président Chomérac. Que décideriez-vous ? »

Me saisir de la hache du bourreau qu'il me tendait ? Je m'y refusai absolument. Je ne voulais pas être le président, juste un altiste, un pion peut-être, mais un pion qui méritait un minimum d'égards.

« Vous m'annoncez que je ne jouerai pas les prochaines représentations ?

— Jusqu'aux vacances d'été. Vos adversaires peuvent très bien laisser passer Janáček, pour mieux perturber la première du Verdi qui suit. Nous n'allons pas jouer au chat et à la souris avec eux jusqu'à la fin de la saison. Que tout le monde se calme, et nous ferons le point à la rentrée de septembre. »

À voix basse, je dus faire ce constat :

« Si je ne joue pas, ils gagnent. »

Il considéra l'argument avec une moue distinguée, posa délicatement sa main gauche dans la paume de sa main droite et me regarda dans les yeux :

« Oui, et alors ? »

Cette réponse m'humilia profondément, et je restai silencieux face au mépris qu'il me témoignait.

« Ils gagnent... Nous ne sommes pas dans une cour de récréation, avec deux équipes rivales. Il n'y a pas d'enjeu, ou plutôt les enjeux ne sont pas là où vous les voyez. Si vous vous répandez dans la presse en déplorant que l'Opéra ait cédé à la pression d'un petit groupe d'extrémistes, alors oui, ils gagnent, comme vous dites.

— Parce que vous pensez que je vais me taire ?

— Nous vous le... suggérons fortement. Quelque amertume que vous puissiez éprouver, ni vous ni l'Opéra ne tireraient le moindre bénéfice d'une publicité intempestive autour de ce qui s'est passé hier soir. »

Je découvrais que je pouvais être plus malheureux encore que seul dans la fosse d'orchestre face aux vociférations. Et je voyais désormais mon lieu de travail comme un paradis perdu, dont j'étais chassé par un ange vengeur. Marenzio attendait la suite, il avait imaginé des cris, des récriminations, et le calme de sa démonstration visait à désamorcer toute colère, ou à la ridiculiser.

« Et comment m'empêcherez-vous de jouer la prochaine fois ? Vous allez enclencher la procédure disciplinaire que vous évoquiez lors de notre entretien au lendemain du... geste de Louis Craon ? »

Il chassa une mouche imaginaire, et porta l'estocade.

« Je ne vois que deux solutions. Vous choisirez. Ou bien vous êtes en congé maladie...

— Mais je ne suis pas malade !

— ... Ou bien nous vous faisons interdire d'accès. Je ne vous cache pas que nous préférons de beaucoup la première solution. Le médecin de l'Opéra a été alerté. Il vous attend. Comme tout le monde dans la maison, je constate que vous avez mauvaise mine. Avec tout ce qui vous arrive depuis le 20 avril vous avez légitimement le droit de vous reposer, sinon vous risquez à tout moment de vous effondrer. Deux mois d'arrêt vous feront le plus grand bien. Chacun comprendra.

— Et si je refuse ?

— Vous n'êtes déjà plus sur la feuille de service pour Janáček ni pour Verdi. Vous n'avez donc aucune raison de venir à l'Opéra jusqu'aux vacances. »

Pris de court, je ne trouvai rien de pertinent à opposer à cet oukase. Me lever, partir, claquer violemment la porte ? Je n'en avais pas la force. J'attendis la suite.

« Bien sûr, si vous êtes raisonnable, nous vous accompagnerons.

— Que voulez-vous dire ?

— Si vous partez en congé maladie, tous les rendez-vous qu'Anne-Sophie a organisés jusqu'à présent vous seront décomptés comme temps de travail. J'ai fait effectuer une simulation, et vous verrez que même sans toucher votre archet jusqu'aux vacances d'été vous êtes largement gagnant.

— Mais si je suis en bonne santé ?

— ... Personne ne vous a donné instruction formelle d'aller dans les médias. Aucune raison d'en tenir compte. Dès lors, maintien du salaire bien sûr, puisque vous serez toujours altiste chez nous, mais sans les primes.

— La carotte et le bâton. Vous achetez mon obéissance...

— Vous n'êtes pas obligé de le formuler ainsi. »

Il me laissa méditer sur l'alternative qu'il me proposait. Mais je ne voulais pas méditer, je voulais juste rentrer chez moi. Les différents arguments qu'il m'avait opposés tournaient dans ma tête comme un vol d'abeilles effrayées.

« Nous ne sommes pas cyniques à ce point. La solution de la maladie est celle où personne ne perd la face : ni l'Opéra ni son président, ni Zelenka ni vous. Si vous avez la sagesse de l'accepter, nous en serons réellement reconnaissants. Le président Chomérac ne l'oubliera pas. Il saura rappeler au ministre des Affaires étrangères sa promesse de Légion d'honneur. Et puis, qui sait ? Dans six mois, dans un an, peut-être aurez-vous besoin d'un soutien, d'une promotion, d'un accord pour réaliser un projet personnel. Vous l'obtiendrez. Au surplus, pendant ces deux mois, vous pourrez savourer pleinement toutes vos soirées en famille. »

Il me semblait qu'il me parlait une langue étrangère.

« Il y a quelque chose qui ne marche pas dans votre plan. Admettons que je ne vienne pas jouer. Mes adversaires, comme vous les appelez, ne le sauront pas, ils risquent tout autant de venir faire du scandale.

— Très juste. »

Marenzio eut un sourire complice, presque joyeux, celui

d'un joueur d'échecs heureux d'avoir prédit le mouvement de son adversaire.

« Si tous ces événements sont venus à bout de votre résistance et que notre médecin vous arrête, le président Chomérac en sera informé. Ce sera en substance une sorte d'accident du travail. Vous avez lutté jusqu'au bout de vos forces, avant de vous écrouler nerveusement. L'Opéra en portera la responsabilité. Dans un communiqué, le président Chomérac saluera votre comportement. Il vous souhaitera un prompt et complet rétablissement avant de pouvoir retrouver votre place parmi vos collègues. Nous vous présenterons comme un vaillant soldat blessé au combat. Je suis certain que ce message atteindra sa cible réelle, vos adversaires.

— Mais pour que le président prenne une telle position, il faut que je sois malade.

— Voilà aussi pourquoi nous préférons ce scénario. J'ajoute que nous ne pouvons pas attendre indéfiniment. Le médecin a été informé du contexte et il vous attend aujourd'hui. Le service du personnel a édité des fiches de paye dans les deux hypothèses, les voici. Vous pourrez constater au centime près la différence. »

Je pris sans les lire les documents qu'il me tendait.

« J'insiste sur l'urgence. Le président Chomérac doit rappeler Zelenka ce soir. Lui expliquer la stratégie. Lui donner des garanties. Nous devons diffuser le communiqué, que j'ai rédigé et que le président Chomérac a déjà validé, le plus vite possible. Avant 18 heures.

— C'est un ultimatum ?

— Si nous jouons la même partition, il faut être attentif au tempo. Réfléchissez à tout cela, mais pas trop longtemps. »

Cette dernière phrase signifiait la fin de l'entretien. Je me levai, exprimai ma mauvaise humeur en ne le saluant pas, et allai me réfugier dans un café. Assis sous un grand miroir, je tentai d'ordonner mes idées. J'appelai Julie, mais elle ne répondit pas. Il fallait que je prenne conseil et que j'en parle avec quelqu'un. Je tentai de joindre Philippe, en vain, puis Bertrand, qui me rappela dans le quart d'heure. Je lui résumai la situation, et après réflexion il me répondit :

« Au fond de toi, tu as déjà choisi. Tu as accepté la solution du congé maladie. Et tu as bien fait. Moi aussi je trouve que tu as vraiment une sale tête en ce moment. Hier soir j'ai cru que tu allais tomber dans les pommes. Une pause ne peut que te faire du bien. Au lieu de tourner en rond et de te morfondre, va voir le toubib. Et vite. L'heure tourne. »

Il acheva de me convaincre. Je le remerciai, retournai à l'Opéra et me présentai au cabinet médical. Un grand docteur barbu m'y accueillit d'un air peu amène :

« Marenzio m'a téléphoné. Que les choses soient claires : je ne signerai pas de certificat de complaisance. »

Comment ? Cette visite, qui m'avait été présentée comme une formalité, pouvait susciter des difficultés ? J'eus le sentiment pénible d'être un simulateur démasqué, et ne trouvai rien à répondre.

Il prit ma tension, puis me posa quelques questions. Je lui confiai ressentir une fatigue diffuse et permanente, inhabituelle chez moi. Depuis deux semaines également, j'avais du mal à trouver le sommeil, et le matin me réveillais recru de fatigue. Mes proches me trouvaient irritable. Mon dossier médical ouvert devant lui attestait jusqu'alors d'une parfaite santé. Il y griffonna quelques notes, avant de me livrer son diagnostic :

« Mon vieux, ça ne va pas fort. Je sais comme tout le

monde ce que vous avez subi. Vous êtes stressé, on le serait à moins. Vous êtes tendu comme la corde de votre violon, une corde qui peut se rompre. On va éviter ça. Un mois de repos suffirait sans doute. Dans ce contexte, je vous en mets deux. Et j'appelle Marenzio pour l'en informer, je devine que vous n'avez pas trop envie de le faire. »

Je le remerciai, et il ajouta :

« Ça me change du lumbago des machinistes. Si vous me permettez un conseil, ne restez pas à Paris. Mettez vos enfants dans un chenil, prenez votre femme sous le bras et allez voir la mer ou marcher en montagne... Vous avez besoin de vraies vacances. Et revenez me voir dans trois semaines. »

Il me raccompagna à la porte et me serra la main :

« Vous savez, le 20 avril, j'étais devant ma télévision. J'ai admiré ce que vous avez fait. »

De retour chez moi, je regardai le site de l'Opéra : le communiqué de Chomérac me souhaitant un prompt rétablissement figurait déjà sur la page d'accueil. J'étais officiellement déchargé de toute activité musicale, et j'en ressentis un étonnant soulagement.

Déclaré malade, je commençai à me sentir tel. La tension accumulée depuis que le chef Craon était monté sur l'estrade pesait de tout son poids. Je n'avais plus à lutter pour y faire face ou pour la commenter, je n'avais plus à feindre : j'étais épuisé.

Arthur arriva de l'école, et je l'embauchai pour réaliser une tarte aux groseilles meringuée. Mieux valait mélanger avec lui la farine et le sucre que méditer tout seul sur les événements les plus récents. J'avais espéré que la *Petite Renarde rusée* marquerait le retour à la normale, et le perfide animal m'avait privé de musique.

Je n'avais plus de raison sociale, plus d'agenda, plus de responsabilités. Faire des gâteaux me sembla une réponse appropriée. Nul ne m'empêchait d'être pâtissier. Alchimiste, Prométhée, l'or au bout des doigts... tout ce que j'avais défendu me semblait faux désormais. Aucun de ces grands mots ne m'avait protégé. Exclu de ce qui faisait jusqu'alors le centre de ma vie, à bout de forces au terme des tempêtes que je venais de traverser, j'étais le seul puni, mais pour quelles fautes ? Et par quels juges ?

Au moment où Julie rentrait, mon téléphone sonna :

« Bonsoir Sébastien, c'est Anne-Sophie. Nous avons tous eu une journée particulièrement agitée. Je vous félicite d'avoir fait le choix le plus pertinent. Suite au communiqué, j'ai reçu pas mal de messages de sympathie : Aubert, le réalisateur ; Kim-Li, qui semble vous avoir en grande estime ; et aussi cette chanteuse à la mode, Sheena ; et même la terrible Louise-Charlotte. À tous, la même réponse, sans trahir le secret médical : stress, fatigue intense, besoin de repos. Personne n'en a été surpris, avec tout ce qui vous arrive.

— Zelenka est satisfait ?

— En tout cas il continuera à diriger.

— Je n'ai encore rien vu dans la presse. Comment traitez-vous... l'incident d'hier soir ?

— Quel incident ? »

Je sentis à son ton ironique qu'elle s'enorgueillissait d'une victoire :

« J'ai appelé personnellement tous les journalistes qui étaient présents à l'Opéra. À chacun, j'ai demandé s'il voulait se faire l'allié objectif de ces crétins, donner à leur geste le retentissement qu'ils espéraient, et encourager d'autres fanatiques à prendre en otage d'autres représentations. Non, bien évidemment. Chomérac, de son côté, a contacté l'ambassadeur, qui ne souhaite pas davantage d'échos parasites. Je crois savoir que la commissaire de police que nous avons rencontrée a beaucoup téléphoné. Ce qui s'est passé n'a pas de témoins, pas de sens, pas de réalité. N'en parlons plus. La presse n'évoque et n'évoquera que le triomphe de Zelenka. »

Son ton étonnamment détaché ne me surprenait pas, et j'éprouvai en l'écoutant le sentiment étrange d'avoir été moi aussi un spectateur.

« Et pour demain ?

— Vous êtes souffrant, j'ai annulé tous vos rendez-vous. C'est beaucoup plus simple comme ça. D'ailleurs je suis beaucoup moins sollicitée. Et je vais enfin pouvoir me consacrer aux prochains spectacles. »

Elle hésita, ne voulant pas terminer la conversation sur cette remarque qui scellait mon exclusion.

« J'oubliais. Je sors du bureau de Chomérac. Il vous transmet ses remerciements. Vous pourrez compter sur sa gratitude. »

Et cette dernière phrase ne comportait pas une once d'ironie, contrairement à ma réponse.

« J'en suis bien aise.

— Depuis sa nomination, il fait l'objet d'un constant et insidieux procès en légitimité. À travers lui, c'est le président de la République que l'on veut égratigner. Arrive le 20 avril la première grosse tempête. Il s'en sort très bien. Cela seul compte.

— À part la conférence de presse, il n'a pas fait grand-chose ! »

Elle eut un gloussement de petite fille insolente que je ne lui avais jamais entendu – et je devinai le poids de la fatigue qui altérait sa prudence habituelle.

« Marenzio et moi l'avons beaucoup retenu, en plaidant la discrétion. Vous avez parlé pour lui. Cette stratégie a payé. Avec votre concours, nous avons remporté une victoire politique et Chomérac est conforté. Mais cet épisode se referme. Nous passons tous à autre chose. »

Derrière elle, un brouhaha de conversations et de vaisselle, sans doute une brasserie où elle patientait entre deux rendez-vous.

« Vous savez que pour notre président l'Opéra n'est qu'un lot de consolation, en attendant mieux. Pas de vagues, espérait-il. Vous l'avez bien aidé à surfer sur celle-là.

— Et si un journaliste me contacte directement ?

— Je ne m'en occupe pas. Votre congé maladie ne vous interdit pas de répondre si vous voulez. À vous de voir. Ce n'est plus mon affaire.

— Si je comprends bien, vous ne travaillez plus pour moi ?

— Mais, Sébastien, je n'ai jamais travaillé pour vous ! »

II

Du vendredi 7 mai au jeudi 13 mai

De la semaine qui suivit, je ne conserve que des souvenirs disjoints et fragmentaires. Ces quelques éclats ne me permettent pas de recomposer des journées. Ils illustrent, au contraire, la substance d'un temps étale, déconstruit, assez peu logique – comme des rochers fendant une mer calme, ou des sommets émergeant des nuages. Mais les écueils ne disent rien du métier de pêcheur, ni les montagnes ne se réduisent à leurs extrémités.

Ce doux effritement avait-il pour seule cause la perte de mes repères professionnels ? Plus aucune obligation ne venait me contraindre, et je perçus assez vite le risque émollient de ces heures sans enjeux. Je me fixais des routines, des rendez-vous réguliers pour le sport, la cuisine et la musique. Je m'y pliais, même si j'en percevais l'artifice. Cela ne suffisait pas à leur donner du sens.

Une dizaine de collègues m'appelèrent pour prendre de mes nouvelles. Aucun ne parut surpris de me voir tomber malade. Même si je ne pouvais rien leur révéler du contexte de cet arrêt, leur sollicitude me toucha.

Face à un obstacle urticant, malodorant ou bruyant, j'ai toujours pratiqué avec élégance l'art de l'évitement.

L'esquive et une confortable capacité à oublier m'ont jusqu'à présent épargné les ulcères d'estomac, les bagarres d'ivrognes et les rancunes tenaces. Les saints pardonnent, moi je passe mon chemin.

Cette tactique éprouvée ne marchait plus. Comme un général dont les plans de bataille ont été balayés par une percée ennemie, je me trouvais seul, désarmé, démuni, face au geste de Louis Craon. Faute d'expérience, en l'absence de précédents, je n'avais pas de mots pour désigner mes sentiments à son égard.

Et, à part moi, qui se souciait encore de lui ? J'étais obsédé, mais par un fantôme.

*

Le mardi matin, lorsque la sonnerie du téléphone retentit, j'étais en train de sortir un gratin du four. Je le posai au plus vite, en déséquilibre sur la table, et décrochai. Avant même d'avoir eu le temps de prononcer le premier mot, je constatai que le plat commençait à glisser et, dans un mouvement réflexe de ma main gauche, m'en saisis énergiquement. J'avais juste oublié que le gant de cuisine protégeait l'autre main. Trop tard, j'avais empoigné la porcelaine brûlante.

Je poussai un cri de douleur et lâchai tout. La paume et les doigts irradiaient avec violence, la sensation de chaleur extrême fusait comme en dehors des nerfs, remontait dans le bras, la sueur perlait à mon front. Enjambant les débris qui jonchaient le sol, je plaçai ma main sous le robinet d'eau froide, en serrant les dents. La peau rougissait à vue d'œil là où elle avait été en contact avec le plat. Des larmes jaillirent au coin de mes yeux et je crus que j'allais m'évanouir.

Dès que j'eus repris mon souffle, je me précipitai dans

l'escalier, courus à la pharmacie à l'angle de la rue, passai devant deux vieilles dames promptes à s'indigner, et posai ma main sur le comptoir. La pharmacienne délaissa ses clientes et me fit passer dans l'arrière-boutique. Avec efficacité, elle rinça les zones brûlées avec une solution rosée et pétillante, les recouvrit d'un tulle gras, puis d'un pansement, et enfin d'un généreux bandage protégeant quatre doigts et la paume. Elle insista pour que j'avale un cachet, et en effet je commençai à me sentir un peu mieux.

Je la remerciai, et lui demandai dans combien de temps je pourrais à nouveau utiliser ma main. Comme pour me justifier – un pâtissier ou un menuisier n'auraient-ils pas mérité la même attention ? –, je précisai que j'étais musicien.

« Je vous ai reconnu. Je vous ai vu à la télévision et dans le journal », répondit-elle en baissant les yeux et me sembla-t-il en rougissant. La main de cette jeune femme blonde un peu potelée enveloppait toujours la mienne, et la massait inconsciemment.

« Vous en avez pour deux semaines, une dizaine de jours si tout se passe au mieux. Je vais vous donner une pommade, à appliquer matin et soir. Gardez le pansement la journée. La nuit, laissez votre main respirer. »

Je la remerciai à nouveau. La douleur, toujours présente et lancinante, devenait supportable. Je voulus payer, avant de m'apercevoir que, parti précipitamment, je n'avais pas un sou sur moi. Je m'en excusai.

« Vous repasserez quand vous pourrez. J'en profiterai pour regarder... »

Il y avait, dans la douceur de sa réponse et le regard éperdu qui l'accompagnait, dans ce buste un peu trop penché vers moi, quelque chose d'érotique qui me mit mal à l'aise. Je promis, les yeux dans le vague, et repartis aussitôt.

Sur le trottoir, je pris conscience que je n'avais pas non plus les clefs de l'appartement, alors que j'en avais claqué la porte derrière moi. Heureusement, depuis deux ans, nous avions déposé un trousseau de secours chez M. Magnard. Je montai au quatrième étage et sonnai à sa porte. Il ouvrit et dit aussitôt :

« Houlà, Sébastien, vous avez bien mauvaise mine. »

Je montrai ma main bandée, et commençai à lui raconter ma matinée.

« Ne restez donc pas sur le seuil ! Entrez, entrez, je vais vous faire un café, vous en avez besoin. Vous êtes blanc comme un linge. »

Il me guida jusqu'à la cuisine, comme s'il avait peur que je m'écroule en chemin, me fit asseoir, déposa sur la table devant moi un ballotin de chocolats, et, deux minutes après, un expresso énergique. Il ne me posa pas de question, et spontanément je repris mon récit. Du gratin je remontai à la discussion avec Marenzio, aux perturbateurs de la *Petite Renarde rusée*, aux répétitions avec Zelenka, à Kim-Li, à Puits artésien, à mon passage à « Top Cinq », à la commissaire de police, au texte anonyme déposé dans ma boîte aux lettres, au président Chomérac... Je ne tus que Sheena. Chaque souvenir appelait un commentaire ou une anecdote, et je désespérai d'y trouver des repères chronologiques. Ces semaines chaotiques ne pouvaient être remises en aucun ordre. Tout ce qui m'était arrivé découlait de ma réaction au geste de Louis Craon, et tout y revenait tout le temps. Je parlai plus d'une heure sans m'arrêter.

J'avais eu parfois l'impression d'une avalanche, dans laquelle j'étais pris et qui m'emportait, pantelant et broyé, au bas de la montagne. Mais non. La coulée dévastatrice obéit à la loi simple de la gravité et s'achève toujours vers l'aval. La hauteur de neige et le profil de la pente déterminent sa force et son parcours. Ce qui m'était arrivé recommençait sans cesse, défiait toute règle logique, et me ramenait toujours à mon point de départ, qui chaque fois changeait de couleur et de forme. Il n'y avait ni explication, ni fatalité, ni secouristes prêts à intervenir. Ce carrousel semblait ne pas connaître de fin et m'épuisait.

M. Magnard m'écouta sans m'interrompre, sauf pour de brèves ponctuations, des « Ah c'est quand même pas banal ! », des « Vous m'en direz tant ! » Ce n'est pas à lui que je parlais, mais sans doute au Sébastien Armant d'il y a trois semaines, dont la candeur me bouleversait, et que j'étais en train de perdre de vue.

Mon récit aurait pu être débité d'une voix pleurnicharde, toute enflée de doléances et de jérémiades. Étonnamment, je gardai un ton détaché, presque guilleret, comme si je racontais les aventures d'un petit bonhomme ingénu, dans un royaume de légende. Il y croisait des princes désabusés, des princesses rouées, des servantes obséquieuses et cupides, des géants atrabilaires, une petite renarde furtive – et même un monstre myope. Ces épisodes recomposaient mon histoire, celle d'une gloire éphémère et de ses conséquences. Je me faisais l'aède de mon épopée minuscule.

M. Magnard ne semblait la trouver ni décousue ni illogique. Le voyant sourire à telle anecdote, je réussis à sourire moi-même. Il ne connaissait rien à ce milieu, ses réseaux, ses réflexes, ses jeux, ses enjeux, et m'écoutait avec l'avidité muette d'un anthropologue devant un informateur tout juste rentré d'un séjour au fin fond du Pacifique. Il ne comprenait sans doute pas tout, et d'ailleurs moi non plus. D'autorité, il me servit un second café. Je ne refusai pas, et je m'aperçus que j'avais mangé la moitié des chocolats sans m'en rendre compte.

Il insista pour me raccompagner chez moi, malgré mes protestations. Dans la cuisine, nous découvrîmes ensemble le spectacle du gratin refroidi gisant au sol, tout mêlé d'éclats de porcelaine. Je pris un balai, et constatai rapidement qu'avec une main bandée j'avais du mal à le manœuvrer efficacement.

M. Magnard s'en empara. Alors que je protestai pour la forme, il me rétorqua :

« Entre la fin du service militaire et la mort de ma femme, je n'ai pas eu beaucoup l'occasion de pratiquer. Mais le balai, c'est comme la bicyclette, ça ne s'oublie pas. »

Je ne pus que l'aider à tout nettoyer, et pour le remercier, peut-être aussi pour ne pas rester seul, l'invitai à partager mon déjeuner. Il accepta sans se faire prier, voulant sans doute s'assurer que ma brûlure ne me ferait pas mourir de faim. Me traitant quasiment comme un invalide, d'autorité il dressa la table, ouvrit le réfrigérateur, les placards, s'empara d'une poêle et improvisa un menu.

Pendant ce temps, j'appelai Philippe et Bertrand, leur fis part de l'accident et annulai la répétition de l'après-midi du trio du Grand Foyer. Puis je retournai voir M. Magnard s'affairer.

Après ma longue confession désordonnée deux étages plus haut, notre conversation pendant le repas m'apaisa : le nouveau boulanger – plus jovial, moins dégourdi –, la fréquence de nettoyage de l'escalier, le printemps enfin radieux, les mérites du côtes-du-rhône que je n'aurais jamais pu déboucher sans lui... Il me complimenta pour le dessert, un restant de tarte aux poires.

Il était solitaire depuis la mort de son fils. Je n'avais

personne à qui parler au cours de ces journées où je me morfondais déjà.

Julie m'appela alors que nous avions juste terminé le repas. Cette attention n'était pas dans ses habitudes, mais je voyais bien qu'elle s'inquiétait pour moi. Elle n'aimait pas trop que je reste toute la journée désœuvré dans l'appartement, et m'avait convaincu de ne pas arrêter le trio ni les leçons d'alto. Je ne lui parlai pas de ma main gauche, de peur qu'elle ne s'exagère la gravité de l'accident : il serait bien temps d'en parler ce soir, lorsqu'elle pourrait l'apprécier *de visu*.

Pendant ce temps, M. Magnard avait discrètement débarrassé la table. Il revint s'asseoir, l'air grave :

« Il me semble que dans tout ce tohu-bohu, il y a eu pas mal de choses sans véritable importance. Et quelques-unes qui vous ont marqué. Il vous a fallu du courage. Mais ce n'est pas l'essentiel. L'essentiel, de mon point de vue, c'est de savoir ce qu'en pense Julie. »

Je restai interdit, muet, devant la justesse de son propos. Et, dans un réflexe proche de la panique, je tentai de dissimuler que je n'en savais rien – et que ce rien pouvait m'engloutir tout entier.

« Mais je n'en ai pas la moindre idée ! Qui peut prétendre savoir ce que pensent les femmes ? Tenez, demandez-le-lui ! »

Cette médiocre réplique n'était pas celle qu'il attendait, mais il comprit à demi-mot mon refus de m'engager sur le terrain qu'il me proposait. La discussion repartit sur des sujets anodins, puis il me remercia pour le déjeuner et remonta chez lui.

Julie m'avait accompagné, soutenu, elle avait tout accepté avec le sourire. Mais que pensait-elle ? Je l'avais vue stupéfaite, fière de moi, amusée, blessée, narquoise, inquiète, lassée. Ces différents états se succédaient et se sédimentaient, en strates bien distinctes.

Sans elle, je n'aurais pas eu la force de supporter ce que j'avais traversé. Mais j'ignorais tout de ses pensées profondes, et j'en eus peur.

Le médecin m'avait enjoint de prendre quelques jours de congés avec elle. Mes beaux-parents pourraient s'occuper des garçons. Mais je n'avais pas osé le lui proposer, tant je devinais sa réponse : s'absenter comme ça, à l'improviste ? Alors qu'elle avait tel rendez-vous, telle réunion, du retard sur tel dossier ? Sans doute, avec le sentiment de consentir un nouveau sacrifice, elle m'aurait incité à partir quelques jours de mon côté. Mais je n'avais aucune envie de déambuler seul dans Venise ou Rome, de déjeuner seul dans une trattoria et de rentrer seul le soir à l'hôtel. Nous restâmes donc à Paris.

Le calme de l'appartement me faisait du bien, je crois. Je ne pouvais rien saisir de ma main bandée, et encore moins presser avec la pulpe des doigts les cordes de l'alto sur le manche. C'est Marenzio qui eût été content, me dis-je avec amertume. J'avais plus ou moins feint la maladie, et voilà que la brûlure venait justifier mes absences.

Un coursier – je ne sais plus quand, mais je me souviens que j'arborais déjà le pansement – sonna à la porte et me livra un colis provenant de l'Opéra. Il contenait un gros carton, et une lettre dont la signature resta indéchiffrable :

Cher Monsieur Armant,

Anne-Sophie, auprès de qui je fais un stage de communication d'entreprise, m'a demandé de vous faire parvenir tous les articles parus à votre sujet dans la presse française, y compris régionale, et étrangère.

Je n'ai malheureusement pas eu l'occasion de vous rencontrer. J'ai appris que vous étiez souffrant et vous souhaite un bon repos.

Je tenais aussi à vous remercier. Mon stage, intéressant, est devenu passionnant grâce à vous. J'y consacrerai mon mémoire de mastère, sous le titre « Culture, politique et communication de crise: l'affaire Louis Craon-Sébastien Armant ». Si vous l'acceptez, je viendrai vous rencontrer pour avoir votre ressenti et votre appréciation de cet épisode mémorable.

Bien à vous,

L'épaisse boîte débordait d'innombrables feuillets, datés, classés et indexés, où mon nom était à chaque fois souligné en jaune. Je parcourus au hasard cette prose répétitive et sans profondeur. Tout relire était au-dessus de mes forces. Je refermai le couvercle. Trois kilos de papier pour commenter trois minutes de ma vie.

Cet envoi d'Anne-Sophie confirmait que pour elle le chapitre était clos. Il avait la saveur douce-amère d'un cadeau de rupture, du bouquet que l'amant bien élevé n'oublie pas de faire livrer alors qu'il s'apprête à prendre l'avion pour un autre continent. La distance entre elle et moi redevenait incommensurable. Son univers de journalistes, de cocktails et d'intrigues continuerait à bruisser et à se pavaner sans moi. Seul un carton d'archives témoignerait de ce qui n'aura été qu'une admission temporaire.

Avec un léger sentiment d'abattement, et les précautions requises par ma brûlure récente, je le rangeai maladroitement sur mon bureau, en vis-à-vis de la pile de courrier.

Les six cent vingt-trois lettres que j'avais ouvertes mais pas encore lues m'attendaient toujours, bien sûr. Je les regardai sans faire mine de m'en saisir de ma main valide. Des calculs absurdes me vinrent à l'esprit : si chaque lettre me prend trois minutes en moyenne et que j'y consacre deux heures par jour, combien de temps faudra-t-il pour en venir à bout ? Que voilà un joli exercice pour Arthur à l'heure du goûter...

Hélas, il me fallait aussi envisager d'y répondre. Qu'importait en effet le seul fait de les lire, si à Bergerac ou à Charleville leur auteur n'en savait jamais rien ? Je tentai d'ébaucher une lettre type, d'autant plus fausse que je n'avais pas encore affronté le tas qui me surveillait depuis mon bureau : « Chère madame ou cher monsieur, j'ai été très touché par votre lettre du... et je tiens à vous en remercier. Les félicitations que vous m'adressez... »

Un mensonge aussi constant requerrait une force que je n'avais pas. Mais comment donc font les hommes politiques ? Pour répondre à mes correspondants sans me moquer d'eux, il me fallait entendre précisément ce qu'avaient voulu me dire cette étudiante, ce syndicaliste, cette mère de famille, ce retraité.

Et d'abord, cet effort que je ne parvenais pas à m'imaginer : après m'avoir vu à la télévision, ou avoir lu l'un de ces articles qui emplissaient le carton posé juste à côté, sous le coup d'une émotion désormais maîtrisée, s'asseoir seul à sa table, au lycée, dans la cuisine, au bureau, dans un bistrot ; prendre une feuille de papier ; hésiter un instant à s'adresser à cet altiste inconnu ; les derniers doutes enfuis, laisser la plume courir ; relire, quand même, car ce n'est pas une lettre banale ; recopier, peut-être ; plier la missive dans une enveloppe ; y inscrire comme adresse, faute de mieux, celle de l'Opéra ; ouvrir le tiroir pour y prendre un timbre ; se demander une dernière fois si c'était bien raisonnable ; la glisser dans la boîte aux lettres. Je voyais bien ce que chacune de ces tâches simples avait de pesant. Chacune d'elles appelait le respect. Et je ne consacrerais que trois minutes à chaque lettre, pour ensuite y répondre d'un texte sans âme ?

Voilà pourquoi ces six cent vingt-trois messages me paralysaient.

Et d'ailleurs, comment pouvais-je être aussi assuré de leur contenu ? Parmi les compliments prévisibles se cachaient peut-être deux, trois, cinq missives comminatoires et insultantes, toutes dégoulinantes de bave et de folie... À coup sûr la commissaire Leclair estimerait qu'un message privé n'est pas une agression punissable, et qu'il doit atterrir non dans le classeur d'enquête, mais dans la corbeille à papiers.

Mieux valait quand même les éviter. Aux beaux soirs d'été, on admire d'opulents bouquets de fleurs odorantes, sans pour autant y fourrer le nez, de peur de se faire piquer par l'abeille qui pourrait s'y cacher. Ma prudence était de cet ordre.

Je m'enfuis du bureau et me réfugiai dans le salon. La partition d'*Harold en Italie* m'attendait sur mon pupitre. J'avais prévu de consacrer ces semaines de repos à la reprendre, à en réviser les difficultés. Pour que ma brûlure ne me fasse pas perdre trop de temps, je pouvais néanmoins la travailler sans la jouer. Il me faudrait, à Deauville, fin août, l'interpréter de mémoire, debout devant l'orchestre symphonique de Saint-Pétersbourg, et face au chef Juan Antonio Soler. Dans cette étude silencieuse à laquelle je me trouvais désormais contraint, la ligne de chant résonnait dans ma tête, avec ses appuis, ses silences, ses nuances, ses changements de tempo. La virtuosité, à laquelle j'attachais trop d'importance, passait au second plan.

À lire ainsi le chef-d'œuvre de Berlioz, je perçus des

correspondances ou des conflits entre l'alto et l'orchestre qui m'avaient jusqu'alors échappé. Le crayon à la main, je soulignai un trait de hautbois, une envolée des flûtes, un contre-chant des violoncelles ou des cors dont je devrais me souvenir. Le texte musical me dévoilait sa structure et sa force : non pas un simple accompagnement du soliste, mais l'assemblage subtil de voix complémentaires.

Il arrive que des musiciens qui ne peuvent plus pratiquer leur instrument à la suite d'un accident ou d'une maladie entament une seconde carrière comme chef d'orchestre, et souvent ils y réussissent. Je comprenais mieux comment cette mutation s'effectuait. Si je le voulais, ce chemin s'ouvrirait devant moi. Il me suffirait de prendre quelques cours de direction, et je pourrais tenter ma chance : sortir de la fosse d'orchestre, et briller sur l'estrade. Il faudrait que je soumette cette idée à Marc-Antoine Roussel, lorsque je le reverrais. Jamais auparavant je n'y avais songé.

Jamais auparavant ? Avant quoi ? Je frissonnai, en prenant conscience de ce fil discret qui me reliait encore à Louis Craon. Encore lui ! Je l'avais renversé, mais était-ce pour prendre sa place ? Je refermai la partition avec une amertume mêlée de lassitude. Ne me laisserait-il jamais en repos ?

J'en avais presque oublié les perturbateurs de la *Petite Renarde rusée*. Obéissant, je n'avais pas dérangé la commissaire. Élisabeth Leclair m'appela – le jeudi matin me semble-t-il – pour me rencontrer et faire un point sur l'enquête. Libre comme l'air, je lui répondis de choisir le lieu et le moment.

« Mais... vos répétitions ? Vos rendez-vous avec les journalistes ?

— Je suis en congé maladie depuis le 6 mai.

— Le lendemain de...

— Oui, et pour deux mois. Un congé maladie fortement suggéré par ma hiérarchie. Je pensais que vous le saviez, le président Chomérac a publié un communiqué pour me souhaiter un prompt rétablissement.

— Cette information est donc publique ?

— On la trouve sur le site Internet de l'Opéra. »

Elle réfléchit un instant.

« Vous auriez dû me prévenir. Enfin, peu importe.

— Pourquoi ? Qu'est-ce que cela change ?

— J'imagine que vos adversaires l'ont vue. Un point positif : ils ne risquent plus de perturber une soirée à Bastille, puisque vous ne serez plus dans la fosse. L'idée d'une bagarre générale dans la salle m'inquiétait.

— Et il y a un point négatif ?

— Désormais, s'ils veulent s'en prendre à vous, ils n'ont qu'une adresse : la vôtre. Et nous savons qu'ils la connaissent. »

Elle avait raison, bien sûr. Marenzio m'avait habilement dupé. Ma naïveté exposait directement ma famille.

« Vous allez nous protéger davantage ?

— Il faut qu'on se parle. »

Une demi-heure plus tard, elle me rejoignit au bar des Colonnes. Je n'avais pas voulu la recevoir à nouveau chez moi, comme si cette distance changeait quoi que ce soit. J'oubliai de la saluer.

« Votre main... Que vous est-il arrivé ?

— Un petit accident domestique. Rien de grave. Parlez-moi plutôt de l'enquête.

— Elle a bien avancé. Nous avons interrogé méthodiquement les quarante-trois hurluberlus que nous avons interpellés. Il est possible que deux ou trois soient passés au travers des mailles du filet, mais pas plus. Ils ont des profils prévisibles : entre vingt-cinq et trente-cinq ans ; magasiniers, intérimaires, étudiants, chômeurs, mécaniciens... Certains ont déjà des condamnations pour violences en réunion ou violences volontaires, le plus souvent sur leur petite amie. Une dizaine sont interdits de stade. Quelques-uns semblent complètement perdus. Leurs convictions idéologiques sont floues. Tout leur va, au hasard des rencontres, dès lors qu'on leur montre la voie. Beaucoup plus courageux en groupe que tout seuls. Pas très malins. Loyaux et dévoués à leur chef. Mentant mal, et mal à l'aise avec les mots. Professant les dogmes les plus nauséabonds avec une inculture historique crasse – et sans comprendre les enjeux. Bref, pas de surprise.

— Ils adhèrent à ce groupe... comment l'avez-vous appelé... Nouvelle Division ? »

Elle eut un sourire facétieux, et commanda deux cafés sans me consulter.

« Bien entendu, aucun n'en avait jamais entendu parler, ni de Louis-Ferdinand, ni de Puits artésien. Nous leur avons demandé par quel miracle ils se sont tous retrouvés le même soir à l'Opéra avec la même feuille de route : faire le maximum de bruit, mais ne pas s'en prendre au public, puis se laisser embarquer sans résistance. Ils ont d'ailleurs été déçus que la police arrive aussi vite, ils pensaient s'amuser plus longtemps.

— Et qu'ont-ils répondu ?

— Un ami d'ami, une discussion dans une académie de billard, sur les quais du métro, dans un fast-food. Une proposition alléchante. Toute l'après-midi à boire des bières dans des bars, une répartition des rôles et voilà tout. Aucun d'eux ne paraissait savoir qui est Sébastien

Armant ni pourquoi il fallait l'empêcher de jouer. Ils ignoraient a fortiori tout de Louis Craon. Ils présentaient leur action comme une grosse blague, quasiment un bizutage. Ils paraissaient tous très surpris d'avoir été interpellés, retenus, interrogés. À les écouter, il fallait les relâcher aussitôt avec des excuses. »

Ce que j'entendais me stupéfiait. Le café que je buvais me parut d'une noirceur déconcertante.

« Mais... c'est absurde !

— Oui. Ils se moquaient de nous. Leurs gentilles petites histoires étaient trop semblables pour ne pas avoir été répétées à l'avance et apprises par cœur. Une telle manifestation ne surgit pas par génération spontanée. Il y faut un concepteur, des cadres, un financement.

— Un financement...

— Nous avons vite compris qu'ils n'avaient pas agi ainsi uniquement pour la gloire. Ils ont été payés. Ils protestaient, bien sûr, de la pureté de leurs motivations. Vers minuit, un de mes lieutenants a astucieusement affirmé au plus bête d'entre eux qu'un de ses camarades avait reconnu avoir touché cent euros. Cet idiot est tombé dans le piège pour s'en indigner : lui n'en avait eu que cinquante ! Nous connaissons ainsi leur tarif. Oui, il a fallu un petit budget : les bières, les billets pour l'Opéra, les salaires de chacun de ces sympathiques jeunes gens. Six à sept mille euros, pour un quart d'heure de pagaille. »

Elle me laissa le temps nécessaire pour enregistrer toutes ces informations.

« Et d'où vient l'argent ?

— Mystère. Vers 3 heures du matin, les plus fragiles ont commencé à parler. En croisant leurs confessions, nous avons reconstitué leur organisation. À la tête, le Général et le Colonel. Des grades d'opérette, bien sûr, qui rappellent l'inflation rhétorique et les précautions de Louis-Ferdinand. Ils ignorent leurs vrais noms. Et puis des chefs de section, chacun ayant six à huit hommes sous ses ordres. Regroupements dans trois bistrots pour se donner du courage au comptoir et préciser le rôle de chacun. Dispersion, arrivées à l'Opéra séparément pour ne pas éveiller l'attention. Entrée de l'orchestre. Début du chahut.

— Qu'imaginaient-ils ?

— Tenir pendant une heure pour empêcher la première. »

Ces pantins alcoolisés ne m'intéressaient plus. Je voulais savoir qui étaient les marionnettistes, et j'enrageais qu'ils aient réussi, pour l'instant, à brouiller les pistes. Suffirait-il de percer leurs pseudonymes pour les neutraliser ?

« Et que sont-ils devenus ? Ils sont en prison ?

— Comme vous y allez ! On n'embastille pas les gens pour si peu. Au terme de nos très longues vérifications d'identité, nous les avons laissés filer les uns après les autres. Nous avons leurs noms, des moyens de pression sur quelques-uns, sous le coup de condamnations avec sursis. Ils nous seront plus utiles dehors, et nous mèneront vers les plus gros poissons. Ce n'est pas tout. Nous avons établi leur connexion avec Louis-Ferdinand comme avec Puits artésien.

— C'est-à-dire ?

— Comme Puits artésien, ils vous croient juif. D'où les oreilles et les queues de cochon. Leur vocabulaire emprunte à Louis-Ferdinand, mais ils n'ont pas l'exclusivité d'un discours délirant. Beaucoup viennent de la banlieue nord ou de l'Oise, mais ce pourrait être une coïncidence. Nous sommes allés montrer les photographies de ces pauvres types aux habitants de votre immeuble. Coup de chance : la petite dame du rez-de-chaussée...

— Mme Bonis...

— Je crois que c'est ce nom-là. Elle en a reconnu deux, devant les boîtes aux lettres, le lendemain du scandale au palais Garnier.

— Ils venaient d'y déposer le texte d'hommage à Louis Craon.

— Elle a remarqué qu'ils avaient l'air un peu paniqué. Une très fine observatrice. Grâce à sa sagacité, je conclus pour l'instant qu'à travers tel ou tel moyen d'expression ou d'action, il n'y a qu'un seul groupe, ou plutôt une ou deux têtes pensantes qui vous cherchent noise. Nous avons identifié les six chefs de section, mis leurs téléphones sur écoute. »

Son portable nous interrompit, elle me fit comprendre qu'elle ne pouvait pas ne pas répondre, et sortit de son sac un bloc pour prendre des notes. De sa conversation à voix basse, je n'entendis que la dernière phrase :

« Puisque vous me faites l'honneur de me demander mon avis, monsieur le contrôleur général, j'estime que c'est hors de question. »

Elle raccrocha, me fit un sourire d'excuse, et ajouta pour ma gouverne :

« Je m'occupe de la protection d'autres personnes que vous. Et tous ne sont pas aussi... coopératifs. Je vous ai promis autant de vérité que possible. Nous allons cerner peu à peu ce Général et ce Colonel, et nous finirons par leur rendre une petite visite.

— Dans combien de temps ? »

Elle écarta théâtralement les mains.

« Je n'en sais rien. Nous avons réussi à perturber leurs plans, l'autre soir. La représentation a eu lieu comme prévu. L'Opéra d'un côté et nous de l'autre avons fait en sorte que la presse ne parle que de Janáček et de Zelenka. Ils se décourageront peut-être.

— Ou cette première manche perdue leur donnera un goût de revanche...

— En tout cas, nous les connaissons mieux. Si le Général et le Colonel réfléchissent un peu, ils le comprendront. En attendant, j'ai maintenu la surveillance renforcée de votre domicile. »

Constatant mon air découragé, elle força le trait :

« Nous progressons. Comme on dit dans les journaux, la police tient une piste. Je sais dans quelle direction chercher. J'imagine combien la situation vous pèse. Sachez que tout le service est mobilisé. J'ai bon espoir d'identifier rapidement les deux abrutis qui manipulent tout ce petit monde... J'ai hâte de voir leur air déconfit quand nous les aurons identifiés. En plus, comme ils sont sûrement misogynes, ils vont blêmir en entrant dans mon bureau...

— Vous pensez que les démasquer suffira ?

— Seuls cette clandestinité délirante et l'anonymat leur confèrent un sentiment d'impunité. Ils ne sont actifs que dans l'obscurité. »

Et dans son propos j'entendais déjà la satisfaction d'une affaire bientôt classée, d'un dossier qui partirait aux archives, avant que d'autres ne mobilisent son énergie.

« Et ils ont commis une erreur... »

Elle ménagea un bref silence, avant son ultime révélation.

« Si j'organisais un esclandre pareil, est-ce que je resterais chez moi à attendre un compte-rendu de mes troupes ? Non. Je m'installerais à l'Opéra, spectatrice anonyme, impatiente de savourer mon triomphe. Évidemment, je n'achèterais pas ma place sous mon vrai nom. Nous avons donc recherché, sans trop d'espoir, si nous pouvions repérer ce général et ce colonel autoproclamés. Nous avons fait parler le grand ordinateur de la billetterie. Et nous avons deux candidats intéressants. Des billets achetés le 30 avril, donc après le scandale Craon, par MM. Dupont et Durand...

— Quel manque d'imagination !

— En outre, ils ont donné la même adresse, au 44 rue Robert-Brasillach à Paris. Or, bien sûr, aucune rue de Paris ne porte le nom de cet écrivain symbole de la collaboration et fusillé à la Libération ! Mais ces deux indices confirment leur présence. Ils étaient assis deuxième balcon à gauche, donc avec une vue plongeante sur la salle et la fosse. »

Et je frissonnai, en apprenant qu'ils s'étaient tenus juste au-dessus de Julie.

« Nous avons retrouvé leurs voisins de fauteuil, qui n'ont rien remarqué, sauf leur départ à l'entracte. Ils nous ont donné une description, l'un la cinquantaine, dégarni et grassouillet, l'autre un peu plus jeune, cheveux très courts et allure sportive. Nous avons examiné toutes les vidéos de surveillance, mais sans succès pour l'instant. »

Jusqu'alors, mes adversaires demeuraient invisibles. Commencer à voir apparaître leurs corps, même indistinctement, comme sortant d'un brouillard, me rassura un peu. Pour autant, il me sembla que la police arrivait au bout de son élan. Tous les efforts de l'enquête s'interrompaient à ces deux silhouettes qu'aucun écran n'avait retenues.

« En attendant, ils sont rentrés chez eux, et tous les perturbateurs sont ressortis libres de leurs mouvements, et prêts à recommencer. Vous me dites qu'ils peuvent être violents. Ils savent où j'habite. Qu'allez-vous faire ?

— Continuer l'enquête, inlassablement. »

Elle ne voulait pas comprendre. Je haussai le ton :

« Je veux une arme ! Un permis de port d'arme ! »

Le patron du bar, qui n'avait pas l'habitude de m'entendre fortissimo, me jeta un coup d'œil surpris. Elle me dévisagea avec une petite moue.

« Vous savez vous en servir ? Vous avez déjà tiré ? »

Elle se permettait d'ironiser...

« Alors protégez-moi. Je suis menacé, vous devez assurer ma sécurité rapprochée, la mienne et celle de ma famille. Je veux un garde du corps ! »

Ma voix dérapa vers l'aigu, ce qui contribua à me rendre ridicule, ou plutôt pitoyable. Je n'éprouvais pourtant pas vraiment de sentiment de panique, face à une menace invisible, seulement celui d'une grande solitude, que nul ne pouvait comprendre ou prendre en compte.

« Monsieur Armant, si vous souhaitez bénéficier d'une telle mesure, il faut nous en faire la demande par écrit. Je ne vous cache pas que je donnerais un avis défavorable, le groupuscule qui vous a pris pour cible ne nous paraissant pas réellement dangereux. L'état de nos effectifs nous oblige à des arbitrages difficiles. Et, que je sache, il n'y a pas de contrat sur votre tête. »

Qui était cette femme d'une quarantaine d'années, aux cheveux châtains mi-longs, qui prétendait veiller sur moi ? Rien dans son apparence n'attirait l'attention. En la croisant dans la rue, j'aurais pu l'imaginer professeur de collège, ou responsable d'une agence bancaire. Elle avait pris une place importante dans ma vie, je pensais souvent à elle, comme à une fée lointaine et négligemment bienveillante. Mais je ne savais rien d'elle, sinon qu'elle avait pratiqué le chant choral pendant ses études. Elle ne portait pas d'alliance, pas d'autres bijoux que de discrètes boucles d'oreilles. Avait-elle un mari, un compagnon ? Des enfants ? Quels étaient ses projets d'avenir ? Que faisait-elle, lorsqu'elle ne s'intéressait pas à ma petite affaire, ou le dimanche ? Que pensait-elle de moi ?

« Et puis, avez-vous vraiment envie de vivre avec en permanence deux policiers à vos basques ? Même s'ils savent se faire discrets, ils vous accompagneraient partout, sauraient tout de votre vie privée, de vos rendez-vous, de vos loisirs, de vos sorties... Vous y perdriez toute intimité. Rien n'est plus pesant. C'est une cage que vous me demandez. Une cage qui vous laisse libre de vos mouvements, mais qui vous enveloppe du matin au soir et vous prive de tout contact naturel avec les autres. En avez-vous véritablement envie ? »

J'étouffais, sous le poids de ses réponses bureaucratiques. Je devais, moi, vivre dans l'inquiétude ou dans une bulle protectrice, pendant que Louis Craon se promenait au gré de sa fantaisie en Suisse ou ailleurs ! Qu'est-ce que c'était que cette pantomime, où le méchant jouissait dans le luxe, et où le héros devait trembler de peur ?

Vendredi 14 mai

Vers 9 heures, après le départ de Julie et des enfants, on frappa à la porte.

« Qui est là ?

— Le père d'Océane. »

J'ouvris.

« Bonjour. Elle a oublié quelque chose ?

— Puis-je entrer ? Je voudrais vous parler. »

Je connaissais à peine notre voisin, un homme à l'allure sévère toujours en costume gris. Deux ans plus tôt, sa fille avait apposé une affichette dans le hall pour proposer ses services, nous la faisions venir une ou deux fois par mois, et Julie n'oubliait jamais de lui offrir un petit cadeau pour Noël et son anniversaire.

« J'étais en Allemagne ces huit derniers jours, je n'ai pas pu venir vous voir plus tôt. Lorsque je suis rentré chez moi l'autre mercredi après dîner, la police barrait l'accès, j'ai dû justifier que j'habitais ici.

— Je suis désolé...

— Peu importe. J'ai un peu bavardé avec le brigadier, il m'a raconté qu'il y avait eu une bagarre à l'Opéra Bastille, que des extrémistes vous avaient pris à partie.

— Enfin, pas vraiment une bagarre...

— Vous avez été blessé à la main ?

— Ah, ce pansement... ça n'a rien à voir. »

Il hésita à me croire sur parole.

« Il y avait déjà eu toute cette agitation autour de vous le mois dernier. Maintenant, cette protection rapprochée, ces patrouilles plus fréquentes qui ralentissent devant l'immeuble... Je ne sais pas exactement ce qui vous arrive, et ce ne sont pas mes affaires. Vous paraissez avoir des ennuis.

— Le terme est... un peu fort.

— Je ne veux surtout pas être indiscret. Mais je préfère éviter qu'Océane se retrouve mêlée à... ce qui se passe. S'il y a des menaces sur votre domicile, voire sur votre famille, je ne souhaite pas qu'elle soit au mauvais endroit au mauvais moment. »

Que pouvais-je lui répondre ? Qu'aurais-je fait à sa place ? Je ne protestai pas, accréditant ainsi ses inquiétudes.

« J'aimerais ne pas avoir à lui interdire de venir chez vous. Elle ne comprendrait pas. Puis-je vous demander, au moins pour quelque temps, de ne plus la solliciter ? »

Il avait préparé son plaidoyer, évité toute aspérité, et amené comme naturelle la conclusion qu'il souhaitait. J'opinai. Il me remercia, me serra la main et partit aussitôt, comme si une bombe menaçait d'exploser dans l'entrée.

Il venait juste de sortir lorsque mon téléphone sonna.

« Bonjour Sébastien, c'est Bertrand. Aurais-tu un moment aujourd'hui pour qu'on se voie avec Philippe pour parler du trio ? Vers 3 heures ? »

Bertrand n'ignorait pas combien mon agenda était vide. Il me fixa un rendez-vous, non chez lui comme pour nos répétitions, mais dans une brasserie proche de l'Opéra.

« Au fait, tu devrais aller acheter tout de suite le dernier numéro de *Longue-Vue*.

— Ce torchon ?

— Tu es en première page. Il faut que tu lises l'article. Vraiment. »

Je ne pouvais rien attendre de bon d'un hebdomadaire à scandale, tout entier tourné vers la vie privée des stars, régulièrement condamné par les tribunaux pour ses révélations indiscrètes. Je remerciai Bertrand, fis ce qu'il me suggérait, et allai lire tranquillement au bar des Colonnes.

Sur la couverture, les dernières amours d'une actrice sur une plage hawaïenne, la vengeance d'une femme derrière le scandale des pizzerias, une grossesse imputée à un célèbre joueur de football, et un titre encadré de rouge : « L'homme qui a dit non... a-t-il dit oui ? »

Dans les pages intérieures, je négligeai les articles sur les vedettes – divorces, chirurgie esthétique, ivresse au volant, projets de films, couples qui se forment, rumeurs de rumeurs... – et la chronique des soirées parisiennes, et allai directement à une double page, intitulée « L'homme qui a dit non... plaît aux plus belles femmes ». Une grande photographie montrait Manon-Lou Weber en train de m'embrasser, sans qu'on puisse deviner si ses lèvres visaient les miennes ou ma joue. Je ne compris ni d'où ni comment elle avait été prise, la scène dans le jardin privé du palace n'ayant duré que quelques secondes. Sur une autre, je souriais béatement à Kim-Li, qui me regardait de trop près et avec admiration. Sur la troisième, ma main semblait caresser les cheveux de Louise-Charlotte assise sur son tabouret – et Dieu sait que notre brève rencontre devant de nombreux témoins ne fut pas propice à de tels épanchements : seul un cadrage opportuniste avait pu suggérer un geste tendre. Sur une quatrième, je paraissais héler une célèbre chanteuse, alors que je n'avais même pas remarqué l'avoir croisée dans un couloir anonyme. Chacune était accompagnée d'un texte guilleret et suggestif. « Inconnu le mois dernier, plus aucune femme ne lui résiste. » Enfin une série de petites images me montrait aux côtés d'Anne-Sophie, dans un taxi, sur des marches, dans la rue. « Et qui donc est cette mystérieuse beauté avec laquelle on le voit si souvent ? »

Je bus mon café un peu rasséréné. Bertrand s'était ému à tort.

Je tournai la page et reçus un choc violent. « L'homme qui a dit non... a-t-il dit oui à Sheena ? » Je ne l'avais rencontrée qu'à deux reprises – débardeur jaune, débardeur rose – sur des plateaux de télévision. Les photographies qui y avaient été prises suggéraient une grande intimité entre nous. Même si le texte ne faisait pas directement allusion à ce qui s'était passé dans la loge, tout lecteur devait comprendre entre les lignes.

Je lâchai un juron. L'homme d'un certain âge qui à côté de moi lisait son journal eut un sursaut, croyant entendre une réaction graveleuse au dévoilement de ce corps.

Que devais-je faire ? Je relus le texte : il ne contenait aucune affirmation précise, seulement un entrelacs d'insinuations, de questions, de doubles négations et de doubles sens, d'échos avec les images, de prudentes allusions. J'imaginais que chaque article était révisé par un service juridique, et que rien ne donnerait prise à une action en justice.

De toute façon, un procès n'était pas envisageable. Appelé à la barre, aurais-je pu sans rougir affirmer qu'il ne s'était rien passé entre Sheena et moi ? Aurais-je pu prendre le risque de l'entendre raconter comment s'était terminée notre seconde rencontre ? On se défend mal lorsqu'on est coupable.

Je reposai le numéro de *Longue-Vue* avec abattement. Pourquoi ce magazine s'en prenait-il à moi ? Comment devais-je annoncer cela à Julie ? Me retrouver au milieu de chanteurs et d'actrices qui ne dédaignent pas le scandale et exhibent leur vie privée, moi qui prétendais n'intéresser personne...

Ce fut alors que je compris. Ce texte n'arrivait pas par hasard. Il servait la carrière de Sheena. C'était elle, ou son agent, qui avait mandaté les photographes, accumulé les clichés et proposé le sujet au magazine. La première double page, avec les autres femmes, servait de leurre, ou d'apéritif. La manipulation me parut évidente. Il y avait eu quelque part dans un bureau une réunion tactique, un plan de bataille, pour inscrire la chanteuse dans l'actualité. Elle avait agi avec moi sciemment, voire sur ordre, en quête d'un petit bénéfice de notoriété. Et pour n'avoir pas refusé ses avances, je me retrouvais pieds et poings liés, voire à la merci de révélations plus explicites.

En même temps, le fait d'avoir pu analyser la raison d'être de l'article permettait d'y introduire de la rationalité : non pas un coup supplémentaire d'un destin aveugle et cruel, mais la piqûre d'une aventurière prête à tout pour faire décoller sa carrière. Tant qu'elle n'en disait pas davantage, je pouvais expliquer à Julie le piège, le montage dont j'étais l'objet et la victime. Je croyais en avoir la force. Je pensais que ma femme l'aurait aussi.

J'hésitai un long moment, puis, ravalant toute dignité, j'appelai Anne-Sophie. Je commençai à lui raconter péniblement ce qui m'arrivait, mais elle m'interrompit :

« J'ai lu ce... papier.

— Qu'allez-vous faire ?

— Rien.

— Comment ça, rien ?

— Cet article relève de votre vie privée. L'Opéra n'est en rien concerné.

— Mais tout est faux !

— Alors voyez avec un avocat.

— Mais c'est bien à cause de l'Opéra que...

— N'essayez pas de nous entraîner là-dedans.

— Et vous êtes en photo, vous aussi ! La « mystérieuse beauté »...

— C'est déplaisant, mais mon nom n'est pas cité. Mon compagnon ne lit pas *Longue-Vue*. Personne ne me reconnaîtra, en tout cas parmi les gens qui comptent. Dans un tel cas, surtout ne pas bouger, ne pas attirer l'attention. Le monstre est myope, vous vous souvenez ? N'agitons pas les bras devant lui. »

Je reçus ce conseil de sagesse avec abattement, et tentai d'y résister :

« Tout de même, c'est bien l'Opéra qui est en jeu à travers moi.

— Non. Nous ne commenterons pas, nous ne répondrons pas. Je ne sais pas si vous fréquentez les vedettes et les chanteuses, ou si vous les fréquentez d'aussi près, mais cette proximité est étrangère aux valeurs de culture et d'humanisme que nous portons.

— Encore une fois, tout est faux ! Vous le savez bien, vous y étiez !

— Là n'est pas la question. Les lecteurs de *Longue-Vue* ne prennent pas ses révélations pour paroles d'Évangile. Que diable voulez-vous que je fasse ? Un communiqué indigné, pour attester que notre altiste préféré n'est pas le fêtard lubrique décrit par une certaine presse ? »

Sentant son avantage, elle insista :

« Vous imaginiez quoi ? Une protestation, un démenti, une polémique ? Et pourquoi pas une confrontation sur le plateau d'une émission bien racoleuse, pendant qu'on y est ? Vous voulez vraiment lui faire ce cadeau ? Je suis sûre qu'elle ne demande pas mieux, du moment qu'on parle d'elle. Et qu'elle y inventerait de nouvelles révélations intimes, y compris à votre égard. Vu comme cette Sheena s'habille, nul n'imagine qu'elle construit sa carrière sur sa vertu. »

Elle émit un bruit bizarre, mi-sanglot, mi-ricanement :

« Il faut apprendre à économiser ses forces et sa parole. Savoir ne pas réagir. Comme on dit dans notre milieu : quoi qu'on dise de vous dans le journal, demain il servira à emballer le poisson. »

Et pour me consoler, cette dernière flèche :

« Ne sous-estimez pas la force du silence. »

Pour la responsable de la communication, le silence n'était qu'une absence de bruit. Que savait-elle du silence des musiciens ?

Tombé sur le tapis, le pion blanc se retrouvait seul. Aucune pièce, aucune stratégie ne le protégeait plus, et il ne servait plus à rien.

En fin de matinée, j'allai donner mon cours d'alto. Les bandages qui m'empêchaient de jouer ne m'interdisaient pas d'enseigner.

Je garde un mauvais souvenir de cette heure et demie. Mon élève s'appliqua de son mieux dans le quatuor de Haydn, mais avec une prudence et une froideur de vieillard. Après avoir rectifié quelques petites erreurs techniques, je le fis recommencer et éprouvai le même ennui profond.

De cette partition pétillante et joyeuse il avait retiré toute vie, et ne comprenait même pas que je puisse tenter de la ranimer. En désespoir de cause, je lui demandai de déchiffrer la partie de premier violon, pendant que je chantonnai celle de l'alto sur des syllabes aléatoires. Entre ses erreurs de lecture et ma voix de fausset qui exagérait tous les effets, ce duo grotesque de notes approximatives défigura l'œuvre, mais nous avions ainsi retrouvé un esprit de conversation, un échange, du swing. Je lui fis reprendre aussitôt la partie d'alto, et j'obtins alors à peu près ce que j'attendais.

Il ne s'en rendit même pas compte. Je perdais mon temps. Je lui fis ensuite jouer les morceaux travaillés à la séance précédente, et me contentai de remarques négatives. Impossible de ne pas me laisser distraire par le souvenir de l'article de *Longue-Vue*. Nous nous quittâmes mécontents l'un de l'autre.

Dans le métro du retour, toujours en butte à cette irritation diffuse et sans objet, je passai devant un violoniste sans âge qui dans les courants d'air faisait vaillamment résonner la chaconne de Bach. Quelque chose dans la mélodie et dans sa mise en scène m'incita à m'arrêter et à l'écouter. Personne ne m'attendait à la maison. Son jeu et les sonorités de son instrument, déformées par le flux incessant des voyageurs et l'acoustique souterraine, n'avaient rien de remarquables. Je l'imaginais venu de Roumanie ou de Serbie tenter sa chance à Paris avec le seul atout qu'il s'imaginait avoir, déjà désabusé. Mal rasé, vêtu d'un veston élimé, il gardait les yeux mi-clos, par ennui sans doute, et marquait les temps forts avec la pointe du pied gauche, violoneux de bal plutôt que musicien d'orchestre symphonique.

Comme moi, et sans doute plus courageux, il gagnait sa vie avec son art. Sa famille restée au pays comptait sur ce qu'il pourrait lui envoyer. En regardant les pièces qui rarement tombaient dans sa casquette posée à même le sol, je me sentis étonnamment proche de mon collègue. Et je me réjouissais de ma main bandée, de l'absence de mon alto : sinon, j'aurais peut-être eu du mal à résister à la tentation de le sortir et de l'accompagner dans un duo improvisé.

Il jouait maintenant *Les Yeux noirs*. Une dame emmitouflée dans un manteau d'hiver s'arrêta à côté de moi, puis un jeune homme qui enleva ses écouteurs, un vieux monsieur attentif, la tête penchée... Un petit groupe se forma, que les voyageurs devaient contourner. Devant cet auditoire inattendu, peut-être le plus nombreux qu'il eût jamais rassemblé, il se sentit tenu de briller, de faire des effets, d'oser des ralentis racoleurs de brasserie, des pâmoisons de café-concert. Par mon immobilité, je lui avais offert un public, et il savourait ce moment. Il s'était redressé, osait de petits sourires de connivence. L'attention des autres le transformait.

Qui était le violoniste véritable ? Celui qui tout à l'heure somnolait en enchaînant paresseusement les morceaux de bravoure, ou celui qui maintenant faisait le fier en adressant des clins d'œil à une jeune fille rougissante ? J'avais à ma façon subi la même transformation. La dizaine de passants des couloirs du métro tout autant que les millions de téléspectateurs agissaient comme des révélateurs, ces produits chimiques où barbotaient les négatifs des photographies d'autrefois.

Pour rompre le charme et me libérer de ce sentiment de malaise, il n'était que de poursuivre mon chemin. Je payai ma rançon, un billet de dix euros dans sa casquette. Si la somme étonna le bénéficiaire, qui me gratifia de trilles inattendus et d'une révérence de théâtre, elle ne suffit pas à me rasséréner. J'ai complètement oublié le visage de mon élève, alors que le violoniste du métro reste gravé dans mes souvenirs.

Je déjeunai sans beaucoup d'appétit, face à la couverture agressive de *Longue-Vue*. Puis je choisis de partir à pied vers le centre de Paris, une promenade d'environ une heure, avec ce qu'il fallait de tours et détours pour traverser parcs, squares, quais et jardins. Je méditai sur la meilleure manière d'annoncer à Julie ma mise en cause par cet article, et d'adoucir le choc.

Et je pris conscience avec accablement qu'il me faudrait aussi en parler à ma mère, ou de toute façon lui répondre. Me croirait-elle coupable d'infidélité, ou victime innocente ? Dans les deux cas, rien ne viendrait jamais modifier sa conviction immédiate, quoi que je puisse dire. J'en avais plaisanté parfois, disant que, catholique, elle avait la psychologie d'une mère juive. Depuis le texte de Puits artésien et l'oreille de cochon lancée jusqu'à mes pieds dans la fosse de Bastille, cette boutade convenue ne me faisait plus rire.

En arrivant à la terrasse luxueuse où Philippe et Bertrand m'attendaient, et d'où l'on voyait la façade du palais Garnier, je fus étonné de leur choix. Je compris après coup qu'ils avaient choisi un terrain neutre, et veillé à s'y installer avant moi. Nous avions une heure avant la répétition de *Don Carlos* à laquelle je n'étais pas convié. Je m'assis, ôtai mes lunettes de soleil, commandai un café, et à leur demande défis brièvement mon pansement pour montrer les séquelles de mon accident. Ils firent tous deux une grimace compatissante. Puis Bertrand commença :

« Depuis deux ou trois ans, le trio donne une douzaine de concerts chaque été. J'avais huit demandes au 20 avril. Aujourd'hui, j'en dénombre cinquante-trois, et ce n'est sans doute pas fini. À peu près toutes les villes et les festivals où nous nous sommes déjà produits nous réclament à nouveau, ainsi qu'une bonne vingtaine d'autres. »

Le choix des programmes, le mélange délicat entre les morceaux connus et ceux à découvrir, l'écriture des textes incombaient à Philippe. Bertrand s'occupait de la négociation des contrats, des dates de la tournée estivale, des ennuyeuses questions d'hôtel, de train ou d'avion. J'aidais l'un ou l'autre, en fonction des besoins.

« Je vous ai résumé les propositions sur ce tableau, comme si nous acceptions tout. »

J'examinai la feuille que Bertrand me tendait. Un autre exemplaire était posé devant Philippe, qui ne fit même pas mine de le relire. Pour la dernière semaine de juillet par exemple, nous pouvions être le mardi à Metz ou à Aix-en-Provence, le mercredi à Lille, le jeudi à Brest ou à Bordeaux, le vendredi à Colmar, le samedi à Saintes, à Nîmes, à Reims ou à Dijon.

« Nous arriverions en septembre épuisés ! »

Et je me souvins qu'il fallait préserver quatre jours à la fin août pour Deauville.

« Pour tous ces concerts, les cachets proposés sont nettement plus intéressants que d'habitude. J'ajoute que si j'ai pu jusque-là gérer une douzaine d'engagements par été, il nous faudra un agent si nous augmentons à ce point notre activité... »

À la table d'à côté, un groupe de touristes américains discutaient bruyamment. Philippe n'avait pas vraiment écouté. Mes deux compagnons me regardaient et attendaient ma réaction – un commentaire, une justification. Un instant, j'eus le sentiment qu'un piège m'était tendu.

« Bertrand, tu gères parfaitement les questions de programmation. À ta disposition pour t'aider, j'ai du temps libre à revendre, désormais. Pour le reste, je m'en remets à vous. »

Philippe et Bertrand se regardèrent, comme déçus par ma réponse. Le frêle violoncelliste reprit la parole d'un air patient :

« Ce n'est pas seulement une affaire d'agenda. Toutes ces propositions arrivées après le 20 avril ne s'adressent pas au trio du Grand Foyer. Je ne suis même pas sûr qu'elles s'intéressent à la musique classique. Elles veulent recevoir la vedette, l'homme qui fait la une des magazines. L'homme qui a dit non. Avec une célébrité, il est facile de remplir une salle. »

Il avait raison, et j'appréciais le soin qu'il mettait à choisir ses mots. L'engouement qu'il me décrivait, pour flatteur qu'il soit, restait ambigu.

« Lorsque j'ai eu l'idée de créer ce trio, il y a cinq ans, j'ai pensé aussitôt à Philippe pour le violon. Ensemble, nous t'avons proposé de nous rejoindre. Nous ne l'avons jamais regretté, ni sur le plan musical, ni sur le plan humain. Nos noms figurent sur les affiches par ordre alphabétique, tant mieux pour toi. Nous fonctionnons depuis l'origine sur un mode égalitaire : les tâches, les choix, les revenus sont équitablement partagés. »

Ce rappel résonnait comme une oraison funèbre, ou comme une anesthésie destinée à diminuer la douleur de ce qui allait suivre. Bertrand commémorait un avant : c'est donc qu'il y avait un après. Je finis mon café. Philippe regardait ostensiblement ailleurs.

« L'équilibre entre nous trois est désormais rompu. Nous savons bien que ce n'est pas de ta faute. Ton attitude face au chef Craon a sauvé la dignité de l'orchestre, et nous sommes fiers d'avoir suivi le chemin que tu nous montrais. Mais tout est devenu trop lourd : trop de paroles, trop de commentaires, trop de lumières et de projecteurs braqués sur toi seul. Pas assez de musique. Tout l'art du trio à cordes repose sur l'écoute réciproque, la délicatesse, les réponses de l'un à l'autre, la subtilité d'un discours partagé entre trois voix. Aujourd'hui, quoi que tu fasses, ton alto joue trop fort. On ne voit, on ne veut, on n'entend que toi. Le trio du Grand Foyer a perdu son équilibre... »

Le violoniste, que tant de nuances contrariaient, ne parvint plus à se retenir :

« Ce n'est plus le trio du Grand Foyer, c'est Sébastien Armant et son groupe !

— Philippe, s'il te plaît, ne rends pas les choses plus difficiles. »

Je compris, à ces mots, qu'ils avaient discuté tous les deux de la situation, choisi la manière de conduire la réunion, et peut-être décidé de son issue.

« Alors ? Que proposez-vous ? »

Après un long moment de silence et de gêne, alors que les Américains partaient et que le garçon dressait à nouveau leur table, Bertrand reprit d'une voix encore plus étouffée :

« Nous voulions t'en parler. Nous assurer que tu as toujours envie de jouer avec deux musiciens inconnus.

— La question ne se pose même pas, et tu le sais. Nous pourrions n'accepter que les propositions arrivées avant le 20 avril.

— Nous y avons pensé. Mais pour autant qui le public viendrait-il voir ? Je ne dis même pas écouter : voir. »

Sa phrase, cruelle, habile et douce, resta sans réponse. Le trio du Grand Foyer me convenait tel qu'il était. L'idée que Philippe et Bertrand puissent s'éloigner de moi me blessait.

« D'ici l'été, tout le monde aura oublié ce qui s'est passé.

— Détrompe-toi. Les organisateurs, qui auront sorti le chéquier pour te faire venir, voudront rentabiliser leur investissement : dans la presse locale, au lancement du concert, dans les réceptions et les dîners... Au cas où le public t'aurait oublié, ils lui rafraîchiront la mémoire. »

Philippe se leva si brusquement qu'il faillit renverser sa chaise sur un couple de Japonais.

« Bon, j'en ai assez entendu, je m'en vais. »

Bertrand, visage fermé, le regarda partir. Il reprit sans me regarder en face :

« Et toi, après tout ce qui s'est passé, as-tu toujours envie de jouer dans le trio du Grand Foyer ? Retrouver notre routine, nos petits festivals, nos tournées au fin fond de la province ?

— Et votre amitié à tous les deux... »

Je ne m'étais jamais interrogé de la sorte, et par-delà l'évidence de la réponse, je crus entendre au fond de moi une voix qui murmurait que le jeu n'en valait plus la chandelle, qu'une carrière de soliste, demain peut-être de chef d'orchestre, pouvait enfin naître, et que je perdais mon temps avec eux. Je me souvenais encore des propositions imprécises de Marc-Antoine Roussel. Dans quelques années, Philippe et Bertrand ne seront sans doute plus que des ombres indistinctes, comme ces camarades de lycée avec qui on a bien rigolé mais qu'on ne reconnaîtrait pas sans hésitation en les croisant dans la rue.

Le violoncelliste continua :

« Depuis le 20 avril, tu n'as participé à aucune de nos répétitions du mardi, soit que tu l'oublies, soit que tu nous préviennes la veille. »

J'écartai l'objection d'un revers de main, avec une légèreté feinte.

« Nous connaissons suffisamment notre répertoire...

— Tu sais bien que ce n'est pas la bonne réponse. »

J'acquiesçai. Mais quelle était la bonne question ? Par quelle autre stratégie tentait-il de préserver le trio, ses tournées et ses cachets ?

« Selon nos accords, c'est moi qui représente le trio auprès des organisateurs de concert. Depuis l'annonce de ton congé maladie, je fais des réponses dilatoires. Ça ne pourra pas durer très longtemps.

— Que veux-tu dire ? Vous envisagez quelqu'un d'autre ? Tu as prospecté au sein du pupitre d'altos ? »

Son regard restait fixé sur un point de fuite, très au-delà de l'autre côté de l'avenue, au-dessus des promeneurs et des vitrines des boutiques de luxe. Et je réfléchissais à toute vitesse. Le premier alto solo était trop occupé. Son adjoint jouait dans un quatuor. Ce ne pouvaient être ni les trois novices récemment arrivés, ni cette collègue dont le mari se mourait, ni ces deux qui partaient bientôt à la retraite, ni celui dont le mauvais caractère était légendaire, ni celle qui faisait tout pour ne jamais quitter la capitale. L'équation n'avait qu'une solution, ma voisine de pupitre.

« Tu lui as demandé ? Elle a dit oui ? »

Les déductions s'enchaînaient les unes aux autres et je me sentais profondément ulcéré.

« Et c'est pour ça que tu m'as poussé à accepter le congé maladie ! Pour pouvoir me mettre à l'écart ! Et moi qui te croyais mon ami... »

Bertrand blêmit sous le reproche et gronda avec une froideur contrôlée :

« Maintenant tu arrêtes ou je t'en colle une. »

Jamais je n'aurais imaginé qu'il puisse un jour me parler ainsi. Allions-nous en venir aux mains, comme des charretiers, dans un fracas de verre brisé et de tables renversées ?

« Elle nous a dit qu'elle n'accepterait qu'avec ton

autorisation. Alors s'il te plaît, ne va pas imaginer je ne sais quel complot. »

La tension retomba brusquement. J'avais honte de mon ingratitude, d'avoir mis en doute sa loyauté, et je lui présentai mes excuses, dans lesquelles il me laissa m'empêtrer. Il ferma brièvement les yeux, révélant combien il avait pris sur lui, et laissa échapper un soupir.

« Mon pauvre Sébastien, il faut vraiment que tu te reposes. Je sais que tu traverses des moments difficiles, mais tu ne peux pas être tout le temps en guerre avec le monde entier. »

Mais de quelle guerre parlait-il ? Et où se dissimulaient les soldats adverses ?

« Ta brûlure sera-t-elle guérie pour notre répétition de mardi prochain ? »

Je ne répondis pas. Il me fallait prendre du recul, et ne pas me laisser attendrir par la délicatesse de mon collègue. Elle avait l'élégance de ces mouchoirs qui s'agitent au bout des quais pour saluer le départ d'un bateau ou d'un train, mais n'empêchent pas l'éloignement.

Philippe et Bertrand n'avaient rien décidé : ils avaient pris acte d'un état de fait. Ils avaient contresigné un avis de décès. Le trio était mort et j'étais hélas l'assassin. Pouvais-je, en cette qualité, en porter le deuil ? Unique responsable de ce qui s'était noué et dénoué, je devais aussi les soulager d'un ultime effort. À moi, à moi seul incombait le poids des mots de rupture que je devais leur épargner.

« Soyons francs. Avec tout ce qui s'est passé, le trio du Grand Foyer n'existe plus. Chacun de nous en a pris conscience. Je le sais, vous le savez. Ne faisons pas semblant. C'est fini. »

J'avais la gorge nouée en prononçant ces phrases

définitives et mensongères, à l'opposé de ce que je ressentais.

Bertrand, incrédule, me regarda longuement comme si je pouvais me raviser. Puis il se leva sans mot dire et partit vers l'arrière de l'Opéra, l'entrée des artistes.

J'eus un instant la tentation de l'accompagner. L'interdit dont Marenzio m'avait frappé ne prohibait pas une visite amicale aux collègues en répétition. J'aurais serré des mains, donné des nouvelles de ma santé, plaisanté sur mon pansement, constaté qui venait vers moi et qui restait indifférent. À l'arrivée du chef, je n'aurais eu d'autre choix que de me mettre sur le côté, d'écouter un moment, et de me retirer penaud, sans bruit.

Je n'avais pas le courage d'affronter une telle scène, et préférai rester assis dans la tiédeur de l'après-midi, dissimulé par mes lunettes de soleil, bercé par les conversations des autres tables et le bruit de la circulation. L'Apollon joufflu qui là-haut jouait de la lyre semblait se moquer de moi. Le dieu insolent se refusait à regarder en bas, vers nos petites misères. Je découvrais que même une statue pouvait mentir.

Peut-être me suis-je assoupi un moment. Quand le garçon me demanda aigrement si Monsieur désirait autre chose, je vis qu'il me fallait partir si je voulais arriver à la maison avant Arthur.

J'y parvins presque : nous nous retrouvâmes au coin de la rue. Mon cadet exultait d'une anecdote minuscule à l'école, que j'écoutai à peine. Dans l'entrée, nous avons croisé Mme Bonis qui sortait. J'hésitai à la remercier d'avoir identifié les voyous de la boîte aux lettres, mais je n'étais pas certain d'être autorisé à connaître ce détail de l'enquête. Je me contentai de la saluer avec une chaleur particulière, dont elle ne perçut sans doute pas le motif. Elle me glissa à voix basse, sans doute pour ménager les chastes oreilles de l'enfant :

« J'ai vu l'article de *Longue-Vue*. Si c'est pas malheureux... »

Sa réprobation visait-elle l'infidélité d'un mari ou les calomnies du magazine ? Je n'avais aucune envie de le savoir. Et j'ouvris la porte de mon appartement avec le soulagement d'un marin qui rentre au port.

Le goûter, les devoirs, le dîner m'occupèrent sans me distraire. Je n'avais aucune idée de la manière de m'y prendre pour aborder avec Julie l'article nauséabond. J'attendis seulement que les garçons soient couchés.

« Julie, il faut que je te parle du dernier numéro de *Longue-Vue*...

— Pas la peine, un collègue attentionné l'a déposé sur mon bureau. Mais il, ou elle, n'a pas laissé de carte de visite.

— J'ai appelé la chargée de communication de l'Opéra, elle aussi mise en cause. C'est une manipulation, tu comprends ? Cette... pseudo-chanteuse veut attirer l'attention à tout prix et utilise des photos détournées de leur contexte pour suggérer des choses qui ne sont pas. »

Je brodai sur ce thème pendant un quart d'heure, sans savoir si elle me croyait. J'avais l'impression d'être un mauvais acteur dans un mauvais film, et que Julie ne connaissait pas ses répliques. Elle avait cette expression d'absolue impassibilité qui me faisait toujours un peu peur. Et comme je recommençai une nouvelle fois, elle m'interrompit doucement :

« C'est bon, je crois que j'ai compris. Qu'est-ce que tu comptes faire ? »

J'aurais aimé pouvoir lui répondre avec la même simplicité, la même évidence. Je tirai le bilan provisoire de cette journée :

« Rien, bien sûr. Faire le dos rond. Dans quelques jours, tout le monde aura oublié ce ragot, personne ne se souviendra de l'homme qui a dit non.

— Ces quatre pages peuvent-elles exciter ces cinglés qui t'en veulent ? »

Je n'avais pas envisagé cet aspect du problème.

« Non, je ne crois pas, pourquoi s'y intéresseraient-ils ?

— Ce n'est pas ton avis que je veux, mais celui de la commissaire. »

Elle avait raison, j'aurais dû m'en soucier depuis le matin. Élisabeth Leclair m'avait dit de l'appeler s'il y avait du nouveau. Je pris mon téléphone et lui rendis compte de ce développement imprévu. Elle m'écouta, prit note d'une donnée que prudemment elle jugea difficile à évaluer, et me remercia.

Et puis Julie partit se coucher.

Je ne lui avais pas parlé de la visite du père d'Océane. Nous n'avions pas de projet de sortie dans l'immédiat, il serait bien temps de la prévenir lorsqu'il faudrait faire garder les garçons. Je ne lui avais pas parlé du trio du Grand Foyer. La fin de l'aventure l'aurait d'autant plus chagrinée qu'elle appréciait Philippe et Bertrand. Mieux valait attendre. Mais attendre quoi ?

La question de M. Magnard me revint à l'esprit : qu'en pense Julie ? Mais que pouvait-elle penser, puisqu'elle ne savait pas tout ? Par mes mensonges, mes réponses biaisées et mes omissions, j'orientais ses inquiétudes dans des directions sans issue, je rendais incompréhensible mon attitude. Et pour la première fois, cet écart entre elle et moi me fit peur. Je repensai aux failles des volcans d'Islande, aux silences qui parfois coupaient nos dialogues comme des canyons, aux prudences que je m'imposais.

À quelle distance de Julie vivais-je désormais ? Et cette distance augmentait-elle ? Cette question en appelait une autre, comme une vague recouvre une autre vague et prend sa place : quand avions-nous commencé à dériver, à dériver l'un de l'autre ?

Depuis le 20 avril, nos chemins s'étaient séparés, vers des directions non pas opposées, mais très légèrement différentes, provoquant ainsi un éloignement inexorable. Nous progressions comme deux voyageurs qui, à un carrefour, ont emprunté deux routes apparemment parallèles et constatent peu à peu qu'ils cheminent l'un sur l'adret, l'autre sur l'ubac, de part et d'autre de la rivière qu'aucun pont ne traverse. Ils doivent maintenant crier pour s'entendre, de plus en plus fort, jusqu'à passer chacun un col, se perdre de vue et se retrouver dans des vallées où l'on ne parle plus la même langue.

Mais non. Julie n'avait pas bougé d'un millimètre. C'est moi, moi seul, qui décrivais des ellipses aux trajectoires baroques, et dont les points extrêmes étaient de plus en plus éloignés d'elle.

Du samedi 15 mai au mercredi 19 mai

Le premier reportage de l'émission « Destins ! » narrait les déboires et les succès d'une expédition d'alpinistes français en Patagonie, et je les jalousai d'avoir eu seulement la roche et le vent comme adversaires. Ensuite fut diffusé le vingt-six minutes réalisé par Charles-Henri Aubert.

Il avait choisi de raconter en alternance la vie de Louis Craon et la mienne. Je fus stupéfié de les découvrir si proches, à vingt années d'intervalle : même enfance tranquille dans une famille de la classe moyenne provinciale ; des leçons sans conviction initiale, de piano pour lui et de violon pour moi ; la flamme qui peu à peu s'éveille ; le choix d'un métier. Ensuite, pour lui la notoriété, très vite la gloire : témoignages dithyrambiques, salles entières debout, admirateurs faisant la queue à 4 heures du matin sur les marches du Staatsoper de Berlin ou de Covent Garden. Les triomphes à la Scala et au Bolchoï alternaient avec les photographies en compagnie de Nelson Mandela ou de Barack et Michelle Obama.

Pour moi, quelques clichés où j'apparaissais par hasard parmi les collègues de l'orchestre. Les deux destins se déroulaient dans la lumière ou dans l'ombre, avant de se percuter en cette soirée décisive. Le récit utilisait toutes les prises de vue tournées par toutes les caméras présentes, pour mettre en scène, en variant les angles et avec quelques ralentis spectaculaires, notre confrontation.

Les éclairages s'inversaient ensuite : pour moi les louanges et les bousculades des journalistes. Pour lui, plus rien, aucune trace, une fuite dans le noir comme un dictateur balayé par une révolution, dont l'hélicoptère décolle du toit du palais présidentiel assailli par l'émeute. Je ne connais pas grand-chose au monde des images, mais il me semble que ce film habile et réfléchi mérite des éloges.

Des témoignages de Philippe et de Bertrand, du premier violon, d'un historien réputé et une déclaration du président Chomérac ponctuaient la montée en tension de nos deux parcours.

Un réalisateur moins talentueux aurait sans doute accompagné son récit à grand renfort d'orchestres allemands pléthoriques, célébrant les maîtres du XIXe siècle, les Schubert, Weber, Wagner, Bruckner, Mahler, qui ont tant inspiré les musiciens d'Hollywood. Charles-Henri Aubert avait choisi un contrepoint plus subtil : non pas la musique classique, mais des mélodies sautillantes et narquoises, piano mécanique, jazz manouche, clarinette klezmer, accordéon, banjo, ragtime, orgue de Barbarie... Leurs sonorités aigrelettes et maigrelettes soulignaient la fatalité de nos trajectoires. Et pour le choc du 20 avril, le silence. La salle silencieuse et stupéfaite, les protestations et les huées qui montent et refluent, et à nouveau le silence.

En conclusion, mes réponses les plus marquantes lors de l'entretien avec le réalisateur étaient entrecoupées d'images d'archives de Louis Craon s'exprimant sur des sujets voisins. Nos points de vue s'opposaient ou se rejoignaient.

Cette proximité provoquait un sentiment étrange, celui d'un jeu de rôles et de masques. Le pion blanc au miroir du roi noir... Nos vies étaient parallèles, lui tout en haut de l'affiche et moi au milieu de l'orchestre : en bonne géométrie, elles n'auraient jamais dû se croiser. Et c'est cette impossibilité euclidienne qui avait rendu notre collision si violente.

*

Le lundi matin, le réveil sonna plus tôt que d'habitude. Julie partait pour une longue journée de travail à Bordeaux. Ce voyage s'était ajouté à son programme annuel, car, m'avait-elle expliqué, les performances du grand Sud-Ouest déclinaient.

Pendant le petit-déjeuner, je lui demandai si ces déplacements ne lui pesaient pas trop. Étonnée, elle me répondit :

« Ils font partie de mon boulot !

— Tu pourrais en changer », rétorquai-je sans réfléchir.

Elle s'indigna :

« En changer ? Alors que je suis chef de service depuis moins de deux ans ? Avec les progressions qu'on a ?... »

Je battis piteusement en retraite, et déviai la conversation sur son horaire de retour.

En fait, j'ignorais tout de son travail. J'évitais le plus souvent de lui en parler, parce que je présumais que, rentrée à la maison, elle préférait se changer les idées. Apparaissaient parfois dans sa conversation quelques noms que j'avais appris à reconnaître, tel collègue intrigant, telle adjointe efficace, telle secrétaire étourdie, tel chef lointain. Pour le surplus, à quoi passait-elle ses journées ? Quels étaient ses objectifs, ses craintes ? La vie de musicien à l'Opéra la fascinait, me semblait-il, et je répondais volontiers à ses questions. Je n'éprouvais pas l'intérêt symétrique.

Alors que, rentrant du marché, je faisais une pause dans mon bar habituel, un retraité qui avait cessé d'étudier son journal de tiercé pour me dévisager m'interpella avec désinvolture :

« Vous, je vous ai vu à la télé ! »

Cela lui autorisait-il une telle familiarité, lui permettait-il de ne pas prendre la peine de me saluer d'abord ou de s'excuser ? Oui, car de ce seul fait je lui appartenais corps et âme, et il entendait bien faire jouer la créance qu'il croyait détenir sur moi.

D'instinct, je démentis, mais il insista :

« Dans quelle émission, je ne sais plus ; mais je suis sûr, je suis physionomiste ! Ma femme le dit toujours, je n'oublie jamais un visage. Surtout que je vous ai vu il y a... Je ne sais plus dans quoi vous êtes, peut-être la politique ?... Je vous reconnais ! C'est comment votre nom déjà ?

— Zelenka. »

Il se concentra, ne trouva pas, parut déçu et revint à la charge :

« Bon, désolé, le nom, ça ne me dit rien. Mais je suis certain de vous avoir vu, il y a... quoi... trois semaines ?

— Je dois avoir un sosie. »

Cette explication ne le convainquit pas, mais, prononcée d'un air revêche, le dissuada de relancer la conversation. Avec à-propos, mon téléphone retentit, me permettant de me débarrasser du fâcheux auquel je tournai ostensiblement le dos.

« Monsieur Armant, bonjour. Ici la commissaire Leclair. Je sors de notre réunion de planification, et je dois vous informer qu'à compter de ce jour nous mettons un terme aux investigations que nous conduisions autour du groupuscule Nouvelle Division.

— Vous arrêtez ? Mais pourquoi ?

— Nous avons malheureusement d'autres menaces à traiter, et plus sérieuses. J'ai tenté de défendre votre cas devant mon divisionnaire, mais il n'a rien voulu entendre. Dans ce qui vous est arrivé, on aurait du mal à discerner la moindre infraction pénale. Nous ne pouvons saisir le parquet, le substitut classerait aussitôt. L'aspect médiatique a disparu. Vous n'êtes plus prioritaire. Croyez que je le regrette sincèrement.

— Je ne vous intéresse plus...

— Ne le prenez pas ainsi. Vous avez ma carte. N'hésitez pas à m'appeler si vous en éprouvez le besoin, ou si vous remarquez quelque chose d'inhabituel. Le commissariat de quartier restera vigilant. À titre officieux, j'ajoute qu'avec un ou deux gars de mon équipe nous allons continuer une surveillance discrète. Disons que le temps nécessaire sera pris sur notre pause-déjeuner. Je tiens à garder un œil sur les excités de Nouvelle Division. Ils peuvent cesser toute activité, et ma foi je m'en réjouirais. Ou ressurgir ailleurs, et nous nous féliciterons de ne pas avoir trop baissé la garde.

— Ou s'en prendre à nouveau à moi...

— De leur point de vue, pour quel bénéfice ? Vous êtes retourné à l'anonymat. Chaque jour qui passe vous protège davantage. »

Elle me prodigua encore quelques paroles de sympathie, et raccrocha. Malgré ses promesses, j'eus l'intuition que je n'aurais plus de ses nouvelles, qu'elle disparaîtrait à jamais. Je souffrais plus d'un sentiment d'abandon que de peur. Si le groupe qui m'avait pris pour cible finissait par me retrouver et me régler mon compte, après tout, quelque pénible que puisse être notre rencontre, au moins ensuite tout serait terminé, personne ne me regretterait. La commissaire pourrait justifier de ses efforts interrompus, et l'Opéra recruter un altiste innocent.

*

Six cent vingt-trois lettres sur mon bureau. Le flux s'était tari. Elles m'attendaient depuis deux ou trois semaines, espéraient me surprendre, me surveillaient peut-être, et je commençais à penser qu'elles complotaient la nuit. Je n'avais rien demandé à tous ces gens. Leur curiosité me blessait autant que leurs éloges. Et je fis ce que j'aurais dû faire depuis longtemps : je les mis toutes dans un sac et m'en débarrassai sans les avoir lues.

Un seul regret : ne pas avoir de cheminée, dans laquelle je les aurais jetées l'une après l'autre. Ah, châtelain le soir dans sa bibliothèque, contempler en silence toutes ces feuilles se tordre et noircir, leurs mots se déliter, leur substance se sublimer, leur sens disparaître...

Je transportai le sac précautionneusement, comme un meurtrier le corps de sa victime, jusqu'au local poubelle en sous-sol, qui me tint lieu de crypte. De retour chez moi, je pensais avoir fait place nette.

Restait ce carton, avec ces innombrables coupures de presse. Que faire de ces archives, vieilles de moins d'un mois, et déjà mortes ? Je n'en avais parcouru qu'une toute petite partie, en bâillant d'ennui, et n'imaginais pas m'infliger la suite de ce pensum, à l'affût d'infimes nuances de formulation. Je le déposai au sol dans un coin, d'un coup de pied le poussai contre le mur, le recouvris de partitions, et le perdis de vue. Ensuite, je courus une heure avec plaisir, comme allégé.

Après déjeuner, j'écoutai à la radio une émission consacrée à François-Joseph Gossecq. Durant ma première année à l'Opéra de Paris, j'avais eu le privilège d'accompagner le célèbre ténor mozartien pour son ultime série de représentations. Il chantait Max dans le *Freischütz* de Weber, l'œuvre qui l'avait révélé quarante ans plus tôt, et qu'il avait exigé de reprendre en français, comme à l'époque. Avec une carabine en papier mâché et une perruque noire bouclée, il avait courtisé avec passion une brûlante Agathe qui aurait pu être sa fille, voire sa petite-fille. La beauté de son chant et sa diction inégalée nous avaient tous emportés vers un triomphe mémorable.

Un journaliste était allé pieusement recueillir ses souvenirs dans sa maison de l'île de Ré. Interrogé pour connaître son palmarès de chefs d'orchestre, il en avait cité quatre, dont un seul Français, Louis Craon, et détaillé les mérites de chacun. Avec un peu de gêne, l'animateur avait tenu à préciser que l'entretien avait eu lieu en mars. Il n'avait pas jugé utile d'en dire plus. La seule mention de ce nom était devenue depuis le 20 avril insupportable.

À cette remarque, je pris conscience du fait que Louis Craon avait été rayé des programmes. Alors qu'auparavant on l'entendait régulièrement, notamment dans un *Don Giovanni* de référence, ses interprétations étaient désormais bannies, aussi radicalement que celles d'un dissident en URSS. Et les solistes et l'orchestre qui avaient eu la malchance d'enregistrer sous sa direction étaient punis de la même proscription.

Le soir, les garçons couchés, Julie vint vers moi l'air grave.

« Tu n'as rien à me dire ? »

Un tremblement intérieur me saisit. Savait-elle, pour Sheena ? Je bredouillai :

« Non...

— Isabelle m'a appelée pour me dire qu'elle regrettait la séparation du trio du Grand Foyer, et moi je n'étais pas au courant ? La femme du violoncelliste a plus de droits que celle de l'altiste ? J'ai eu l'air d'une parfaite idiote. Pourquoi ne m'en as-tu pas parlé ? »

L'orage qui se levait, bien moindre qu'attendu, me rasséréna presque. J'improvisai je ne sais quelle explication contradictoire et peu crédible, et je fus, sinon pardonné, du moins absous. Julie, fatiguée, n'avait pas l'énergie de poursuivre une querelle sans enjeu, et se contenta d'une victoire facile. Je bénis le Ciel de m'en tirer à si bon compte. Et je ne me sentais pas très fier de moi.

*

Pour la première fois depuis ma brûlure, je repris mon alto. La cicatrisation me paraissait parfaite, et à l'œil nu je ne voyais plus aucune trace. Je jouai quelques pièces faciles, sans forcer. La pulpe du doigt, quand je devais appuyer sur les cordes, me faisait un peu mal, la peau rosissait et gardait une empreinte. J'insistai sur une note tenue, et une infime goutte de sang perla à la surface. J'en conclus que je pouvais reprendre avec prudence, en évitant pour l'instant les fortissimos.

Je retrouvai avec plaisir les sensations familières de la pression des cordes et de la légèreté de l'archet, qui m'avaient manqué, et qui me définissaient. Quoique éloigné provisoirement de l'Opéra, altiste je demeurais !

Huit jours plus tôt, privé d'instrument, et parce que j'avais analysé à ma façon quelques pages de la partition de Berlioz, j'avais eu l'étrange idée de vouloir devenir chef d'orchestre. Mais je m'étais payé de mots. Il ne suffisait pas de se tenir debout et d'agiter une baguette pour que naissent les miracles de l'interprétation. Il fallait des études, de la réflexion, une connaissance encyclopédique, des intuitions, de l'autorité... Aspirant chef d'orchestre, je n'aurais intéressé personne. Jamais je ne pourrais rivaliser avec un Louis Craon, un Wilhelm-Friedmann Zelenka, ni même un honnête tâcheron comme Razoumovski. Et pendant que je m'échinerais à percer dans un milieu qui n'avait rien à faire de moi, qui ferait bouillir la marmite ? J'abandonnai sans regrets ce projet à peine esquissé, qui maintenant me paraissait une infidélité, ou une désertion.

Rien ne peut égaler l'honnêteté du musicien, l'honnêteté sans fard et sans tache du travail du musicien, seul responsable d'avoir bien apprivoisé son instrument, bien lu la partition, bien écouté ses collègues, bien suivi les consignes. Lui seul – et chacun au sein de l'ensemble – doit se glorifier modestement de donner vie aux constructions invisibles élaborées par les maîtres du passé. Chomérac, qui confondait altiste de rang dans un orchestre et homme du rang dans un régiment, ne pouvait pas comprendre.

Alchimiste ? Oui, alchimiste, et fièrement alchimiste, non piètre remueur de baguette ! Alchimiste irremplaçable dans un groupe d'alchimistes, et faisant tous les soirs surgir avec eux les sons et les enchantements. Je ne me connaissais pas d'autre destin, ni ne voulais en connaître.

Les cordes à vide de l'alto, que je pinçai une à une avec lenteur, tintèrent comme un glas lointain. *Ut. Sol. Ré. La.* Cet appel me définissait mieux que tout. J'élevai l'archet avec solennité, le posai sur la corde grave, et tins le son le plus longtemps possible.

Je repris une pratique assidue de mon instrument. Et presque aussitôt, j'y retrouvai du plaisir. Non pas le plaisir radical, absolu et passablement naïf dont je m'étais vanté devant mon élève, mais un plaisir plus mûr, plus lucide, parfois en demi-teintes, conscient de sa fragilité, et plus fort d'avoir affronté tant d'épreuves. Je jouai de l'alto, avec une joie profonde et discrète.

Je repensai je ne sais pourquoi à Manon-Lou Weber, et le souvenir de notre brève rencontre me renvoya aux conseils de Marc-Antoine Roussel, à la sérénité de ses analyses, à son sourire réconfortant. Peut-être pourrait-il m'aider à bâtir une stratégie, ou, en tout cas, à donner du sens à ce que je traversais. Je n'avais rien à perdre à essayer.

La carte de visite qu'il m'avait donnée dormait dans une de mes poches. Je fouillai fiévreusement pantalons, vestes et blousons, la retrouvai, et sans réfléchir, sans rien préparer, composai le numéro manuscrit, sans doute confidentiel, qu'il y avait noté.

« Monsieur Roussel ? C'est Sébastien Armant. »

Il ne marqua aucune surprise, comme si mon appel, trois semaines après notre petit-déjeuner, allait de soi. Il ne m'avait pas oublié.

« Cher ami ! Comment allez-vous ?

— Très bien, je vous remercie. J'ai longuement repensé à notre conversation de l'autre jour. »

Il ne répondit rien, ce qui ne me facilitait guère la tâche.

« J'ai réfléchi à... à votre proposition de... communiquer sur... ma notoriété... ma popularité...

— Oui, bien sûr. Y a-t-il du nouveau ? »

Sa question m'embarrassa. Je ne pouvais pas lui parler des perturbateurs de la *Petite Renarde rusée*, il eût fallu de trop longues explications.

« Non, rien. Personne n'a revu le chef Craon.

— C'était en avril ? Oui, c'est ça, fin avril... Et que puis-je faire pour vous ?

— Vous aviez évoqué la possibilité de... rebondir sur cet événement.

— De rebondir ?

— De construire une nouvelle "séquence", maintenant que mon visage et mon geste sont ancrés dans l'esprit du public. »

À ma grande surprise, j'éprouvai de la gêne à devoir reformuler ce qu'il m'avait proposé.

« Mais il fallait saisir la balle au bond ! Pour rester dans l'actualité, nous devions réagir tout de suite ! Le temps passé ne se rattrape pas. Si nous nous y remettions aujourd'hui, il nous faudrait un mois pour élaborer un discours et capter à nouveau l'intérêt de l'opinion. Nous serions au début de l'été, des vacances, où je ne vois aucune place pour le grand récit tragique que vous nous proposez. Il faudrait alors viser la rentrée de septembre. Tout le monde vous aura oublié. Je suis désolé, mais la fenêtre de tir s'est refermée. D'habitude, les gens que je contacte me rappellent le lendemain. J'avais interprété votre silence comme un refus. »

Dans la chaleur de sa voix, j'entendais toujours cette affabilité souriante qui m'avait tant frappé à notre première rencontre. Le contraste avec la fin de non-recevoir qu'il m'opposait n'en parut que plus violent.

« Vous n'envisagez donc plus...

— Je ne vois pas de solution. Vous ne pouvez plus être présenté comme un héros, ou un grand témoin. Il faudrait tout réexpliquer, ce serait intenable. L'histoire ne repasse pas les plats, disait je ne sais plus qui.

— Vous me faisiez remarquer que ma rébellion représentait

un capital – sur le marché de l'opinion je suppose. Je comprends que ce capital s'est dévalué, que je l'ai dilapidé.

— Inutile de vous montrer aussi dur envers vous-même ! J'ajoute... »

Il marqua une hésitation manifeste, destinée à être relevée.

« Oui ?

— Pour le grand public, votre dernière actualité aura été ce regrettable papier dans *Longue-Vue*.

— Pas tout à fait. Il y a eu ensuite mon portrait dans "Destins !"

— Une émission qui fait moins de un pour cent de parts de marché ? Ça ne compte pas. Restons-en à *Longue-Vue*.

— Vous lisez ce torchon ?

— Il le faut bien. Le magazine vous présentait comme un homme à femmes, papillonnant dans les nuits parisiennes de chanteuse en actrice.

— Mais tout est faux !

— Peu importe. Personne ne retient les détails, seulement une impression lointaine, floue, parcellaire, et donc difficile à combattre.

— Et quel rapport avec les perspectives que vous me traciez ?

— Vous incarniez une protestation éthique. Et ce journal vous présente comme un noceur libertin. Je ne porte pas de jugement et je prends note de votre protestation. Mais votre point fort reposait sur les valeurs. L'article de *Longue-Vue* en prend l'exact contre-pied. C'est trop complexe. La contradiction devient ingérable. Pour une personnalité déjà bien installée dans l'esprit des lecteurs – une altesse royale, une vedette de cinéma –, on peut suggérer, amodier, nuancer. Vous, vous êtes apparu tout neuf, tout brut. Un personnage réel, qui paraissait vivre selon la formule de Kant : "le ciel étoilé au-dessus de moi et la loi morale en moi". Et patatras, on vous découvre minaudant avec des présentatrices de télévision et des starlettes de troisième ordre. Vrai ou faux, peu importe. Kant n'y résiste pas. Et moi, je ne sais plus qui est Sébastien Armant. Comment pourrais-je vous promouvoir, si je ne sais pas qui vous êtes ? »

Assez peu charitablement il laissa le silence s'installer un instant, afin que je médite son jugement. Avais-je d'ailleurs la réponse à sa question ? Pendant ces quelques semaines, je m'étais plu à imaginer que deux Sébastien Armant coexistaient, l'un privé, l'autre public. Le vrai Sébastien, le Sébastien intime ne devait pas se sentir visé par les louanges ni les critiques adressées à son célèbre jumeau, et pensait pouvoir le regarder évoluer avec un sourire amusé.

Cette illusion se révélait dangereuse. Aucun double ne m'avait jamais protégé. Certains enfants, paraît-il, s'inventent un ami imaginaire avec qui discuter. Je m'étais leurré de la même manière.

Je ne sais trop ce que je bredouillai, et je mis un terme un peu brutalement à la conversation. Si j'avais escompté y trouver des éléments de réconfort, c'était peine perdue.

En fouillant mes poches, j'avais aussi retrouvé la carte de visite de Pierre-André Davenast. Que m'avait-il dit, lorsque je l'avais croisé dans l'émission de Louise-Charlotte ? : « Appelez-moi à l'occasion, il faudra qu'on dîne ensemble un de ces soirs. »

Je pouvais le faire, bien sûr. Mais quoi ? Il me faudrait expliquer, supplier une secrétaire, m'exposer au risque d'un refus ? Le chef de cabinet du ministre m'avait bien fait comprendre que je n'étais pas censé prendre d'initiative. J'éprouvai un plaisir fugace à déchirer sa carte.

Après quelques pages d'*Harold en Italie*, je me présentai à 4 heures à l'ENA pour une conférence programmée trois semaines plus tôt. J'avais été invité comme grand témoin d'un séminaire, dont le titre pompeux, « Éthique et République », pouvait s'accommoder à toutes les sauces. Une vingtaine de futurs hauts fonctionnaires m'attendaient avec curiosité.

Après une introduction par le chargé de cours, une jeune femme sûre d'elle prononça un exposé de dix minutes sur les réponses au geste de Louis Craon. Sa démonstration, ses rapprochements historiques, ses citations, sa dialectique, son éloquence, son élégance m'impressionnèrent. Un autre étudiant proposa ensuite un contre-exposé, tout aussi brillant et convaincant, qui réduisit en miettes l'argumentation de sa camarade, dans une compétition qui ne désignait ni vainqueur ni vaincu.

Je fis ensuite, une fois encore, le récit de la soirée du 20 avril, et leur tus tout le reste, qui ne les regardait pas. J'éprouvais un sentiment étrange, celui d'un acteur reprenant le rôle qui l'a rendu célèbre, attendu par un public conquis d'avance, mais ayant oublié une partie de ses répliques et ne maîtrisant plus les rebondissements de la pièce. Les automatismes que j'avais développés ne s'étaient pas encore tous grippés, et me permirent d'abord de faire illusion.

Les questions fusèrent. Je me prêtai au jeu avec bonne volonté, même si je voyais bien que les questionneurs se montraient plus soucieux de la perfection de leur formulation que de la pertinence de mes réponses. Et puis, au milieu d'un développement, peut-être même au milieu d'une phrase, comme un jouet mécanique dont le ressort s'est entièrement détendu, je m'arrêtai.

Je n'avais plus assez d'énergie pour faire semblant. Ces jeunes gens arrogants n'avaient pas besoin de moi pour continuer leurs assauts à fleurets mouchetés, ou pour trouver dans ce qui m'arrivait mille sujets de dissertation. La voix inquiète de M. Magnard résonnait plus fort que leurs amabilités. Un fil s'était rompu et flottait avec désinvolture. Que savaient-ils, ces ignorants, des menaces qui peuvent vous surprendre et vous laisser à nu ?

« Monsieur Armant ? Vous vous sentez bien ? Vous voulez un verre d'eau ? »

Tous dans la salle me regardaient, plus choqués par mon inconvenant mutisme que compatissants. Je les rassurai comme s'ils avaient manifesté de l'inquiétude, lançai au hasard une considération bien sentie, répondis à encore trois questions d'élèves, mal à l'aise désormais car redoutant de provoquer une nouvelle interruption.

Le chargé de cours mit un terme à la séance, et, soulagé autant que lui, je rentrai chez moi.

Pour combattre le silence de l'appartement, je laissai volontiers la télévision allumée sur une chaîne d'information en continu, sans prêter attention à son babil. En fin d'après-midi, le mot « opéra » me fit pourtant dresser l'oreille. Le président Chomérac et le ministre de la Culture du Qatar venaient de signer un partenariat – assurément le gros dossier qu'Anne-Sophie puis Marenzio avaient allusivement évoqué. L'Opéra de Paris passait commande à un librettiste et à un compositeur, dont les noms restaient encore secrets, d'un *Sinbad le Marin*, d'après les *Mille et Une Nuits*. La création mondiale aurait lieu à l'Opéra de Doha dans trois ans, dans une production conçue depuis la

France, et sous la baguette de Wilhelm-Friedmann Zelenka. Une reprise à Bastille était prévue l'année suivante.

Un chroniqueur ironisait sur l'argent du pétrole qui permettait ainsi de s'acheter une œuvre d'art pour le prestige. Chomérac, qui serrant la main de l'émir avait l'air d'un maquignon satisfait d'une vente, souligna que cette démarche poursuivait et reprenait celles de princes allemands ou de cardinaux italiens du XVIIIe siècle. Et Verdi n'avait-il pas écrit *Aïda* sur la commande du khédive d'Égypte ? Cette contre-attaque fit taire les critiques. Dans trois ans il occuperait d'autres fonctions, et laisserait son successeur se dépatouiller avec ce projet bancal. Que m'importait ?

Et je compris aussi, sans amertume d'ailleurs, que cette négociation avait pesé de tout son poids lorsque l'Opéra avait dû choisir entre Wilhelm-Friedmann Zelenka et Sébastien Armant.

Et moi, où serais-je, dans trois ans ?

Le soir eut lieu la première de *Don Carlos*. J'avais reçu quelques jours plus tôt deux invitations avec un mot aimable de Marenzio. Faute de parvenir à deviner quel bénéfice il pouvait tirer de cette attention, je finis par le créditer d'un geste de remerciement dépourvu d'arrière-pensées.

Je n'imaginais pourtant pas assister à la représentation depuis le parterre, pendant que mes collègues joueraient dans la fosse. D'accord avec Julie, j'offris les places à Valérie et Benoît, pour leur faire oublier la soirée gâchée par les perturbateurs.

L'Opéra Bastille célébrait Verdi, et je me terrais chez moi, sans projets ni désirs.

Du jeudi 20 mai au lundi 24 mai

Un peu après 7 heures, alors que je venais juste de me réveiller, un coup de sonnette furtif. J'allai ouvrir. M. Magnard, le visage sombre, me dit :

« Sébastien, mettez une veste et descendez avec moi. »

J'obéis sans discuter. Seul un événement grave pouvait justifier pareille irruption, et je compris qu'il ne voulait pas en parler dans l'appartement.

Il s'engagea dans l'escalier. Je le suivis jusqu'à la rue, avec un sentiment croissant d'inquiétude. Devant l'immeuble, quelques voisins s'étaient rassemblés. Tous me regardèrent avec un drôle d'air. Je ne compris pas.

M. Magnard posa la main sur mon épaule gauche et appuya légèrement, suggérant une rotation. Je pivotai. Sur le mur, une grande inscription à la peinture noire, en lettres de un mètre de haut, réalisées avec soin, sans coulures :

ARMANT DÉGAGE !

Je fus d'abord sidéré. Malgré tout ce qui s'était déjà passé, je ne parvenais pas à en croire mes yeux. M. Magnard n'avait pas enlevé sa main, pour m'aider sans doute à supporter le choc – et je lui en étais reconnaissant – mais aussi pour me confirmer la réalité de ces traits.

Mme Bonis vint à moi, me serra la main, et me dit en soupirant : « Mon pauvre monsieur Armont ! c'est une honte... » Le président de la copropriété annonça qu'il allait saisir le syndic dès l'ouverture des bureaux pour faire intervenir une entreprise de nettoyage. Le père d'Océane me toisait sans aménité.

Tout à l'heure, Grégoire et Arthur prendraient le chemin du collège et de l'école et longeraient la façade.

D'autres voisins qui partaient travailler s'arrêtaient un instant, contemplaient le graffiti géant, hochaient la tête d'un air dégoûté. Une vendeuse de la boulangerie traversa la rue et vint témoigner qu'à 6 heures, lorsqu'elle était arrivée, elle avait vaguement remarqué dans le jour juste levé quelque chose d'inhabituel sur le mur d'en face. Le père d'Océane ajouta que, rentré vers minuit du cinéma, il n'avait rien vu.

Que faire ? Je remontai chez moi en courant, et appelai la commissaire Leclair. Selon ses directives, je m'enfermai à double tour et expliquai ce qui se passait à Julie. À 8 heures, deux lieutenants de police se présentèrent. L'un emmena Julie, j'accompagnai l'autre dans une voiture banalisée déposer les garçons, que cette aventure surexcitait, dans leurs établissements scolaires respectifs.

Au retour, il ne me ramena pas chez moi, mais au bar des Colonnes. La commissaire m'y attendait. Je vins à elle avec acrimonie, et l'apostrophai :

« Bravo ! La police lève sa surveillance, et ces cinglés viennent tranquillement faire de la peinture sur mon immeuble ! »

Elle laissa passer l'orage, mais je n'en avais pas encore fini avec elle :

« Vous allez me dire que ce geste n'est que symbolique ! Le Général et le Colonel de Nouvelle Division lancent de nouvelles opérations, et vous, vous attendez quoi pour les mettre hors d'état de nuire ? Que mes enfants soient agressés sur le pas de la porte ? Que l'homme qui a dit non au chef Craon soit retrouvé gisant dans une mare de sang ? »

Le serveur, étonné par mes éclats de voix, s'approcha de nous. La commissaire commanda deux cafés, puis sans me regarder répondit d'une voix sourde :

« Je comprends votre colère. Nous avons subi un échec. Je n'ai jamais promis que nous n'irions que de victoire en victoire. Nous sommes le 20 mai, exactement un mois après le 20 avril. L'hommage à Louis Craon date du 22 avril, le texte de Puits artésien du 29, le chahut à l'Opéra Bastille du 5 mai. »

Elle avait cité les dates de mémoire et sans se tromper. Sa parfaite connaissance du dossier me rassura plus que sa contrition.

« Quatre initiatives en un mois, pour un groupe que nous pensions éteint, en tout cas en sommeil depuis plusieurs années, depuis la mort de Louis-Ferdinand. Nous n'avons pas vu venir cette résurrection. Ce rythme suppose une capacité militante de conception et de commandement que nous ne leur connaissions pas. Comme s'ils avaient repris espoir. Le Général et le Colonel sont peut-être nouveaux aux manettes, et veulent prouver, tel un restaurant qui affiche un changement de propriétaire, une plus grande pugnacité. Pourtant, nous avons marqué des points, notamment à Bastille : nous avons identifié les cadres subalternes, mis leurs téléphones sur écoute, fait passer des mises en garde. Malgré tout, ils ont été en capacité intellectuelle et logistique de récidiver.

— Vous leur adressez des messages, et ils vous narguent ouvertement !

— Connaissant un peu ces gens-là, j'aurais pensé qu'après leur piteuse retraite dans l'opération Janáček, ils se tiendraient tranquilles un moment. »

Avec un calme olympien, elle but son café.

« Mais vous n'êtes pas payée pour commenter ! Agissez, ou plutôt empêchez-les d'agir ! »

Elle conserva le silence un instant, et reprit :

« En effet, nous n'avons rien vu venir, et j'en suis désolée pour vous. Leur organisation est cloisonnée dans tous les sens, et ceux que nous avons interpellés ont été désactivés. Ils se taisent. Ils hibernent. D'autres colonnes sont à l'œuvre. L'enquête sera longue, je vous avais prévenu. Il nous faut être patients. Et méthodiques. Ils finissent toujours par commettre une petite erreur. C'était une erreur d'employer pour leur chahut les deux ahuris qui avaient déjà déposé la lettre chez vous et s'étaient fait remarquer par votre voisine. C'était une erreur de le programmer le même soir qu'un concert de hard-rock à haut risque, nous permettant de disposer au plus vite d'une compagnie de CRS. Utiliser chez vous le même slogan qu'à Bastille n'est pas non plus très malin. Cette signature nous simplifie la tâche. Au final, nous les trouverons. »

Une violente dispute éclata au comptoir, entre trois hommes que je ne voyais que de biais, et dans une langue que je ne reconnus pas. La commissaire s'interrompit et concentra son attention sur les protagonistes, jusqu'au moment où le patron les admonesta, et où ils quittèrent les lieux en grommelant ce qui devait être des injures.

« Quatre manifestations d'hostilité à votre égard. Et qui vont crescendo. J'ai demandé une présence statique pour aujourd'hui, nous ne pourrons pas la prolonger davantage. »

Aurait-elle voulu augmenter mon inquiétude qu'elle ne s'y serait pas prise autrement.

« Regardez la façade de mon immeuble. Elle ne vous semble pas assez éloquente ? Vous doutez de la réalité de la menace ? Je ne redeviens pas prioritaire ?

— Question de moyens. Votre cas a été sensible pendant quinze jours. Vous étiez alors dans l'actualité brûlante, et toute agression envers le héros du 20 avril aurait eu un retentissement exceptionnel. Mais ce temps-là est fini. L'opinion publique vous a oublié. Vous ne passez plus à la télé. L'enjeu politique a disparu.

— Même après ce qui vient de se passer ?

— Oui. Pour ma hiérarchie, ce n'est qu'un graffiti. Néanmoins, je continue à surveiller ce qui se passe, non seulement pour vous, mais parce que ces extrémistes doivent être dissuadés dès le début de leur carrière. Il faut les neutraliser dans l'œuf, à la première émergence. Sinon ils s'enhardissent. Ils se croient tout permis. Je veux les mater maintenant. Je préfère traiter des inscriptions à la peinture aujourd'hui pour éviter des attaques sur des personnes, des synagogues ou des mosquées demain. En ce sens, pardonnez-moi, connaître à l'avance leur cible me facilite les choses. »

Je reçus cette confidence avec amertume, comme l'affirmation sereine d'un cynisme d'État.

« Je suis la chèvre attachée au piquet, et vous le chasseur dissimulé derrière la haie qui attend les grands fauves. »

La comparaison la fit sourire, mais elle la récusa :

« Non. Vous êtes une victime, et l'honneur de mon métier est de protéger les victimes, de chercher à interpeller les coupables pour les remettre entre les mains de la justice. »

Cette tirade, quelque convenue qu'elle pût paraître, me fit du bien. Et je n'avais de toute façon pas d'autre choix que de m'en remettre à l'expérience de la commissaire.

« Et maintenant, que faisons-nous ? »

Elle esquissa une petite moue attristée.

« Première option : avec Julie et les enfants, vous quittez votre appartement...

— Vous pouvez nous mettre à l'abri ?

— Hélas non. À vous de voir : dans une résidence secondaire, chez des amis... Ils n'auront aucun moyen de vous y retrouver. Les choses finiront par se tasser.

— Je refuse. Nous n'allons pas nous cacher dans un trou de souris. Je n'imposerai pas cette fuite à ma famille. Et de toute façon je ne vois pas bien où nous pourrions aller.

— Je commence à vous connaître, et je m'attendais à cette réponse. L'autre option, c'est d'attendre, avec quelques précautions élémentaires.

— Ce n'est pas très réjouissant.

— Nos investigations finiront par payer. N'oubliez pas mon message officieux : nous continuons à travailler sur Nouvelle Division, à suivre leurs traces. Serons-nous plus rapides qu'eux ? Je ne peux vous le garantir. »

Alors j'osai lui poser la question qui me brûlait les lèvres depuis que M. Magnard m'avait montré les lettres tracées à la peinture noire.

« Pensez-vous qu'ils pourraient tenter de... de s'en prendre physiquement à moi ou aux miens ? »

Elle hocha la tête avec sérieux, et un peu de regret.

« Vous savez bien qu'il m'est impossible de vous donner des garanties ou des certitudes. Mon sentiment, mais prenez-le comme tel, serait plutôt optimiste. Lors du scandale de Bastille, où le risque de violence contre les spectateurs ou contre la police était élevé, ils ont fait preuve, par lâcheté, par calcul ou par discipline, d'une incontestable retenue. Permettez-moi d'ajouter qu'on a commencé à vous oublier. Le geste du chef Craon et votre réaction s'éloignent dans le passé. Les échos de l'un et de l'autre s'amenuisent et disparaissent peu à peu. Votre punition ne ferait plus sens, elle n'est plus mobilisatrice. Mais je sais que cette analyse trop rationnelle ne vaut pas grand-chose dans le monde réinventé où ils vivent.

— Ça ne finira donc jamais ?

— Monsieur Armant, croyez-moi, je tiendrai ma promesse : tôt ou tard, nous les identifierons, et nous les neutraliserons. »

Je soupirai à mon tour, convaincu désormais qu'elle ne m'apporterait pas l'apaisement souhaité. Un sentiment de lassitude m'accabla soudain. Elle analysait avec froideur une situation, elle évaluait des risques, elle déterminait des enchaînements probables et des scénarios de sortie de crise, et je saignais intérieurement. Sa compétence, son intelligence, sa volonté même de me soutenir ne me servaient à rien. Pour elle aussi, toute cette histoire ne relevait que d'un dossier à traiter, d'un enjeu de pouvoir à défendre, d'une victoire à conquérir en attendant la suivante, et bientôt une promotion. Sans doute n'étais-je que cela, le moyen qui lui permettrait d'être plus vite nommée commissaire principale et mutée conformément à ses vœux dans quelque ville agréable...

« Dans combien de temps... »

Elle ne répondit pas. Elle ne répondait jamais aux questions qui m'importaient, et sa rhétorique habile me les faisait oublier.

Une singulière tournure d'esprit m'afflige depuis l'adolescence. Dans une discussion, je cherche toujours à découvrir quelques traces de vérité dans le discours de mon contradicteur, plutôt que de le contrebattre ou de faire valoir mon point de vue. Même les thèses les plus absurdes ou les plus choquantes trouvent ainsi au moins un début de crédit à mes yeux. Et mon opinion propre, minée de l'intérieur, peine à s'exprimer avec fermeté. On prend souvent pour une forme de mollesse ou de timidité cet exercice radical du doute cartésien. Je n'acquiesce ni ne combats suffisamment.

Passés à ce tamis, les arguments rationnels de la commissaire me convainquirent presque, et m'empêchaient de lui tenir tête. J'y entendis des consolations, parce que j'avais besoin d'être consolé. Un de ses hommes vint lui murmurer quelque chose à l'oreille, elle me salua et ils partirent aussitôt.

Je restai un long moment immobile. Dans ce café où j'avais mes habitudes, je me sentais, à tort peut-être, protégé. Rentrer chez moi exigeait de passer devant le mur souillé, et il me fallait d'abord reprendre des forces. La camionnette d'un artisan tourna le coin de la rue. Déjà ? Non, ce ne pouvait pas être les ouvriers chargés d'effacer sinon l'agression, du moins sa trace visible.

Soudain, je remarquai un grand jeune homme costaud qui faisait mine d'attendre à l'arrêt d'autobus, le visage dissimulé sous une capuche rabattue. Une capuche ? Avec ce soleil radieux ? Du poste qu'il s'était assigné, il contrôlait le carrefour, et me coupait la route. Il tournait la tête à droite et à gauche, comme un guetteur, ou un éclaireur qui attend du renfort. Je ne pourrais éviter de passer à sa portée, il m'agripperait d'une poigne énergique, et me hurlerait en pleine figure : « Armant, dégage ! » – à moins qu'il ne sorte de sa poche je ne sais quelle arme. Il me fallait appeler la commissaire.

L'autobus arriva, le jeune homme à capuche monta, et ils disparurent.

Ma méprise me laissa le cœur battant et la bouche sèche. Je sortis précipitamment du bar, tournai le dos à mon domicile et partis droit devant moi. Je dépassai le marché, sans répondre au bonjour du poissonnier – pourquoi révélait-il ainsi mon nom à la cantonade ? –, et avançai au hasard dans des avenues sans grâce, longeant des banques, des agences immobilières, des sociétés de service, des boutiques de vêtements de seconde main et des écoles privées de troisième ordre. Je continuai, pressé comme un espion allant relever une boîte aux lettres dormante dans le creux d'un arbre, alors que j'esquivais.

Un tramway s'arrêta devant moi. J'entrai dans la rame sans me soucier de sa direction, et me laissai transporter jusqu'à son terminus, où coulait la Seine. J'étais perdu. J'étais à l'abri. Nul ne me connaissait. J'errai un moment dans ces confins indéterminés, entre le périphérique, un jardinet, une aire de jeux silencieuse, une place vide conçue par défaut, face à une muraille d'immeubles sans balcons. D'immenses publicités lumineuses clignotaient dans un contre-jour laiteux. Régnait une odeur astringente d'asphalte et de poudre. Je n'entendais qu'un son lourd, une vibration, un bruit constant venant de tous côtés. Un vent spécifique et froid tournait en rond comme un lion en cage. Des hommes tristes marchaient tête baissée vers les transports en commun.

Errer aux marges de la ville ne m'avançait à rien. Je perdais pied. Une pancarte indiquait une station de métro au bout d'une petite rue. Je suivis son conseil.

Juste avant de descendre l'escalier de céramique blanche, je reçus un appel du conservatoire. La mère de mon unique élève, cloué au fond de son lit par une mauvaise grippe, annulait les trois dernières leçons avant l'examen de fin d'année. Cette annonce inattendue me causa une sorte de douleur qui m'étonna moi-même. Non que je me fusse attaché outre mesure à ce grand adolescent, ni plus ni moins doué qu'un autre. Non que j'eusse quelque raison de douter de la réalité d'une maladie aussi subite, ou d'imaginer que cette brave dame ait eu connaissance des actions et menaces de Nouvelle Division. Mais simplement parce que cette défection dégageait encore un peu plus mon agenda déjà bien vide, me privait d'un rendez-vous régulier dédié à la musique, et coupait un des derniers fils qui me reliaient à ma vie d'avant.

Et je regrettais qu'elle n'ait pas pris la peine de me l'annoncer elle-même.

Depuis un mois, tout ce qui comptait dans ma vie s'était effondré – ou plutôt, par un enchaînement inexorable et que je n'avais même pas vu venir, tout s'était délité. Au terme de ce lent éboulement, je me trouvais abandonné de tous. Je ne savais même pas ce que je devais espérer. Les choix de Julie, de Philippe et Bertrand, d'Anne-Sophie, de Marenzio, de Roussel, de Chomérac, et même de Sheena me paraissaient logiques, et j'étais le plus mal placé pour les critiquer.

J'avais traversé cette période comme un somnambule, ou un innocent, sans comprendre ce qui m'arrivait, tombant dans tous les pièges et ne parant aucune attaque. Maintenant que je demeurais solitaire parmi les décombres, je me demandais non pas ce que me réservait la période suivante, mais seulement s'il y en aurait une. Une très longue dépression : voilà ce dont je pouvais rêver de mieux.

Le geste du chef Craon était la source, la cause, le centre du maelström dans lequel je ne me débattais plus guère.

Et j'eus alors une intuition singulière : puisqu'il avait été le poison, il devait aussi être le remède. Oui ! Seul Louis Craon pouvait rompre cette malédiction qui semblait me poursuivre. Ou plutôt, ce qui avait commencé à se dérégler à cause de lui ne pouvait être réparé que par lui. Même à son insu. Je n'attendais aucune mansuétude de sa part, il me considérait sans doute comme son ennemi et n'avait aucune raison de vouloir m'aider ou m'être agréable. Pourtant, je me raccrochai à l'espoir illogique de refermer la boucle, de trouver une issue en allant vers lui.

N'importe qui me l'aurait déconseillé, et les arguments rationnels se bousculaient dans ma tête. Mais ma décision était prise, car je ne voyais pas d'alternative. J'en étais maintenant convaincu : il me fallait rencontrer Louis Craon. Je n'avais rien à perdre.

Depuis sa disparition de l'Opéra Garnier et sa fuite vers Genève il n'avait donné aucune nouvelle, envoyé aucun signal, et plus personne ne l'avait revu. Le but que je m'assignai semblait hors d'atteinte, mais il m'en fallait un, et celui-là éclipsait tous les autres.

Des journalistes d'investigation avaient tenté de retrouver sa trace, en vain. Les poursuites judiciaires, les demandes adressées par la ministre de la Justice aux autorités de Berne cheminaient lentement, j'imagine, dès lors que l'émotion générale était retombée.

Je n'avais aucune idée de l'endroit où il habitait désormais. L'eussé-je su, je n'aurais eu aucun moyen de forcer sa porte, de l'y surprendre à son insu. Minutieux et organisé, il devait ne jamais rien laisser au hasard, et se protéger plus que jamais. Je ne pouvais espérer le voir qu'avec son accord. Comment l'obtenir, comment lui en donner envie ?

La seule personne qui pouvait avoir encore un contact

avec lui était Louis-Marie Ducasz, son agent. Au lendemain du scandale, sous la pression de ses autres artistes qui menaçaient de le boycotter, il avait annoncé qu'il cassait le contrat et ne le représentait plus. J'espérais qu'il avait malgré tout conservé un lien, même ténu, même indirect, avec le chef déchu.

Alors, je me présentai au siège de son agence, près de la place de l'Étoile. L'hôtesse d'accueil s'enquit du motif de ma visite. Je lui expliquai que je voulais voir son patron, que, non, je n'avais pas rendez-vous, que cinq minutes entre deux portes me suffiraient, et que j'attendrais le temps qu'il faudrait.

Pendant que je m'installai d'autorité dans un fauteuil de l'entrée, elle appela je ne sais qui et murmura, en me jetant des coups d'œil furtifs. J'avais sorti un livre de ma poche, pour me donner une contenance et pour bien montrer ma détermination. Et je pressentais que je n'aurais pas de seconde chance : si je quittais les lieux, par exemple pour aller déjeuner, je risquais fort de trouver porte close à mon retour. J'étais suffisamment calme et courtois pour ne pas justifier un appel au vigile que j'avais vu dans le hall de l'immeuble. L'hôtesse espérait manifestement qu'au bout d'une demi-heure je m'en irais désappointé, et vaquait à ses occupations, prenant grand soin de m'ignorer tout en me surveillant à distance. Des photographies dédicacées par les plus illustres musiciens couvraient tous les murs, et dans d'autres circonstances j'eusse admiré pareille galerie.

Il y eut des visiteurs, des coursiers, des allées et venues dans le couloir. En les observant, je compris que la deuxième porte à gauche recelait le centre névralgique de l'agence. Les employés y frappaient avec respect, attendaient, et entraient légèrement penchés en avant. Dans ce bel appartement haussmannien, je devinais une salle à manger d'apparat, avec un balcon donnant sur l'avenue de la Grande-Armée, reconvertie en bureau directorial.

J'eus le temps d'arrêter un plan de manœuvre. Une walkyrie vieillissante enveloppée dans une houppelande rouge semblait avoir été le dernier rendez-vous de la matinée. Après son départ, à midi moins le quart, je me levai, l'air déconfit, remerciai l'hôtesse, et pivotai brusquement, non vers la droite et la porte palière, mais vers la gauche et le couloir. En quelques enjambées je parvins à la porte du bureau, frappai et entrai. L'hôtesse, surprise, dut contourner son comptoir et courir derrière moi en protestant :

« Monsieur ! Monsieur ! Vous n'avez pas rendez-vous ! Vous ne pouvez pas... »

Je l'aurais repoussée, s'il avait fallu. Mais j'avais été plus rapide, et nous entrâmes ensemble.

Assis à son bureau, Louis-Marie Ducasz, un petit homme obèse aux cheveux longs, en costume crème et foulard moutarde, interrompit sa conversation téléphonique et se leva péniblement :

« Mais que signifie...

— Président, je n'ai pas pu l'empêcher..., gémit l'hôtesse.

— C'est exact, précisai-je pour la dédouaner. Je n'avais pas d'autre solution. Je suis Sébastien Armant, l'altiste qui...

— Je sais qui vous êtes, me coupa Ducasz, tout en congédiant l'hôtesse d'un geste. Vous êtes l'homme qui en cinq minutes m'a fait perdre dix pour cent de mon chiffre d'affaires. Et vous osez faire irruption dans mon bureau ! Je vais mettre les points sur les i. Moi seul choisis les artistes avec qui je travaille, et je n'ai aucune envie d'être votre agent : d'abord à cause de ce que vous m'avez fait ; ensuite parce que vous n'êtes pas connu et ne le serez jamais ; enfin parce que l'alto n'est pas vendeur. Suis-je assez clair ? Maintenant vous quittez les lieux sur-le-champ, sinon... »

En réponse à sa diatribe, j'éclatai de rire : un rire léger, assez bref, mais qui le décontenança visiblement.

« Je n'aurais jamais songé à vous demander d'être mon agent !

— Alors pourquoi cette intrusion ? »

Je m'assis dans un fauteuil sans qu'il m'y ait invité, il fit de même. J'imaginais que derrière la double porte, tout le personnel de l'agence attendait mon expulsion.

« Je viens vous demander de transmettre un message à Louis Craon. »

Il écarquilla les yeux, en une mimique théâtrale soigneusement composée.

« Vous savez que je ne m'en occupe plus. C'est fini. Je ne suis plus son agent.

— Vous l'avez été pendant plus de vingt ans, j'ai peine à croire que vous ne puissiez le joindre. »

Il forma une autre figure de comédie, le sourire narquois et condescendant.

« Savez-vous combien de journalistes m'ont demandé la même chose ? Et, à supposer que je sois capable de faire ce qu'ils me demandaient, combien ont eu une réponse – je ne dis même pas une réponse positive : aucun !

— Mais je ne suis pas journaliste.

— En effet. Vous êtes ce musicien inconnu qui a brisé sa carrière. »

Je ne démentis pas. Il m'étudia un instant du regard, enfin sérieux, enfin lui-même. Dans son visage poupin, on ne pouvait pas ne pas remarquer ses yeux de chat, légèrement bridés et toujours en mouvement. À défaut de victoire plus tangible, j'avais au moins réussi à piquer sa curiosité.

« Admettons, par hypothèse, que je lui fasse passer votre message. Quel en serait la teneur ?

— Je veux le rencontrer. »

Louis-Marie Ducasz resta silencieux et immobile un long moment. J'entendais le tic-tac d'une pendulette Empire posée sur la cheminée de marbre noir. Dans une niche, un cheval de jade se dressait sous une orchidée opulente, cascadant en fleurs violettes. Une grande marine dans un cadre doré, un trois-mâts fuyant sous la tempête, répondait à un tableau abstrait, ocre et terre de Sienne. Un guéridon supportait une collection de carafes à liqueur et de verres en cristal. Derrière son bureau, une icône de la Vierge de Kazan à rehauts d'argent. Dans l'angle, une profusion de plantes vertes et d'oiseaux colorés en papier mâché. Et je compris ce qui m'intriguait : aucun des objets de ce cabinet de curiosités n'évoquait la musique ni les musiciens.

« Vous voulez rencontrer Craon ? Quelle drôle d'idée... Après ce qui s'est passé entre vous... Et pourquoi donc ?

— Vous me permettrez de le garder pour moi.

— Vous pensez qu'il comprendra ? Qu'il acceptera ? Surtout si vous jouez les mystérieux ?

— Nous verrons bien. »

Je n'avais aucune envie de partager mes doutes. Comment aurais-je pu commenter le sens de ma démarche, alors qu'il m'échappait ? Mon sourire se fit énigmatique.

« Il n'est pas à Paris, ni en France.

— Voyager ne me fait pas peur. »

Ducasz se leva pesamment et s'approcha de la fenêtre pour contempler le spectacle de l'avenue et parler sans me regarder.

« Vous connaissez le lac d'Orta ?

— Non.

— Le plus occidental, le plus petit et pour moi le plus beau des lacs italiens. Quand j'ai commencé dans le métier, il m'a fallu trouver mes premiers artistes. Louis Craon fut l'un d'eux. Jeune chef prometteur, il avait accepté de dîner avec moi. De Milan, où il débutait à la Scala en remplaçant au pied levé le directeur musical pour un *Enlèvement au sérail* mémorable, je l'ai emmené à Orta. Non pas dans un *palazzo*, je n'en avais pas les moyens, mais dans une auberge de campagne. En ce temps lointain j'étais aussi svelte que lui. Je lui ai garanti qu'il conserverait la main sur sa carrière, que je ne le pousserais jamais à accepter un projet pour lequel il ne se sentirait pas prêt, ou qui ne lui conviendrait pas. Rien ne comptait plus pour lui que sa liberté. C'est ainsi que j'ai gagné sa confiance, et son mandat.

— Aviez-vous remarqué des changements ?

— Depuis six mois, il acceptait tout sans discuter. Je le croyais devenu obéissant, j'aurais dû m'en alarmer. En fait, il savait déjà que sa carrière s'arrêterait le jour qu'il avait choisi, et que peu importaient les engagements futurs, qui voleraient en éclats.

— Ce n'était donc pas un coup de tête ?

— Louis Craon a horreur de l'improvisation. »

Il se tut, comme pour repenser à quelque discussion avec lui, à laquelle je n'étais pas admis.

« J'avais beaucoup insisté pour qu'il fasse ce *Così fan tutte* à Garnier retransmis à la télévision.

— Rien ne vous avait laissé présager...

— Non, rien. Rien.

— Vous pensez qu'il s'est réfugié au bord de ce lac ? »

Il se retourna vers moi, comme déçu par ma question de détective amateur.

« Si je le savais je ne vous le dirais pas. J'essaye de vous expliquer que j'ai travaillé avec un Louis Craon épris de liberté et d'indépendance. Jamais je n'aurais pu lui prêter la moindre sympathie pour le IIIe Reich, l'anniversaire d'Hitler, toutes ces choses horribles qu'il a réveillées. Je ne comprends toujours pas.

— Et vous n'avez eu aucune explication... après ?

— Non. Je lui ai demandé... ou plutôt je l'ai supplié de parler. Libre à lui de choisir la forme, un communiqué, une lettre, un entretien, une conférence de presse. Quoi qu'il ait voulu exprimer, il fallait qu'il explique son geste, qu'il lui donne du sens. Il pouvait plaider le coup de folie, la très mauvaise plaisanterie, la provocation désespérée, ou même en assumer la teneur. Mais qu'il fasse entendre sa voix, qu'il ne reste pas muet comme une tombe, en proie à toutes sortes d'hypothèses et de commentaires. Qu'il se défende. Dans mon second message, et pour piquer son orgueil, j'ai pris votre exemple, alors que vous couriez les médias pour commémorer inlassablement votre réaction. »

Cet aveu n'était sans doute pas très habile, à mon égard. Et je trouvai étonnamment comique, et assez ridicule, l'idée de cet appel éperdu au proscrit pour qu'il revienne dans le jeu. La perte de chiffre d'affaires devait être douloureuse. Je réussis à ne pas sourire, et répondis avec une gravité feinte par une question dont je connaissais la réponse :

« Il ne vous a pas répondu ?

— Il a lu mes courriers électroniques, mais je n'ai jamais eu de réponse. Je lui ai même envoyé une drôle de lettre que j'ai reçue dans ma boîte aux lettres, un feuillet sans signature qui faisait son éloge. »

En toute rigueur, j'aurais dû en informer la commissaire Leclair. Cette information eût été utile il y a un mois, plus maintenant. Entre-temps j'avais cessé d'être le bon petit soldat de l'enquête.

« Dans la réprobation générale, ce soutien pouvait lui faire plaisir, l'étonner, voire le heurter. J'espérais sans doute qu'il prendrait la peine de lever une forme de malentendu. Mais là encore, aucun écho. Tout s'est arrêté ce soir-là, si brutalement, sur ce geste bien sûr inexcusable. Voilà pourquoi je lui ferai passer votre message, monsieur Armant : non pas pour vous, mais pour moi. Répondra-t-il ? Acceptera-t-il ? Il ne dirigera jamais plus. Sa carrière est finie. Mais notre amitié ? »

En l'écoutant, méfiant, je pensais qu'il me mentait, qu'il inventait ou enjolivait ce dialogue au bord d'un lac pour me manipuler et m'amener je ne sais où. Après les premières minutes de surprise, il avait eu le temps d'échafauder son anecdote. Mais dans quel but ? Il me confiait sa tristesse, son incompréhension, il devait se douter que je ne saurais qu'en faire. Je n'étais pas venu pour le consoler, ni le réconcilier avec la vedette tombée de son piédestal. Ce qu'il ressentait ne m'intéressait pas. Seules ses tentatives infructueuses d'approche de Louis Craon m'importaient, non cette déploration, ou cette rhétorique.

Dans ce monde où j'avais pénétré le 20 avril, nul n'agissait qu'à son profit. La belle histoire que Louis-Marie Ducasz me servait n'arrivait pas à me convaincre, même si je ne parvenais pas à distinguer quel bénéfice il attendait de ma rencontre avec le proscrit.

Quand il eut fini, je me levai avec un rien de solennité. Il me montra la porte, et sans esquisser aucun mouvement ajouta :

« Je ne vous raccompagne pas, vous avez su trouver le chemin tout seul. »

Je souris, et m'en allai.

Je n'avais plus rien à faire qu'attendre. Ducasz avait promis, je ne doutais pas qu'il tiendrait parole. Le chef déchu recevrait mon étrange requête. Il serait surpris, puis se moquerait, sans doute. N'était-ce pas une reddition sans condition ? De mon propre choix, je me soumettais à son bon vouloir. Je lui redonnais du pouvoir sur moi, alors que je n'existais à ses yeux et aux yeux du monde que pour avoir contesté cette autorité. Cette contradiction le réjouirait peut-être, et je n'en avais cure.

Bien sûr, Louis Craon ne donnerait pas suite. Pourquoi diable s'encombrerait-il de moi ? Et à quelle humiliation m'exposais-je, en le sollicitant de la sorte ? Encore heureux s'il me répondait avec mépris ! Plus probablement, il ricanerait dans son repaire, de ma naïveté comme de l'incongruité de ma démarche, et boirait un whisky narquois à ma santé. Au bout de combien de jours accepterais-je de comprendre que son silence prolongé valait refus ?

Mon téléphone sonna. Déjà ? L'école d'Arthur me signalait seulement qu'à la tombola, j'avais gagné une yaourtière.

Non, je devais patienter encore. Je ne pouvais pas raisonnablement espérer une réponse dans l'après-midi même.

*

Mais comment occuper les heures et les jours ? De longues marches au hasard dans Paris, radieux comme la capitale sait l'être en mai, ne m'épuisaient pas suffisamment.

Je ne persistais dans cette attente sans espoir que pour une seule raison, l'absence de toute autre perspective.

Pendant ces instants de doute, je ne supportais plus une seule note d'aucune sorte. Les succès du moment qui tournaient en boucle sur les radios me faisaient l'effet d'une bouillie trop chaude perversement déversée dans mes oreilles. Les œuvres des grands maîtres, ceux que je croyais mes amis, me parlaient une langue étrangère, ou, nostalgiques, m'amenaient au bord des larmes. Même Bach, le plus révéré de tous, échouait. Lui qui seul connaissait les hauts chemins de tristesse et savait leur trouver une issue dans la lumière m'abandonnait. Ô chorals, ô cantates ! Même Jean-Sébastien Bach n'avait rien à me dire ou me fuyait, et son indifférence me jetait dans un état proche de la panique.

Musicien interdit de musique, je souffrais chaque instant d'entendre seulement les battements de mon cœur. Car le silence lui-même – dont le symbole sur une partition se dessine comme un petit rectangle, un bloc noir, parfait, indestructible – le silence jaloux et rageur m'étreignait. Il n'était plus ce grain de poivre placé par le compositeur entre deux accords remarquables, ni cette attente délicieuse dont surgiraient la première phrase, les premières émotions. Il avait pris la forme d'un détonateur, et je redoutais l'énergie extrême qu'il contenait.

*

À Montmartre où j'errai sans but le lundi suivant, des groupes de touristes peinaient à suivre leurs guides qui agitaient parapluie ou fanion. Eux au moins savaient où aller, et peut-être même pourquoi.

Un kiosque à journaux affichait la couverture du dernier numéro de *Périmètre*, avec ce titre en grosses lettres jaunes en bas de page : « Sheena : Oui, je me suis fait refaire les seins ! »

Revoir son nom, être ainsi contraint de repenser à elle et à ce qui s'était passé entre nous... Très vite, ce sentiment de gêne se transforma en nausée. Cet article survenait après celui de *Longue-Vue*. Avec détermination et méthode, elle gravissait l'escalier qui la conduirait vers le succès, ou ce qu'elle considérait comme tel. Je n'en avais été que l'une des marches, oubliée sitôt franchie.

J'entrai dans un bar et croisai mon visage dans la glace au-dessus du comptoir. Je n'aimai pas beaucoup ce que j'y découvris : traits tirés, teint grisâtre, yeux cernés, mine sombre, cheveux ensauvagés...

Alors que je venais de commander un café, un appel sur mon téléphone.

« Monsieur Armant, bonjour. Je suis Olivia, la stagiaire d'Anne-Sophie. Vous vous souvenez de moi ? Je vous avais envoyé votre revue de presse. Comme je vous l'indiquais, je voudrais vous rencontrer pour mon mémoire. Quand seriez-vous disponible pour me recevoir ?

— Arrêtez de me harceler ! Je ne veux plus jamais entendre parler de cette histoire ! Plus jamais ! »

Le cœur battant, je raccrochai. Deux minutes après, le téléphone à nouveau. Comment osait-elle insister ainsi ? Mais une autre voix féminine me murmura :

« Pourriez-vous venir de toute urgence ? M. Ducasz vous attend. »

Une demi-heure après cet appel, j'entrai dans son bureau. Sans se lever, à raison de son poids ou de sa morgue à mon égard, il m'accueillit chaleureusement :

« Alors là, bravo ! Je ne sais pas comment vous avez fait, il accepte de vous recevoir. »

J'avais demandé ce rendez-vous sans illusion ni espoir. Il me semblait vaguement que j'en avais besoin – besoin d'un objectif, d'une confrontation – mais sans savoir ce que j'en attendais. Je reçus son acceptation comme un coup de poing – tant j'avais pensé qu'il ne me répondrait même pas, ou par un refus formulé en termes humiliants, que son agent se délecterait à ciseler. La perspective du tête-à-tête que j'avais sollicité me sembla d'un coup incongrue et déplaisante. Mais il était trop tard pour reculer.

Et la petite lueur malicieuse que je décelai dans son regard m'inquiétait un peu.

« J'aimerais bien vous accompagner, mais je n'ai pas été invité. Voici vos consignes : vous partez pour deux jours, n'oubliez pas votre brosse à dents. Ni votre crincrin. »

Pourquoi cette familiarité, et ce mépris envers mon alto ? Par réflexe, je regardai ma main gauche, où aucune cicatrice ne se voyait plus.

« Je... Je ne vous permets pas...

— Holà, doucement ! Ce ne sont pas mes mots, mais les siens. J'ai pour instruction de ne pas vous montrer sa réponse, mais de vous la lire. Et il écrit : "Qu'il amène son crincrin."

— Mon alto et ma brosse à dents. D'autres consignes ?

— Oui. Demain, levez-vous à l'aube. Voici votre billet pour le premier TGV pour Annecy. Un taxi vous attendra à la gare.

— Je dois prévenir mes proches et laisser une lettre au cas où je ne réapparaîtrais pas ? »

J'avais l'air si pincé qu'il prit ma remarque au sérieux.

« Vous ne risquez rien. Et ne me dites pas que vous n'êtes pas libre demain, l'occasion ne se représentera pas.

— J'y serai. Vous pouvez le lui confirmer. »

Il eut l'air satisfait, et prit ses aises en se laissant aller dans son fauteuil. Grâce à moi, enfin Louis Craon avait réagi à ses sollicitations.

« Vous serez le premier à le revoir. Pourquoi vous, je n'arrive pas à l'imaginer. Tant d'autres ont essayé, y compris moi-même, bien sûr. J'en serais presque jaloux. Je n'ai aucune idée de son état d'esprit en général, ni de son état d'esprit à votre égard. Vous verrez bien.

— J'aviserai.

— Vous pourriez n'être reçu que cinq minutes, ou agoni d'injures...

— J'aurai mon crincrin. »

Il ricana de m'entendre invoquer mon instrument comme bouclier. L'émotion qu'il avait manifestée à notre première rencontre semblait bien lointaine. Il ne brandissait plus la nostalgie d'une amitié brisée.

« Il a sûrement une idée derrière la tête. J'ai beau le connaître depuis bien longtemps, je n'essaye même pas de la deviner. Je voulais néanmoins vous demander une faveur. Quand vous serez rentré, venez me raconter comment vous l'avez trouvé, ce qu'il vous a dit. »

Je n'avais aucune raison ni aucune envie d'être aimable envers Louis-Marie Ducasz. Je grommelai une réponse indistincte, pris le billet de train, et m'en allai. L'impolitesse a plus de vertus que l'hypocrisie.

Mardi 25 mai

D'abord, comment m'habiller ? En général, je n'attache aucune importance à ma tenue, au grand désespoir de Julie.

La veille au soir, j'y avais longuement réfléchi. Le chef Craon et moi, lors de notre unique rencontre, portions tous deux habit noir, gilet et nœud papillon blancs, comme il sied pour une soirée de gala. Le costume de pingouin était exclu. Une allure trop décontractée, comme pour un séjour impromptu chez des amis à la campagne, impliquait une familiarité, une proximité qui ne pouvaient convenir.

J'avais opté pour un élégant costume sombre, la chemise bleu clair qu'Anne-Sophie m'avait achetée, une cravate dans les tons de gris. Et les chaussures que j'avais étrennées devant lui. Cet ensemble de bon aloi, qui eût convenu pour un entretien d'embauche dans une banque, ne révélait rien de moi. J'avais éprouvé le besoin d'une armure discrète. En sortant de l'agence Ducasz, j'étais également passé chez mon coiffeur. Rien dans mon allure ne pouvait prêter à la critique. Tiré à quatre épingles et rasé de frais, je constatai pourtant avec gêne que j'avais pris soin de mon apparence, tel un lycéen pour son premier rendez-vous amoureux.

Je somnolai pendant la plus grande partie du trajet.

En gare d'Annecy, un chauffeur de taxi jovial m'attendait avec une pancarte à mon nom. Il tenta à plusieurs reprises d'engager la conversation, mais je ne répondis pas à son bavardage. Il finit par se lasser, et se tut. J'aurais pu lui demander où nous allions, mais je préférai me laisser conduire. Les plus hauts sommets des Alpes se rapprochèrent peu à peu, pendant que nous filions sur l'autoroute. Dans une petite plaine au pied du mont Blanc, le taxi s'arrêta sur une aire de service.

« Voilà, nous sommes arrivés. D'après mes consignes, je dois vous laisser ici. Un collègue va venir vous chercher. »

Je descendis sans commentaires, et le vis s'éloigner. Seul avec ma petite valise, entre un camping-car hollandais et trois gros camions en partance vers l'Italie ou les Balkans, je me sentais ridicule, victime peut-être d'une farce de mauvais goût. La beauté du paysage et le vrombissement de la circulation composaient un ensemble inharmonieux. Un sentiment désagréable de solitude et d'abandon me submergea. J'imaginai un instant Louis Craon tapi non loin, savourant à la jumelle sa bien mesquine revanche. Combien de temps me donnais-je, avant de chercher une solution pour rentrer chez moi ?

Au bout d'un quart d'heure, une limousine aux vitres teintées ralentit majestueusement et stoppa à ma hauteur. Un chauffeur tout de noir vêtu descendit, ôta sa casquette, m'ouvrit la portière et rangea mon bagage dans le coffre. Il alliait le physique d'un garde du corps aux manières compassées d'un majordome britannique.

Je m'installai dans un profond siège en cuir, jetai un coup d'œil aux journaux et magazines disposés devant moi. Sur une tablette, un panier de viennoiseries et un appareil sophistiqué, dont je finis par comprendre qu'il servait du thé et du café. Sans nul doute, l'attente sur le parking et le changement de véhicule avaient pour but de vérifier que j'étais seul et que personne ne me suivait. Ces précautions de roman d'espionnage me firent sourire.

La limousine s'élança sans bruit et commença à monter entre les montagnes. Au-dessus des forêts sombres, je discernai des coulées blanches, le haut de pistes de ski où la neige tassée résistait encore au printemps.

Alors que nous venions de dépasser la bifurcation pour le tunnel du Mont-Blanc et l'Italie, et continuions vers Chamonix, je lui demandai où nous allions.

« Je ne suis pas autorisé à vous le dire. »

Cette réponse, je ne sais pourquoi, m'inquiéta. Nous étions arrêtés à un rond-point, j'eus tout d'un coup l'idée de m'en aller, de cesser cette comédie dont le sens m'échappait. Mais la portière était bloquée. Une panique irrationnelle m'envahit :

« Je ne peux pas descendre ! C'est un kidnapping !

— Si Monsieur souhaite quitter la voiture, il vous suffit de me le demander, et je m'arrêterai. Je peux aussi vous déposer devant la gare ou à un arrêt de bus, à votre convenance. Le système de verrouillage est automatique, et je n'y peux rien, mais votre liberté n'est pas menacée. »

Face à son flegme, je me sentis parfaitement ridicule :

« Pouvez-vous au moins me dire dans combien de temps nous serons arrivés ?

— Bien sûr. Dans environ deux heures. »

Après Chamonix, il y eut deux cols, la descente vertigineuse sur Martigny, la vallée du Rhône vers l'amont, Sion, Sierre. Puis le chauffeur quitta l'autoroute et s'engagea dans une gorge humide, par une route étroite et sinueuse, taillée à la serpe dans les rochers. J'admirai son habileté dans les virages en épingle à cheveux, qu'il négociait sans à-coups, malgré la longueur du véhicule.

Une vallée de carte postale apparut ensuite, avec ses chalets en bois et ses hameaux serrés autour de chapelles minuscules. Nous la remontâmes sur toute sa longueur. Là où elle paraissait buter sur une barrière de pics enneigés, une route secondaire vers la gauche se faufilait dans une faille entre de hauts contreforts. Pendant encore une dizaine de kilomètres, elle pénétrait à l'intérieur du massif, gagnant de l'altitude, longeant quelques cascades spectaculaires, avant de ressortir sur une vaste combe, entièrement cernée de sommets et d'à-pics. Dans les prés, l'herbe couchée par l'hiver tardait à reverdir. Au-dessus de la forêt, les alpages encore ternes s'achevaient au pied d'éboulis et de parois verticales.

Nous arrivâmes à un petit village, dont le nom figurait sur une pancarte : Sankt Joachim. La limousine s'arrêta sur une placette ornée d'une fontaine, devant l'Auberge suisse.

« Voici votre hôtel. Installez-vous tranquillement. Un déjeuner vous attend. Je repasserai vous prendre à 2 heures et demie. »

Il se saisit de ma valise et entra avec moi dans le hall. Une dame replète d'une cinquantaine d'années nous attendait, pour me remettre ma clef. J'allai poser mes affaires dans une chambre dont la fenêtre donnait sur une pointe acérée comme le Cervin. Sur la table de chevet, quelques brochures touristiques. J'eus beau les regarder, je me sentais complètement perdu. Fallait-il vraiment partir à l'aube de Paris, passer par Annecy, monter dans un taxi puis dans cet équivalent moderne d'un carrosse pour arriver dans ce bout du monde ?

J'allais voir Louis Craon. Repensant à ses recommandations

telles que son agent me les avait transmises, je sortis ma trousse de toilette, et mon alto. L'altitude et la sécheresse de l'air ne lui convenaient pas. Pourquoi mon instrument devait-il m'accompagner dans cette visite ? Un instant, j'eus l'idée de téléphoner à Louis-Marie Ducasz et de lui murmurer : « Il est à Sankt Joachim, au fin fond du Valais ! » Mais je n'avais aucune raison de lui faire cette révélation.

Je redescendis pour le déjeuner, où j'étais le seul client. La patronne, qui visiblement s'ennuyait, vint me faire la conversation en m'apportant la tarte aux pommes.

« C'est la première fois que vous venez à la Petite Écosse ?

— Oui. Je ne connaissais pas la vallée de Sankt Joachim.

— Ne confondez pas ! La Petite Écosse, vous n'y êtes pas encore, c'est un vallon d'altitude, autour du Schwarzsee, le lac Noir. Un lord anglais l'a acquis pour une bouchée de pain dans les années dix-huit cent nonante et y a fait construire un cottage, qu'il a appelé “Little Scotland”. Il y passait tous ses étés, à marcher et chasser. Voyez à quoi ça ressemblait. »

Elle me montra un tableautin représentant un manoir de briques au bord d'un lac, dominé par de dramatiques monts englacés.

« À la mort de son petit-fils, il y a une vingtaine d'années, le domaine est resté longtemps à l'abandon, puis il a été racheté par une société financière genevoise. Ils ont rasé le cottage pour édifier sept chalets de très grand luxe. Ils ont fermé hermétiquement le vallon, on ne peut y entrer que si on est invité.

— Et qui habite là-haut ? demandai-je par politesse, puisque je savais qui j'allais rencontrer.

— Nous ne traitons qu'avec la conciergerie, et on nous a fait comprendre qu'il vaut mieux éviter de se montrer trop curieux ou trop bavard. Parfois, des journalistes viennent me voir, et me demandent si tel dictateur africain, tel émir, tel homme d'affaires russe se cache sur les rives du Schwarzsee. Ça ne me regarde pas !

— Évidemment.

— Avec tous ces gens qui viennent pour quelques jours, pour un rendez-vous, pour un petit chantier, mon hôtel tourne toute l'année. Je vois passer des limousines, des camionnettes, des coursiers. Il paraît même que des filles... Mais je n'écoute pas ce genre de ragots. »

Malgré cette déclaration de principe, et la légendaire discrétion helvétique, elle brûlait d'être relancée.

« Vous disiez que le domaine est clôturé ?

— Une première barrière au bout de la route communale, où il faut s'annoncer par interphone. Un portail coulissant en haut du mélézin. Des murs de trois mètres, qui font tout le tour et viennent s'adosser à la falaise.

— Pas d'autre accès ?

— Même les braconniers les plus endurcis ont renoncé à tenter de chasser dans le vallon. Il y a quatre ans, un jeune Italien voulait absolument entrer dans la Petite Écosse pour faire des photos pour je ne sais quel magazine. Il avait imaginé de passer par le col des Chèvres et le plateau, pour redescendre par une brèche qu'il avait repérée dans les falaises. Il a dormi ici une nuit, puis il est parti avec tout l'attirail, casque, piolet, cordes et crampons. Fin mai, comme aujourd'hui, avec la neige qui tient encore bien au-dessus des deux mille mètres. Je lui avais bien dit que ce n'était pas prudent, de s'aventurer tout seul dans les couloirs là-haut, même par beau temps. Il m'avait répondu qu'il avait l'habitude de la haute montagne. Trois jours après, il n'était toujours pas revenu, alors qu'il avait laissé ses affaires. J'ai dû prévenir la gendarmerie cantonale. On l'a retrouvé deux semaines plus tard, il avait dévissé dans une barre rocheuse.

— Ne vous inquiétez pas, j'entrerai par la grande porte, je suis attendu.

— La conciergerie vous a envoyé un chauffeur et vous a réservé une chambre pour une nuit : je n'ai pas de doute là-dessus. Leurs horaires sont imprévisibles. Les artisans qui font des réparations à la Petite Écosse dînent tôt. Nous servons jusqu'à 9 heures. Si vous rentrez plus tard, passez par la cuisine, la porte de derrière, je vous laisserai à souper au coin du fourneau.

— Merci. Je ne connais pas exactement la suite du programme. On doit venir me chercher, mais ensuite... »

Ce sujet épuisé, il lui fallait en trouver un autre.

« Excusez-moi, je vois que vous avez un violon...

— Un alto.

— Je ne vous demande pas pourquoi, ça ne me regarde pas. Mais de temps en temps on voit passer des musiciens. Je me souviens d'un joueur de... oud, c'est comme ça qu'on dit ?

— Oui, je crois.

— Très beau, très mystérieux. Pakistanais ou libanais, ce genre-là. Il est resté une semaine, on venait le chercher tous les soirs. Les concerts privés d'un milliardaire insomniaque, je suppose. Et les Tziganes ! Sept musiciens serbes. Ils ont attendu ici pendant trois jours, ils jouaient tout le temps. Quelle ambiance ! Et ils buvaient ! Le troisième jour, la conciergerie leur a dit qu'ils pouvaient repartir. Ils étaient furieux d'être montés pour rien, malgré, j'imagine, une bonne enveloppe. J'espère que vous ne connaîtrez pas la même mésaventure. »

Je souris de ses anecdotes, et de sa manière d'essayer de m'arracher des informations.

« Non, je ne pense pas. »

Elle eut un sourire de jeune fille, étonnamment lumineux :

« Vous êtes vraiment très bien habillé, c'est rare par ici. J'ai tout de suite compris que vous n'étiez pas carreleur ou menuisier, ni même... informaticien ou... architecte. Et même pour un musicien... Je vous verrais plutôt négociant. Peut-être que vous allez vendre un alto de très grand prix.

— Ou peut-être mon étui est-il rempli à ras bord de diamants... Non, excusez-moi, ce n'est pas drôle. C'est vraiment un alto.

— Mon frère habite à Sion, il joue du piano. Il doit venir samedi... Mais je suis sotte, je n'ai pas de piano à l'auberge.

— Et je serai reparti. »

Elle espérait sans doute que j'allais lui jouer une valse, rien que pour elle, mais je n'en avais pas le goût. L'arrivée du car postal et de trois promeneurs entrés boire un verre de fendant mit un terme à notre échange.

À l'heure convenue, le chauffeur m'attendait. La limousine se dirigea vers le fond de la vallée, au pied d'un verrou glaciaire. La barrière de la route privée se leva pour nous. Après une grimpée d'un quart d'heure tout en virages dans la forêt, nous atteignîmes le portail, qui coulissa pour nous laisser entrer.

Le Schwarzsee, un peu en contrebas, couleur d'argent malgré son nom, miroitait au soleil. Deux de ses bras allongés sinuaient entre d'anciennes moraines, tels des lochs écossais en réduction. Un îlot herbeux ponctuait la baie la plus proche. Les chalets annoncés restaient invisibles. Les mélèzes abondaient autour du lac et s'aventuraient à peine plus haut. La pelouse alpine occupait le reste du vallon, ne cédant qu'à des blocs arrondis par d'antiques glaciers. Des plaques de neige subsistaient au nord, dans les creux et au pied des couloirs d'avalanche. Une buse tournoyait dans le ciel.

Le chauffeur s'engagea dans un chemin secondaire descendant vers les berges, au fond d'une anse rocheuse. Je n'aperçus la résidence de Louis Craon qu'au tout dernier moment, tant elle était harmonieusement intégrée à son environnement. Basse, toute en pierres sauf quelques ponctuations verticales de bois clair, elle faisait corps avec le terrain, m'évoquant presque un terrier. D'étroites fenêtres, à peine plus grandes que des meurtrières, perçaient la façade.

En descendant de voiture, je pris conscience de sa véritable dimension. Avec un entresol habilement dissimulé et des combles aménagés, elle devait dépasser les mille mètres carrés. L'air léger, piquant en raison de l'altitude, à la saveur d'eau froide et de silex, me fit frissonner.

Quelles méditations hantaient le chef déchu, seul dans ce paysage sublime et vide ?

« Excusez-moi, Monsieur, mais c'est la procédure de la Petite Écosse. Si Monsieur veut bien ouvrir... »

J'obtempérai, sortis l'alto pour éviter que le chauffeur ne le touche, et lui présentai l'étui. Assassiner Louis Craon n'entrant pas dans mes projets, je n'y avais dissimulé ni poignard ni revolver.

Satisfait de son inspection, il me conduisit à une porte austère, qui s'ouvrit aussitôt. Une soubrette comme je n'en avais vu qu'au cinéma – robe et collants noirs, coiffe et tablier blancs – me souhaita la bienvenue et m'invita à la suivre.

Je gravis quelques marches et entrai dans un immense salon, où trônait un piano à queue de concert. Comme chaque visiteur avant moi, je fus stupéfié par la vue qu'une façade tout en vitres offrait sur le Schwarzsee et, en fond de décor, la croupe d'un glacier serpentin et brillant. L'œil ne pouvait qu'hésiter, par les baies grandes ouvertes, entre les calmes remous de l'eau couleur de mercure et les séracs gris-bleu chatoyant là-haut entre les arêtes de granit rose.

Que faisais-je là ?

Un bruit de pas me fit me retourner. Louis Craon descendait à pas lents l'escalier adossé à la cheminée en pierre. Vêtu d'un pantalon de toile beige et d'une chemise blanche, il avait rasé la barbe courte qu'il portait depuis une vingtaine d'années, et s'était laissé pousser les cheveux, assumant ainsi une calvitie du sommet du crâne.

Il arriva jusqu'à moi et ne me tendit pas la main, ce qui m'évita de devoir l'accepter ou non.

« Armant. J'ai beaucoup entendu parler de vous. Notre dernière rencontre a été... brève. »

Était-ce de l'humour ? Sa voix chaude et bien timbrée de baryton, un peu traînante, n'avait pas changé. En le revoyant, mes chaussures neuves se rappelèrent à mon bon souvenir.

« Comment va l'Opéra de Paris ?

— Bien, je suppose.

— Qu'est-ce que vous donnez en ce moment ? »

Je n'envisageai pas de lui raconter d'emblée par quel enchaînement je m'étais trouvé exclu de l'orchestre.

« La *Petite Renarde rusée*, dirigée par Wilhelm-Friedmann Zelenka.

— Un garçon extrêmement talentueux. Une vraie merde au plan humain, mais déjà un très grand chef. »

Je n'avais pas fait ce long trajet pour l'entendre médire de ses contemporains, ou chroniquer l'actualité musicale.

S'il avait su que le jeune Tchèque se rêvait procureur de son procès confraternel ! Je ne répondis pas. Et je pris conscience du silence, du silence absolu qui régnait en maître dans cette maison. Aucun bruit de pas, de moteur, d'animal n'entrait dans cet espace monacal, ni le friselis de la vague ou le souffle du vent.

« J'ai regardé dans mes partitions : rien pour l'alto, évidemment. J'ai trouvé la *Sonate à Kreutzer.* »

Sans me demander mon avis, le chef s'assit sur le tabouret et ouvrit le couvercle. Je n'avais jamais abordé cette célèbre pièce pour violon et piano. Avec lenteur, je sortis mon instrument, l'accordai, et vins me placer debout derrière lui. Alors que la lecture à vue effraie beaucoup de musiciens, j'ai toujours aimé cet exercice, dont la difficulté s'augmentait ici de la nécessité de transposer.

L'image de mon élève bafouillant pour des triolets approximatifs me revint en tête. Je me souvenais non de la réponse que je lui avais faite, mais de sa question suivante, sur le plaisir de jouer. Je n'attendais aucun plaisir de ce duo avec Louis Craon, mais Beethoven ne devait pas en souffrir.

Je compris instinctivement que si je refusais cette épreuve, il mettrait un terme à notre rencontre. Je ne pourrais aborder le véritable objet de mon périple qu'après avoir réussi cet examen. Et même après la dernière mesure, je ne pourrais que céder aux caprices de mon hôte. Depuis Annecy, j'étais entièrement à sa merci, et il me le faisait sentir. Tel le sultan des *Mille et Une Nuits*, il pouvait à chaque instant couper le fil de notre rencontre, et je devais conserver son intérêt pour l'en dissuader.

Il me jeta un coup d'œil impatient, je levai mon archet, j'attaquai.

Évidemment, jamais il ne m'avait accompagné ainsi. Lors

des répétitions de *Così fan tutte*, Louis Craon avait dirigé l'orchestre au sein duquel je tenais loyalement ma partie, indistinct parmi mes collègues. À ses yeux alors, je n'existais pas. Et je n'aurais revendiqué aucune individualité.

J'étais apparu en me levant, et, l'alto sous le bras, en lui tournant le dos. Cette rupture, ce refus avaient tout déclenché. La sonate nous mettait à nouveau en face, comme sont complémentaires, sous la plume du compositeur, les deux portées du piano et celle du violon. Le fil de la musique était rétabli. En me recevant chez lui, en déchiffrant avec moi la *Sonate à Kreutzer*, il m'admettait comme son égal : son partenaire, son compétiteur, son rival ou son ennemi, il serait bien temps de le savoir, mais son égal. L'autre moitié d'un duo.

Puis, en l'entendant galoper dans les arpèges, faire sonner les graves du piano, en voyant ses mains courir sur le clavier et son air serein, j'ai compris que je me leurrais. Lui seul avait choisi le principe de ce duo, et la partition, et le moment, et le tempo. Par naïveté, je m'étais mis à nouveau sous sa coupe. Comme si rien n'était plus important que de célébrer ensemble Beethoven... Avais-je fait ce long voyage dans ce but ? Je retins mon archet et cessai de jouer.

« Mesure 67 », concéda-t-il d'un ton professoral, pour signifier où, par ma faute, nous devrions reprendre.

Je n'admettais pas de partager quoi que ce soit avec lui. J'étais venu pour la confrontation, non pour la communion. Sans le regarder, je rangeai mon instrument dans son étui. Louis Craon referma bruyamment le couvercle et se leva.

« Personne, personne, entendez-vous, ne se lève sans mon autorisation ni ne me tourne le dos ! Personne ne refuse de jouer avec moi ! »

L'affront était délibéré, et je pensais qu'il allait me jeter dehors. Il me toisa avec dédain, puis esquissa un sourire.

« Décidément, pour un simple musicien de fosse vous ne manquez pas de courage. Une vertu bien rare de nos jours. Pourquoi avez-vous souhaité me rencontrer ? »

Malgré son regard inquisiteur – je remarquai pour la première fois le gris de ses yeux –, je ne me sentis pas tenu de lui répondre :

« Et vous, pourquoi avez-vous accepté, alors que vous avez refusé toutes les demandes de la presse ?

— Pourquoi les aurais-je acceptées ?

— Pour expliquer, pour vous défendre...

— Je n'ai pas à me justifier. Vous imaginez les questions pitoyables des journalistes ? Il faudrait que je reçoive l'un de ces petits branleurs pour qu'il me débite des leçons de morale ?

— Il n'aurait fait que relayer l'indignation de la société tout entière envers votre geste. Savez-vous que j'ai reçu six cent vingt-trois lettres de félicitations ?

— Félicitations ! »

Et ce mot en écho résonna comme une insulte.

« Vous n'avez rien à dire à tous ceux qui ont été révoltés ? Ni même à ceux qui vous tressent des louanges ? »

Un haussement d'épaules fut sa seule réponse. Son visage s'était refermé.

« Vous aviez tout préparé à l'avance, j'imagine.

— Dans un dîner à Moscou, l'an dernier, un homme d'affaires a mentionné la Petite Écosse de Sankt Joachim. J'y ai trouvé ce que j'attendais : la tranquillité ; les promenades de plus en plus longues avec le recul de la neige ; la descente à travers la forêt et les prés pour aller boire un café à l'Auberge suisse ; le silence. Si je me sens seul, la conciergerie fait monter une fille pour la nuit. J'observe l'ordre de la nature, la transition entre l'hiver qui tarde à partir et un été pressé d'exploser. La lente déroute de la neige. Le vert tendre des mélèzes. Le vent parfois si tiède. La pudeur inquiète des chamois. Que demander de plus ? »

Obéissant à un ordre invisible ou à une routine établie, la soubrette apparut.

« Maria, vous nous servirez le thé sur la terrasse. »

Il m'invita à le suivre à l'extérieur, et comme lui à m'asseoir dans un des fauteuils de jardin. La jeune fille revint en poussant un chariot. Il me servit d'autorité, puis il lui tendit son téléphone portable.

« Vous pouvez nous prendre en photo ? »

Je refusai. Il n'insista pas. Un léger vent froid montait du lac.

« À vrai dire, vous avez quelque peu perturbé mes plans...

— Comment cela ?

— La soirée ne s'est pas déroulée comme je l'avais prévu. Je savais bien que mon geste allait déclencher des réactions, des protestations, des huées dans le public. Je me voyais ensuite donner malgré tout le départ de l'ouverture, les musiciens obéir comme si de rien n'était, la salle s'apaiser peu à peu. Mozart devait ramener le calme, et la représentation se dérouler en entier. Je n'attendais de conséquences que pour le lendemain. »

Je ne comprenais toujours pas où il voulait en venir.

« Mais... la seule différence entre ces deux scénarios, c'est les deux heures et demie de la représentation.

— Mon bon ami, vous m'avez volé mon dernier *Così fan tutte*. Votre rébellion a transformé ce que j'avais imaginé en événement politique majeur. Sans vous, il y aurait eu les annulations, les déclarations sentencieuses de cette cruche de ministre de la Culture, mais rien de plus. L'opinion publique n'eût pas été autant secouée. Après un hoquet de surprise devant leur télé, les braves gens se seraient rendormis avec du Mozart en bruit de fond. Les médias n'auraient pas réagi avec autant d'excès. Vous avez su faire d'une anecdote un scandale français, et même international. Sans l'avoir calculé bien sûr, mais peu importe. Vous seul avez provoqué un cataclysme. Et comme ce retentissement supplémentaire servait mes projets, j'aurais dû sans doute vous remercier. »

Sidéré, je ressentis un profond malaise. Je n'acceptais pas de voir mon histoire ainsi réécrite. Je refusais d'être enrôlé contre mon gré dans son camp, d'être réduit au rôle d'idiot utile, de supplétif de son agression. Le coup avait porté, et je ne trouvai rien à répondre.

« Si je vous avais téléphoné le surlendemain pour vous faire part de ma gratitude, vous n'auriez pas été en position de comprendre. Maintenant, trop de temps a passé. Et vous n'êtes pas venu pour que je vous serre dans mes bras. »

Dans cette raideur, dans cet orgueil, dans ce goût de faire des phrases, je ne retrouvais rien de l'énergie, de la transparence, de la subtilité de sa direction d'orchestre.

Le soleil avait commencé à décliner, les ombres des mélèzes venaient lécher la terrasse, et l'air me parut déjà un peu plus frais. La buse tournait inlassablement au-dessus des éboulis. Je frissonnai.

« C'est cela que vous recherchiez, n'est-ce pas ? Un peu de poudre d'or tombée du ciel. Quelques secondes de notoriété. Mais vous ne les avez obtenues que dans mon ombre. Grâce à moi. Vous êtes venu pour me remercier ? »

Je refusais d'entrer dans son jeu et de répondre à ses provocations.

« Je pourrais me faire plaindre, vous raconter ma vie depuis plus de vingt ans. Prendre l'avion au moins une fois par semaine. Dormir si souvent à l'hôtel que la notion même de maison n'a plus de sens. Choisir trois ans à l'avance, parmi toutes les offres, telle production et du coup perdre tout contrôle de mon avenir. Dîners de gala, conférences de presse, événements mondains... et toujours et partout quelque jeune homme délégué pour veiller sur moi qui me glisse à l'oreille : “Maître, il va être temps de partir pour l'aéroport.” Maître ! Et pourquoi pas Votre Sainteté, pendant qu'on y est ! J'ai dirigé *Così* plus de deux cents fois. Quelle œuvre, quelle émotion peut survivre à pareille lessive ? Je ne peux plus supporter les décalages horaires, les salons d'attente des compagnies aériennes, les petites filles qui m'offrent des fleurs, les banquets de gala dans des palais officiels mal chauffés, les rires de gorge des vieilles dames emperlousées, les discours interminables... »

Comme toujours, il ne parlait que de lui. Il eut un petit rire sec :

« C'est bien cela que vous attendez ? Vous aimeriez bien, vous, Ducasz, tous les bien-pensants, réduire mon choix à une petite fatigue, une petite dépression, un petit moment de détresse..

— Alors, quel sens avait pour vous cette soirée du 20 avril ?

— Un hasard miraculeux m'offrait la télévision en ce jour anniversaire. C'était un signe, un défi à relever. J'avais tout prévu pour ce *Così*. Un coup de tonnerre. Un coup de massue. Un *Così* tout entier dominé par mon geste. Tout entier pollué, diriez-vous avec la meute. Peu importe. J'ai les épaules assez larges pour incarner la figure du diable. Eh bien oui, au diable le politiquement correct ! Je redessinais ce chef-d'œuvre. Je n'ambitionnais pas de prendre

Mozart en otage, comme l'a dit ce benêt de Chomérac, mais de l'annexer, de le marquer au fer rouge. Que mon empreinte soit désormais présente à chaque représentation partout dans le monde. Je rêvais d'une cérémonie funèbre devant le pays tout entier, d'une soirée de démesure hors du temps et des convenances. Voilà ce que je voulais : un *Così* unique, inoubliable et sombre.

— Mais dans quel but ?

— Pour adresser un message à mon pays et à l'Europe entière ! Alors que tombe le crépuscule de notre civilisation, alors que l'abêtissement général progresse chaque jour. Je suis chef et j'ai salué un autre chef. Vous le savez, rien n'égale l'efficacité d'un orchestre. Je ne suis pas élu par vous, je ne pourrais remplacer aucun de vous. Et pourtant je décide de tout, et vous m'obéissez au doigt et à l'œil. Il n'y a pas à tenir compte de la droite ou de la gauche, mais des cordes et des vents, tous indispensables, tous complémentaires. Seul le résultat compte. Nos sociétés déclinent parce qu'elles ne sont pas organisées sur ce modèle.

— Vous remettez en cause la démocratie ?

— Aucun chef d'État n'est respecté comme un chef d'orchestre. »

Il se leva, pour me laisser méditer sa formule. Agrippant le dossier de son fauteuil comme un pupitre à la tribune, il se pencha un peu en avant et planta ses yeux gris dans les miens :

« Quand vous regardez tous les matins comment va le monde, vous n'avez pas envie de vomir ?

— Moins que lorsque je vous ai vu faire le salut nazi. »

Le mot honni résonna un instant entre nous. Nommer avec exactitude devant lui ce qu'il avait fait me paraissait important et juste. Il tourna la tête vers le lac et soupira :

« Bien sûr, vous ne pouvez pas comprendre. Vous me faites perdre mon temps.

— Du temps, vous en avez à profusion dans cette cachette où personne ne vous rend visite. »

J'étais maintenant bien décidé à ne rien laisser passer, à ne pas le laisser m'imposer ses propos sans réagir. Surtout, ne pas courber l'échine. S'il ne m'avait pas congédié lorsque j'avais interrompu la sonate, il ne le ferait plus.

« Seule une révolution radicale nous sauvera. Voilà ce que j'ai voulu annoncer *urbi et orbi*. Contrairement à ces crétins nostalgiques et illettrés qui m'ont adressé leur hommage, je ne suis pas un admirateur béat d'Hitler. Je suis né une décennie après sa mort, et la situation actuelle n'est pas celle des années 1930. Mais depuis vingt ans, je vois en silence la catastrophe approcher. J'ai longtemps vécu dans l'illusion que les recettes classiques suffiraient, hélas les Français m'ont déçu encore plus que leurs dirigeants. Alors j'ai compris que le pays courait à sa perte, faute de chef véritable. Je ne prétends pas jouer un tel rôle, seulement préparer le chemin.

— Le chemin pour une dictature ?

— Est-ce ainsi que vous qualifiez ce qui fonctionne à merveille pour la musique ? En avez-vous souffert lorsque je dirigeais l'orchestre ? D'un léger mouvement du poignet droit, je déclenche les clarinettes et fais taire les bassons. Qui se plaint d'une aussi parfaite hiérarchie ? »

Polémiquer avec lui, pied à pied, n'aurait eu aucun sens. Je n'étais pas venu pour le convaincre, pour l'amener à s'amender, à réfléchir sur ce qu'il avait fait, ni même pour débattre. Mais je ne discernais plus le but de cette visite qui m'avait parue si importante lorsque je m'étais démené pour l'organiser.

Maintenant que Craon l'expliquait, son geste s'effondrait, son geste se réduisait à un rien, une aigreur, une rumination, un contresens historique, un néant.

À la fin de sa tirade, il se dirigea vers l'autre extrémité de la terrasse. Le caillebotis de bois clair formait un arrondi dominant le lac. Il prit appui des deux mains sur le fin garde-corps en acier, et parut attendre. Je ne le rejoignis pas.

Une légère brise caressait la surface, alors que les ombres s'allongeaient aux flancs des massifs. Des nuages, nettement ciselés, avaient fait leur apparition au-dessus des sommets acérés, ravivant l'azur du ciel, désormais bleu cobalt, profond et sans nuances. Il revint s'asseoir. Je me sentais désormais étonnamment léger. Je savais ce que j'avais voulu savoir. Plus rien ne me retenait chez lui. Il me fixa de ses yeux gris, ravivant le sentiment de malaise que j'éprouvais depuis mon arrivée.

« J'ai lu quelque part que vous aviez considéré mon geste comme un crime. C'est assez bien vu, finalement. »

Je crus d'abord qu'il essayait de m'amadouer : il y aurait perdu son temps. Mais il ne s'intéressait pas assez aux autres pour un tel effort.

« Un crime sans victimes, sauf vous et moi. Je ne dirige plus, et vous avez disparu de l'orchestre. Il semblerait que la musique nous ait congédiés tous les deux. Amusant, non ? »

Cette remarque me blessa plus que je ne saurais le dire, mais je restai impassible. Je compris néanmoins qu'il avait dû s'intéresser suffisamment à moi pour être informé de mon éviction. Mon silence persistant l'irrita.

« Vous n'avez toujours pas répondu à ma première question : pourquoi avez-vous souhaité me rencontrer ? »

Alors seulement je perçus le sens profond de ma démarche. Et je le lui dis :

« Pour savoir ce que je dois penser de vous.

— Et alors ? Que pensez-vous de moi ? »

Il n'attendait pas une réponse convenue, une politesse banale. Il fallait la vérité pour mon hôte, et d'abord pour moi-même. Une douce lumière de fin d'après-midi éclairait son visage, la terrasse, quelques mélèzes en arrière-plan. Je ne savais toujours pas qui il était. Mais je n'en avais plus besoin.

« Longtemps, je vous ai haï. Maintenant, je crois surtout que je vous méprise. »

Il ne me répondit rien et tourna la tête vers le lac.

Je n'avais plus rien à lui dire. Je me sentais mieux. J'étais libre.

Immobile dans son fauteuil, Craon regardait la barrière des montagnes. Sous un ciel maintenant maculé de filaments gris, le Schwartzsee roulait des eaux couleur de mica, comme un fleuve animé de remous.

Je me levai et, pour la seconde fois, je lui tournai le dos.

Un an après

Le concert de Deauville s'est bien passé.

Je n'ai pas repris ma place dans l'orchestre de l'Opéra de Paris. Depuis septembre, j'enseigne la musique de chambre et l'alto à la Haute École de musique de Lausanne. Aucun de mes nouveaux collègues ni de mes élèves n'a paru établir de lien entre mon arrivée et la soirée du 20 avril, ou alors ils ont eu la délicatesse de ne pas m'en parler.

Julie a démissionné de sa multinationale et travaille désormais au sein d'une société familiale dans le Chablais. Nous habitons près de Thonon. Les lundi, mercredi et vendredi je prends le bateau pour traverser le Léman et donner mes cours. Arthur et Grégoire se sont fait de nouveaux amis au club de ski.

Même si Sankt Joachim n'est qu'à deux heures de route de mon nouveau domicile, je n'y suis jamais retourné.

En octobre, la commissaire Leclair m'a téléphoné pour m'annoncer une victoire. Grâce aux interpellations lors de la première de la *Petite Renarde rusée*, aux recoupements, à un long et patient travail de vérification, son équipe avait pu remonter jusqu'à la source. Elle avait eu de la chance aussi : grâce à un informateur inattendu et étonnamment bavard – je n'en ai pas su davantage –, elle avait pu dessiner un organigramme complet. L'hommage à Louis Craon, Puits artésien, le chahut à Bastille et le graffiti à mon ancien domicile avaient bien les mêmes auteurs.

Elle avait convoqué les deux chefs d'un petit groupe né dans le Beauvaisis sur les cendres de la secte de Louis-Ferdinand. Elle les avait prévenus : elle ne donnerait pas de suite pénale à leurs premiers errements. Mais si la moindre action nouvelle était entreprise contre l'Opéra ou contre moi, ils iraient s'expliquer sur leurs responsabilités respectives, au terme d'une pénible garde à vue, dans le bureau d'un juge d'instruction. Le Général et le Colonel étaient les pseudonymes emphatiques d'un professeur de collège et d'un sergent-chef, aussi ternes et trouillards l'un que l'autre. Elle leur avait garanti qu'au moindre dérapage ils seraient révoqués aussitôt.

À visage découvert, ayant perdu leur anonymat, ils s'étaient montrés beaucoup plus coopératifs et d'une absolue modération. Ils avaient juré leurs grands dieux que jamais, au grand jamais ils n'avaient envisagé le moindre passage à l'acte, que leur seul horizon restait rhétorique. Non sans veulerie, ils lui ont fait toutes les promesses de bonne conduite qu'ils pouvaient imaginer.

Je la félicitai pour cette avancée. Je demandai à connaître leurs noms, la commissaire refusa. Je la remerciai. Elle m'avait convaincu de la disparition de cette menace.

Personne ne m'a jamais reparlé de la Légion d'honneur.

En mars dernier, Louis Craon a participé à une grande émission de télévision. Interrogé par une journaliste point trop hostile, les yeux rougis, il a manifesté beaucoup d'émotion, regretté son geste, sollicité le pardon, et déploré avoir mêlé musique et politique. Je l'ai écouté avec attention, jamais il n'a abordé ses convictions, ni ne les a abjurées.

Son nouvel agent, basé à New York, a fait repartir sa carrière avec un *Fidelio* façon manga à Tokyo en mai. Les critiques ont salué une interprétation exceptionnelle, un orchestre chauffé à blanc. Pas un mot sur le scandale de Paris.

J'ai envisagé d'aller au Japon, d'acheter un billet et de manifester au début de la représentation. Mais quel écho aurait eu cette protestation ? J'aurais été expulsé de la salle en trois minutes, sans convaincre personne, que dis-je, sans intéresser personne. Ou pire encore, on aurait pu penser que je réglais un contentieux personnel.

Le chef Craon est annoncé ces prochains mois dans *Une vie pour le tsar* à Saint-Pétersbourg, *Don Giovanni* à Hong Kong, *Idoménée* à Luxembourg... Il doit enregistrer pour la première fois une très attendue *Passion selon saint Matthieu*.

Aucun directeur d'Opéra ou de festival n'a pour l'instant osé le programmer dans *Così fan tutte*.

J'aurais aimé ne vous parler que de musique : mes doigts sur les cordes ; cette forme particulière de bruit qu'on appelle le son ; les respirations qui se rejoignent et se fondent ; le corps tout entier frissonnant dans l'attente ; le silence qui change de nature ; le regard qui s'enfuit ; le vide intérieur si beau, tout en déséquilibre, tout entier tendu, juste avant la première note.

J'aurais aimé vous parler de musique parce que j'ai longtemps cru qu'elle contenait le monde entier et plus encore, et que j'y trouverais toujours explications et réconfort. La connaître et la servir me tenait lieu de morale, de médecine et de philosophie.

J'ai découvert que la musique ment et qu'il faut mentir pour elle, qu'elle tend des pièges et qu'il faut savoir lui en tendre, qu'elle s'interrompt parfois et qu'il faut oser l'interrompre. Elle n'est pas une maîtresse qui vous accueille mais un boxeur qui vous défie ; non pas une alliée mais un adversaire ; non pas un havre mais une traversée hantée par les tempêtes.

Tout concert est un duel.

La musique n'est pas apaisement, mais intranquillité.

PCA/CMB 44400 Rezé.
Achevé d'imprimer
par Normandie Roto Impression s.a.s.
61250 Lonrai, le 1er septembre 2016
Dépôt légal : septembre 2016
Numéro d'imprimeur : 1603820

ISBN 978-2-07-014952-0 / Imprimé en France

286579